또 만나게 안녕

뜨겁게 안녕

김현진 지음

다산
책방

차례

뜨거웠던 날들이여, 뜨겁게 안녕

나가며,

추천의 글

열며

굿바이 투 러브

I'll say goodbye to love, no one ever cared if I should live or die

이제 사랑에게 안녕이라고 말하네

내가 살거나 죽거나 아무도 상관하지 않았지

Time and time again the chance for love has passed me by

시간이 지날 수록 사랑할 기회는 나를 지나쳐가고

도시에 산다는 건 누구에게나 그렇듯, 고단하고 막막했다. 너무 분주해서 누가 죽고 살든 상관 않는 도시에서 넓고 깨끗하게 구획되는 거리는 좁다랗고 아무렇지도 않고 후줄하고 또 정다운 골목을 쾌속으로 말살하고, 그 골목 안에서 마주치던 수많은 사람들을 감쪽같이 증발시켰다. 어디로 사라졌는지 알 수 없는 사랑하는 여러분, 애틋하게 하나하나 떠올리며 생각해보니 세상에는 기억되기 위하여 태어난 사람도 있다. 물론 그런 사람도 있다. 그러나,

나는 기억하기 위하여 태어났다.

그러므로 이 기억이 죄다 휘발되기 전에, 글씨를 쓴다.

이 모든 비속하고 정답고 지겨운 것들을,

하찮고 애절하고 시시하고 또 시시해서 끝도 없이 사랑스럽고 그리운 것들을.

What lies in the future is a mystery to us all

다가올 미래는 아무도 알지 못하고

No one can predict the wheel of fortune as it falls

운명의 수레바퀴가 어떻게 될지도 아무도 모르지

There may come a time when I will see that I've been wrong

언젠가 내가 틀렸었다는 걸 알게 될지도 모르지만

But for now this is my song.

지금은, 이것이 나의 노래

— 카펜터즈 〈Goodbye to love〉 중에서

거리는 저마다 사연을 품고 있어서

남창동에선 흔한 일

불타고 없는 숭례문 언저리를 지나가다 보면 산다는 것에는 '만약 어쨌고 저쨌다'가 존재하지 않는다는 걸 알면서도, 그때 거기 살지 않았더라면 좀 다른 아이, 다른 어른이 되지 않았을까 허망하게 생각한다. 본디 어린아이라는 건 아직 모양새가 완전히 굳어지기 전의 점토나 촛농 같아서, 어른이 되어 완전히 고정되기 전까지는 아직 달라질 수 있고, 다르게 살 수도 있으니까. 그렇다면 내가 지금의 나는 아닐 것이다. 사실 서울 중구 남창동은 열 살짜리 어린아이에게는 좀 셌다. 총알 날아다니는 전쟁터는 아니었지만 정말 사는 게 전쟁이구나, 아마 나도 곧 이 전장에 나서게 되겠지, 뭐 이런 걸 꼬마에게도 가차없이 알게 하나 싶은 거기가 중구 남창동이었다. 특별히 냉정하지도 특별히 자비

롭지도 않게, 그냥 사는 게 그런 거라고 알려주는 곳. 사실 남창동이라니 이름부터 뭐 이따위인가 싶기도 했는데, 리버 피닉스와 키아누 리브스가 남창을 연기한 영화 〈아이다호〉 같은 걸 부모님 몰래 봤던 덕에 어른들이 "집이 어디니?" 하고 물으면 "남창동이요" 하기가 뭣해서 서울역 근처요, 남대문이요, 하고 애매하게 대답하곤 했다.

그래도 아버지의 새 목회지가 정해진 게 다행이었다. 상도동에서 부목회자로 시무하고 있던 교회에 내분이 생겨서 아버지는 많이 힘들어했다. 교회라는 곳이 한번 분열이 시작되면 댈 곳 없이 추하다. 아버지는 나쁜 뜻이든 좋은 뜻이든 학꽁치처럼 투명한 사람이었기 때문에 끝까지 어느 편에도 서지 않았고 결국 그 아비규환에서 발을 뺐지만 대신 내 저금통까지 털어야 할 정도로 살림이 고약해졌다. 어디든 불러주는 곳이 있다면 고마울 따름이었는데 그곳이 중구 남창동의 남대문선교회였다. 남대문 시장에서 사업을 하고 있는 상인들 중 개신교도들이 주축이 되어 설립한 이 선교회는 얌전하고 소심하고 학꽁치 같은 부모님과는 전혀 다른, 기세등등한 범고래 같은 사람들로 가득했다. 평생 신학생과 목회자 외의 다른 직업을 가져 본 적이 없는 아버지와 목사 사위를 꼭 보고 싶다는 할머니의 바람으로 그와 결혼한 어머니의 삶은 지루할 정도로 평화로웠다. 물론 가난했지만 그 가난조차 조용하고 고요했다. 교회, 신학교, 교회, 다시 신학교, 하는 식으로 세월은 봄바람이 열린 창문에 걸린 두꺼운 커튼을 살짝 만져보듯 얌전하게 지나갔다. 아버지가 저지르는 가장 큰 일탈은 기원에 가서 오래 바둑을 두는 정도였다. 가까이 지내던 어머니 쪽 친척들도 큰소리 내지 않고 봉사와 헌금과 구제에 힘쓰는 조용한 장로교인들이었고 종교가 없었더라도 싸우거나 목청 높이는 성정들이 아니었기 때문에 하루하루 치열하게 장사하고 목청 높여 '네고'하면서 사업하는 경제인들은 낯설었다. 남대문시장에서 하루하루 잔뼈가 굵은 선교회 회원들은 통이 크고 화끈했고, 목소리가 컸다. 조용하기만 했던 아버지와 어머니는 그런 사람들과 그 사람들의 방식, 모두가 소리소리를 치는 남대문시장이라는 공간에 익숙해지느라 정신이 없었고 나 역시 그랬다. 예전에 살던 주택가는 어딜 가나 미술 학원, 피아노 학원, 속셈 학원 따위가 있었고 그 문을 열고 드나드는 또래의 아이들이 수없이 많았지만 남대문시장과 신세계백화점을 지나 을지로와 서울 서부역 근처는 아무리 발이 아프도록 돌아다녀도 비슷한 또래의 어린애 한 명 찾아볼 수 없어서 때론 그 거리가 무서웠다. 전학을 한 번 했다가 심한 따돌림을 당한 적이 있어서 덜컥 겁이 난 바람에 전학은 못 하고 매일 새벽같이 일어나 좌석버스를 타고 학교에서 집을 왔다갔다했다. 커다란 버스 창가로 남대문을 지나 서울역, 서울역을 지나 삼각지, 삼각지를 지나고 노량진을 지나 상도동으로 오가면서 본 풍경은 꽤나 회색이었다. 어쩌면 그 남창동 시절이 본격적으로 삐딱해지기 시작한 계기가 되었는지도 모른다. 그것이 좋은 쪽이었는지, 나쁜 쪽이었는지 아직 모르겠다. 어쨌든 어린애가 돌아다닐 만한 곳은 아니었던 게 지금 생각해도 그 거리는, 참 잿빛이었다.

어쨌거나 여차저차 우리는 서울의 중심부로 옮겨가게 되었지만, 서울의 중심이라고 해서 중심가답게 화려하지는 않았다. 남대문 시장 바로 맞은편, 회현역에서 좀 걸어 올라가면 있던 우리 집은, 이름은 아파트였으되 좀 괴상한 구조를 가진 아파트였다. 엘리베이터 없이 가파른 계단으로 꽉꽉 찬 7층 건물이었고, 3층에 남산으로 통하는 문이 하나 더 뚫려 있었다. 회현역으로 올라가서 남산으로 나오게 되는 셈이었다. 우리가 살고 있던 곳은 4층이었지만 계단 개수로 따져보면 6층에 살고 있는 거나 마찬가지였다. 그 아파트 빼고 주변은 모조리 여관이었다. 입구에 '경비실'이라고 씌어 있는 곳의 구조나 위치를 봐도, 이 아파트가 예전에 평범한 아파트가 아니라 좀 그렇고 그런 업종이었을 거란 건 뻔했다. 고지대인데다가 6층 높이, 콩알만 한 골방 창문을 열고 내려다보면 공사하기 전 옛날 서울역 모습이

서울역 광장에는 명절마다, 주말마다 정말 많은 사람들이
밀물처럼 모였다가 썰물처럼 사라졌다.
사람들은 쉽게 서울을 떠났고 그보다 쉽게 서울로 돌아왔다.

항공사진처럼 선명하게 보였다. 서울역 고가도로 옆에는 연세빌딩 뼈대가 바쁘게 올라가고 있었다. 나는 10년쯤 후 오토바이 면허를 따서 택배 아저씨들과 연비가 어쩌구 저쩌구 하며 그 고가 위를 뻔질나게 오가게 되지만, 그 창문으로 내려다볼 적만 해도 손가락을 매연으로 새카맣게 더럽히며 오토바이를 타는 아가씨가 될 거라고는 꿈에도 생각하지 못했고 그저 조그맣게 보이는 사람들이 어디로 가서 어디로 오는지 신기하게 쳐다볼 따름이었다. 서울역 광장에는 명절마다, 주말마다 정말 많은 사람들이 밀물처럼 모였다가 썰물처럼 사라졌다. 사람들은 쉽게 서울을 떠났고 그보다 쉽게 서울로 돌아왔다.

주변의 비슷하게 생긴 건물들, 기린장이니 노루장이니 하는 여관들은 얼른 봐도 그렇게 서울을 오고가는 틈새에 지친 여행자들이 여독을 풀고 가는 그런 곳은 아닌 게 빤히 보였다. 골방 창문 아래 해가 저물면 어디서 소주 냄새를 진하게 풍기면서 얼굴이 새빨개진 아저씨들이 모여들었다. 낮 동안 여관 사이사이 용하다는 장군신 아기신 처녀신이 여기 있다고 울긋불긋 깃발을 매달아놓은 점집들만 모여 조용하던 골목은 해가 지면 비로소 미묘한 생기인지 색기인지가 감돌았다. 이른 시간부터 아가씨들이 여관으로 쏟아져 들어가고, 엄마는 대낮처럼 쨍쨍한 한여름에도 여섯시가 넘으면 집 밖으로 나가지 못하게 했다. 그 아가씨들도 낮에 일한 고단한 몸을 누이러 여관을 찾는 것은 아니었다. 사전을 찾아보니 여관은 잠을 자는 곳이라고 나와 있었지만 아직 초등학생도 잠들지 않는 시간이었다. 어린애가 봐도 어디선가 분명히 미묘한 성적 냄새랄까 에너지랄까, 뭐 그런 수런수런하는 것이 분명히 감지되었다. 삼겹살 굽는 냄새나 빈대떡 부칠 때 풍기는 냄새처럼 대놓고 노골적이지는 않지만 공기 속에 분명히 존재하고 있는 냄새. 때론 그런 미묘한 냄새로 끝나는 게 아니고, 야 이년아, 이 시발년아! 하는 카랑카랑한 욕설이 들려올 때도 있었다. 일단 그런 욕이 한번 시작되면 그냥 욕으로 끝나는 날은 거의 없었다. 퍽, 퍽 하는 소리는 분명 사람이 사람을 칠 때, 누군가의 살이 다른 누군가의 뼈와 살의 타격을 흡수할 때만 날 수 있는 둔탁한 소리였다. 그럴 때면 얇은 슬립이나 이불 홑청 같은 원피스를 입은 아가씨들이 머리채를 잡힌 채 길에 끌려나왔다. 야 이 시발년아, 이 도둑년아, 너 내가 누군 줄 알고…… 욕은 다 거기서 거기였고, 그녀들의 몸은 종이 인형처럼 흔들렸지만 파리 날개처럼 얇은 홑청은 그걸 입은 사람을 지켜줄 요만큼의 힘도 없었다. 그게 거래의, 혹은 거리의 법칙인 모양이었다. 그런 소리가 들려오는 날이면 베개 속에 억지로 얼굴을 묻었다. 어쩐지 눈물이 줄줄 흘렀다. 이게 뭔지, 왜 생기는 일인지, 앞으로도 생길 일인지, 전혀 모르면서 눈물만 하염없이 흘려서 징징 짜곤 했다.

점집과 여관방 이외에도 그 골목에서 성업하고 있던 건 개미굴처럼 촘촘하게 파놓은 쪽방마다 꼭꼭 들어차 있던 미싱집이었다. 그곳에서는 여름에도 선풍기를 켜지 않고 조그마한 창만 열어 놓았다. 그야말로 나는, 낮에는 찰칵찰칵 하는 미싱 소리와 남대문 시장의 호통 같기도 하고 비명 같기도 한 호객 소리, 밤에는 귀를 막아도 자꾸 들려오던 꽥꽥 하는 비명과 욕설, 도시 한복판의 온갖 소음을 양분으로 자라났다. 단춧구멍을 만들거나 숙녀복 패턴에 따라 재단을 하는 창문 사이로는 푹푹 찌는 날씨 덕에 웃통을 벗고 있거나 런닝 한 장만 걸친 젊은 남자들이 분주히 움직였는데, 그들의 살갗은 한국 사람 같지 않았다. 이따금 호기심 어린 시선을 느꼈는지 돌아보고 씨익 웃는 거무스름하고 낯선 생김새를 보고서야 아 한국 사람이 아니구나, 하는 것을 알았다. 아몬드보다도 훨씬 짙은 갈색이던 그들의 피부색은 이국적인 빛이었다. 종종 청년이라고 말하기에도 아주 풋풋한 얼굴을 한 오빠들이 있었고, 그중 어떤 오빠는 자기 재봉틀 옆에 상큼하게 미소 짓는 최진실 사진을 소중히 붙여놓기도 했다. 계절이 지날수록 최진실의 사진 빛깔은 조금씩 바래져갔고, 햇빛 나는 시간에 밖에 나올 수 없는 오빠의 살갗은 옅어져갔다. 그러다가 어느 날 무섭도록 오랜 시간 동안 미싱을 돌리며 서 있던 그 오빠가 털썩 쓰러졌다. 실려 나간 그는 다시 돌아오지 않고 최진실 사진만 내내 붙어 있다가 누가 바꿔 단 왕조현 브로마이드로 바뀌었다. 그 오빠도 없고 지금은, 최진실도 없다.

살림 냄새와 별로 관련 있는 거리가 아니었으므로 동네에 제대로 된 슈퍼마켓 같은 건 없었다. 그래도 다들 먹고는 살았을 테니 구멍가게 하나 정도는 있었다. 엄마는 거기 보내기가 내키지 않는 눈치였지만 라면이니 계란이니 우유니 하는 게 필요할 때 별수 없이 보냈다. 장롱 두 개 붙여 놓은 것만 한 그 작은 구멍가게만이 식료품을 구할 수 있는 유일한 곳이었다. 종종 걸음으로 아침에 계란이나 우유 같은 급한 심부름을 가면, 그 홑청 같은 옷 위에 카디건이나 점퍼 하나만 걸친 언니가 소주를 한두 병씩 사고 있는 광경과 종종 마주쳤다. 가끔 달걀로 눈언저리를 비비고 있을 때도 있었는데 별로 효과가 있는 것 같지는 않았다. "어머 꼬마야 안녕" 하고 손을 살래살래 흔드는 그 언니의 눈이니 광대뼈니 하는 곳에는 얼룩진 멍 자국이 선연했지만, 그 멍 자국에 결코 지지 않을 만큼 미소도 이상하게 찬연해서 언제나 신비하게 눈이 부셨다. 달걀이며 멍 자국이며 찢어진 홑청이며 그 모두를 죄다 물리치는 이게 웬 광채란 말인가. 돌이켜보니 그토록 찬연했던 미소에는 그래도 살겠다, 두

단추구멍
773-2199
단추구멍
2 층

고 봐라 나는 죽어도 살겠다, 하는 각오가 배어 있어서 그토록 눈부신 거였다. 그곳이 그 무렵 잘나가는 사창가에 있기에는 좀 나이가 든 언니들이 자연스럽게 이직하게 되는 곳이라는 사실을 나는 어른이 된 다음에 좀 놀아본 부장님 같은 분들이 이야기해줘서 알게 되지만, 그때는 그 이상한 아름다움에 그저 압도될 뿐이었다. 그리고 어른이 되면서, 어쩐지 끌리게 되는 여자들은 죄다 이상하게 아름답고 이상하게 관능적이었다. 직업이 뭐건 나이가 몇 살이건 어떻게 생겼건 온몸에서 풀풀 풍기는 '살겠다, 살고야 말겠다' 하는 에너지야말로 그 아름다움의 정수였던 거다. 그 사람들은 모두 무섭고도 아름다웠다. 원래 아름다운 것들은 조금씩 무섭기 마련이었다. 이것이야말로 릴케가 말했던 그건지도 몰랐다. 고요히 우리를 멸시하여 파멸로 이끄는 그 아름다움.

구멍가게에서 사온 걸 먹고 학교 가는 버스를 타려면 아침에 몇 시간 일찍 나가야 했지만 워낙 잠이 없어서 그런 건 큰 문제가 되지 않았다. 문제는 버스 타러 가는 길이었다. 정류장에 가려면 언제나 4호선 회현역 지하도를 통과해야만 했다. 그 지하철역을 통과하는 것은 아무것도 아니었지만 그 길목에는 항상 너무나 무서운 아저씨가 있었다. 어떤 병인지 알 수 없지만 키는 자라지 않은 채 머리만

심하게 커진 병을 앓는 아저씨가 아동용 회색 양복을 입고 언제나 동냥을 하고 있었다. 나는 그가 죽을 만큼 무서웠다. 그가 이런 일로밖에 살아갈 수 없겠구나, 하는 것을 이해하고 있을 만큼 조숙한 아이였지만 조숙한 건 조숙한 거고 까진 건 까진 거고 무서운 건 무서운 거였다. 왜 그렇게 무서웠는지는 모르겠지만 몹시 무서웠다, 그의 모든 것이. 고무로 된 바지를 입고 찬송가를 틀어놓은 채 기어다니며 구걸하는 그런 아저씨들과는 차원이 다른 모습이었다. 몸의 절반 정도 되는 머리 크기에 눈이 몹시 큰 아저씨는 언제나 일어선 채 매우 적극적으로 구걸을 했는데, 매일 아침 그 앞을 지나치는 나를 보면 "우으!" 하고 알 수 없는 소리를 내며 손을 내밀었고 나는 그때마다 겁에 질려 온몸이 얼어붙었다. 될 수 있는 한 그 아저씨의 곁을 지나칠 때 소리를 내지 않고, 눈에 띄지 않으려고 애썼지만 그 아저씨는 언제나 나를 발견하곤 "우으!" 하고 여전히 소리를 질렀고 나는 번번이 겁에 질렸다. 용돈을 받을 만한 형편이 되는 집 아이가 아니어서 갈 때 올 때 차비만 십원 단위까지 딱 맞춰 손에 달랑달랑 들고 있던 처지라 내어줄 돈도 없었다. 돈이 있다 한들 손을 내밀어 그의 손바닥에 건넬 용기도 없었을 거였다. 그냥 무서웠다. 어쨌거나 매일 학교를 가니까 일주일에 6일이나 그 아저씨와 마주쳐야 했고, 회현역을 보자마자 덜덜 떨리는 마음은 날이 갈수록 더 커졌다.

나중에는 4호선의 하늘색만 봐도 덜덜 떨릴 지경이었다. 부모님은 혀를 차며 "무섭긴 뭐가 무섭니? 그냥 불쌍한 아저씬데……" 하고 말했지만 그래도 나는 여전히 무서웠다. 어쩌면 불쌍하면서 무섭기까지 해서 두 배로 슬펐는지도 몰랐다. 어찌할 수 없는 슬픔, 상상할 수도 없는 슬픔은 두려움을 동반하기 마련이니까. 슬픔과 두려움이란, 사실 그렇게 착 붙어 있는 거였다.

서글픈 아이

하늘엔 조각구름 떠 있고 강물엔 유람선이 떠 있고
저마다 누려야 할 행복이 언제나 자유로운 곳
뚜렷한 사계절이 있기에 볼수록 정이 드는 산과 들
우리의 마음속에 이상이 끝없이 펼쳐지는 곳

원하는 것은 무엇이든 얻을 수 있고
뜻하는 것은 무엇이든 될 수가 있어
이렇게 우린 은혜로운 이 땅을 위해
이렇게 우린 이 강산을 노래 부르네

— 정수라 〈아! 대한민국〉 중에서

당시의 대한민국은, '한강의 기적'이라는 단어가 생활화되어 있었고 아시아의 네 마리 용이라고 불리며 경제대국이 될 것이라는 희망이 온 나라를 채우고 있던 때였다. 88년 올림픽을 성공적으로 유치하고 4위라는 좋은 성적을 거두었을 뿐 아니라 곧 있을 애틀랜타 올림픽에서도 좋은 성적을 올릴 거라고 모두가 믿어 의심치 않았다. 한마디로 나라 전체가 '하늘엔 조각구름 떠 있고, 강물엔 유람선이 떠 있고……' 하며, 아자 아자 잘될 거야 파이팅! 이런 분위기였던 셈이다.

물론 부녀자 봉고차 납치사건 같은 흉흉한 일이 없는 것도 아니었고, 가족 전체가 남한으로 넘어온 김만철 씨 가족 같은 사건들도 있었지만, 그건 더 잘 먹고 잘살고 발전하고 더욱더 잘살고 발전하게 될 아아 대한민국 아아 대한민국 사랑하리라, 하는 분위기를 조성하는 데 별 문제가 되지 않았다. 노력하면 뭐든지 할 수 있어! 우리처럼 전후의 가난을 딛고 이렇게 빨리 일어난 나라가 있는 줄 아느냐! 하고 초등학교에서도 열심히 가르쳤고 아이들도 어쩐지 희망에 가득 차 있었다. 대한민국은 낙관으로 가득했다. 예전보다는 잘살게 되었다는 실감도 나고 누군가의 잔고는 분명히 불어나고 있었을 테고, 강 건너 압구정동에서는 오렌지족이라는 새로운 종족들도 나타났고, 아이들도 김건모나 신승훈, 서태지의 노래를 부르면서 죄다 희망에 가득 차 있었다. 선생님들은 언제나 똑같이 말했다. "열심히 공부하고 일하면 누구나 잘살 수 있어요, 못 사는 사람들은 다 노력이 부족해서 그런 거예요." 다시 말하자면, 지금 당신들의 가난은 당신들 때문이에요, 하는 거였다.

그런 희망에 시큰둥한 건 나뿐인 것 같았다. 그래서 지금도 간혹 언제부터 이렇게 성격이 삐뚤어졌나 하는 생각이 들면 이게 다 남창동 때문이다 싶어 피식 웃어버린다. 서울역 지하도 역시 나를 삐뚤어지게 하는 데 큰 몫을 했다. 서울역 지하도를 지나 학교 가는 버스를 타고 가다 가다 보면 용산이 나오고 야한 영화를 늘 틀어주는 극장이 나오고 한강대교를 건넜다. 겨울에 세상 뜬 가엾은 아버지들이 찌는 듯한 여름이 되어도 형체도 못 알아볼 시체로 냉동고에 들어 있어야 했던 그곳, 일 년이 되어서야 장례를 치를 수 있게 된 눈물의 보금자리. 바로 그 남일당 건물도 일주일에 여섯 번씩 지나다니던 곳이었다. 남일당 건물이나 바로 옆의 신정제 약국, 쫙 깔린 미군 부대 담장…… 모두 지나다니면서 매일 본 익숙한 광경이었다. 그때는 창문에 턱을 괴고 빤히 창밖을 바라보면서 그것들이 영원히 거기 있을 줄 알았다. 십몇 년 뒤 그런 슬픈 사건이 생기리라고는 짐작조차 하지 못했고 이 건물과 풍경들이 불과 십몇 년 후에는 언제 그랬냐는 듯 죄다 바뀌리라는 것 역시 짐작조차 하지 못했다.

어떤 날은 그 근방에서 버스를 잘못 내려 골목을 헤맨 적이 있었는데, 가게를 찾다가 옷가게도 아닌데 웬 쇼윈도가 보였다. 잔돈을 바꾸려고 산 껌을 손에 들고 저긴 뭘 파는 델까, 하고 물끄러미 보니 새하얀 원피스를 입은 눈부시게 예쁜 언니가 의자에 오도카니 앉아 있었다. 으슥한 골목에서 뜬금없이 어린애를 본 그녀는 높은 의자에서 내려와 창문에 손을 댄 채 이쪽을 물끄러미 바라보았다. 껌을 꼭 쥔 손에 땀이 차올랐다. 우와 김희선보다 더 예쁘다, 하고 멍하니 바라보다가 어쩐지 부끄러워져서 버스 정류장으로 달음질쳤다. 집으로 돌아오는 길, 간판마다 정육점에나 있는 붉은 조명을 켜기 시작하는 그 수많은 여관들을 지나치면서 뭔가 짚이는 게 있었다. 그렇게 눈부시게 예쁜 언니도 나중에는 이리로 오게 되는 걸까, 우리 동네 지친 언니들도 옛날에는 그렇게 꽃처럼 예뻤을까…… 나는 이상하게 서글퍼져서 엉엉 울고라도 싶었지만 너 왜 우니, 하고 누군가가 물었을 때 이유를 댈 수 없는 그 서글픔은 부모님에게도 선생님에게도 친구들에게도 털어놓을 수 없어 한층 더 서글픈 것이었고, 그래서 그냥 혼자 감싸안아야 할 서글픔이었다. 그러나 좀 발랑 까졌을 뿐 특별히 어른스럽거나 똑똑하지는 못했던 열한 살짜리의 팔은 그 서글픔을 감싸안기에는 좀 많이 짧았다. 그 서글픔이라든가 고독의 칙칙함을 한층 진하게 하는 곳이 서울역 지하도였다.

가끔 버스를 잘못 내리면 서울역 지하도를 통해 한참 걸어 집에 와야 했다. 그때나 지금이나 박스를 바닥에 깐 노숙자들이 여름이고 겨울이고 누워 있거나 앉아 있는 바로 그곳이다. 회현 지하철역은 무서운 아저씨가 있어도 눈 감고 얼른 뛰어갈 수 있을 정도로 짧았지만 서울역 지하도는 길고 길었으며 발 디딜 틈도 없이 노숙자들로 가득 차 있었다. 하나같이 비슷한 차림새에 박스를 덮거나 깔고 있는 그들은 책가방을 멘 초등학생 여자애를 신기하게 쳐다보았고, 가끔은 "집에 가니?" 하고 말을 거는 사람도 있었고, 빤히 쳐다보며 이상한 소리로 휘파람을 부는 사람도 있어서 더럭 겁이 났다. 하지만 아무리 겁이 나도 그 길을 통하지 않고는 집에 갈 수 있는 길이 없었다. 거기로 가지 않으려고 서울역 서문 쪽으로 돌아가서 한국은행 쪽으로 가거나 했다간 도저히 엄마가 걱정하는 시간인 6시까지 집에 돌아갈 수가 없어서 그 길을 꼭 지나쳐야 했다. 이래도 아아 대한민국 아아 대한민국 사랑하리라, 인가 싶은 막막함…… 하늘엔 조각구름이 떠 있을지 몰라도 땅에는, 우리 집 근처에는 지하차도에 박스 깔고 누운 아저씨들이 버

선생님들은 언제나 똑같이 말했다. "열심히 공부하고 일하면 누구나 잘살 수 있어요. 못 사는 사람들은 다 노력이 부족해서 그런 거예요." 하늘은 스스로 돕는 자를 돕는다는데, 그렇다면 우리 동네 사람들은 죄다 스스로를 돕고 있지 않은 걸까. 그런데 선생님, 하늘이란 게 늘 공평한 게 아니잖아요. 아시잖아요…… 그렇잖아요?

섯처럼 가득했다. 왜 여기 있는 걸까, 왜 그런 걸까, 서울역 지하도를 오가는 시간이 쌓일수록 고민도 적립되어 급기야 사회 시간에 선생님에게 손을 들고 물었다. 선생님 저희 집 근처에 지하도가 있는데요, 거기 이러저러하게 아저씨들이 맨날 누워 계신데요, 거기 있는 아저씨들은 다 공부 열심히 안 해서 그렇게 된 건가요? 선생님은 한참 동안 대답하지 않다가 약간 불만스러운 말투로 물었다.

—너희 부모님은 왜 그런 데로 지나다니게 하시니?

내가 알 리 있나. 부모님이라고 지나가게 하고 싶어서 지나가게 한 것도 아니고, 그 길이 아니면 길이 없는데. 그렇다고, 선생님 그쪽이 아니면 한국은행 쪽으로 남대문을 지나쳐서 신세계로 해서 한참 돌아서 집에 가야 하는데요, 그러면 엄마가 걱정하기 때문에 어쩔 수가 없거든요, 라고 장황하게 설명할 수도 없으니 할 말이 없었다. 아, 물어보지 말걸, 싶은 생각이 굴뚝 같았다. 아이들은 "거기 어떤 아저씨들이 있는데?"라고 여기저기서 물었고, 그래서 나는 "그러니까 누가 있냐면……" 하고 대답하려는데 선생님은 다시 한 번 엄하게 말했다.

—현진아, 그런 이야기 애들한테 하지 마라!

그리고 이야기는 계속되었다.

—너도 가지 말고! 다 열심히 살면 잘살 수 있어. 노력하면 다 잘살 수 있어. 사람은 다 자업자득이란다. 하늘은 스스로 돕는 자를 돕는다는 말 알지? 하여튼 그런 데 가지 마라!

다시 한 번, 나는 할 말이 없었다. 할 말도 없고 대답해줄 어른도 없어서 회현역이고 서울역이고 될 수 있는 한 지하도로는 가지 않으려고 애썼지만 그래도 갈 수밖에 없는 일이 왕왕 생겼고 그때마다 서글펐다. 조금만 더 똑똑했더라면 어른들 말이라고 해도, 선생님 말이라고 해도 다 맞는 게 아닌 걸 알았을 텐데, 그러면 아 그런가 보다 흥, 하고 지나칠 수 있었을 텐데…… 나는 워낙에 맹했으므로 알듯 말듯 헷갈리기만 했고 그냥 하염없이 서글퍼졌다. 하늘은 스스로 돕는 자를 돕는다는데, 그렇다면 우리 동네 사람들은 죄다 스스로를 돕고 있지 않은 걸까. 잠자리 날개 같은 홑청 한 장 걸치고 매를 맞아도 다음 날엔 달걀로 눈가를 비비면서 "어머 얘, 빼빼로 하나 먹을래?" 하고 미소 짓던 그 언니도 열심히 안 살아서 이렇게 살고 있는 걸까. 꼭 그것만은 아닌 것 같은데…… 그 '꼭 그것만이 아닌 것'이 그때의 나로서는 도저히 알 수 없었고 지금도 도무지 알 수 없는 일이지만, 아무리 생각해도 이것만은 확실하다. 선생님이 틀렸다. 십몇 년 전으로 거슬러 올라간다면, 아마도 그렇게 대답할 것 같다. 선생님 말씀이 다 맞습니다, 맞고요, 그런데 선생님, 하늘이란 게 늘 공평한 게 아니잖아요, 아시잖아요…… 그렇잖아요?

싼 전세방
51

왕십리 입성

다단계의 '다'자만 들어도 이가 박박 갈린다. 이제는 돌아가셨지만, 생전에 아버지는 애처로울 만큼 투명하게 속이 다 들여다보이는 사람이었다. 그런 아버지와 몇십 년 살았던 어머니도 별다를 것 없어서, 그 점을 놈들에게 꽁지털까지 매끈하게 뽑힐 정도로 이용당하는 바람에 부모님은 그나마 깔고 앉아 있던 전재산인 전세금 몇천만원을 날렸다. 남은 거라곤 열다섯 개 정도의 한방 자석요라나 뭐라나 하는 것밖에 없었는데, 완두콩 공주처럼 침소의 안락 유무를 감별할 것도 아니고, 예쁘지도 않은 이 한방 자석요를 잔뜩 깔고 앉아 뭘 한단 말인가. 한방 자석요건 양방 자석요건 그 흉물스러운 요는 거대하고 무거운 파멸의 깃발과도 같았고, 그 무시무시하고도 구차스러운 패전의 깃발이 조각조각나면서 우리 식구들까지도 폭격을 맞은 것처럼 사방으로 날아가게 되었다. 엄마는, 비행기 승무원 생활을 하느라 집을 비워 놓을 때가 많았던 사촌언니네 집으로 날아갔고, 아버지는 교회 연 지 10년이 넘어도 개척교회—즉 가사상태—인 예배실의 유아실에서 아무 담요나 덮고 잠을 청하게 되었고 나는 어디로 날아갔느냐 하면, 당시 친하게 지냈던 언니의 원룸으로 뻔뻔스럽게 불시착했다. 안 그래도 격렬한 우울증이 덮칠 때마다 아무 때나 그 언니에게 쳐들어가서 길고양이처럼 마구 폐를 끼치고 있던 차였다. 뻔뻔하기도 하지, 고양이는 귀엽기나 한데.

어쨌거나 그때 난 고작 스물 한두 살밖에 안 먹었는데도, 아르바이트를 마치고 집으로 돌아오면서 언덕마다 평지마다 꽉꽉 들어찬 불빛 하나하나가 참 얄밉게도 빛나서 툭하면 풀이 죽었다. 저토록 약 올리듯 반짝반짝 빛나는 불빛 하나 둘 중에 고작 내 몸 하나 눕힐 불 켜진 방 하나 없구나, 하고 한숨 쉬느라 땅이 꺼질 것 같은 상황이었으니 뻔뻔이고 철판이고 예절이고 뭐고 당장 체면 차릴 처지도 안 되었던 나는 무턱대고 언니에게 비비고 기어들어갈 수밖에 없었다. 언니는 너그럽게 나를 받아주었지만, 주차장 옆을 터서 불법으로 개축한 좁은 원룸 안에서 언제까지 둘이 지낼 수는 없는 노릇이었다. 언니는 홍대에 살고 있었는데, 그때

아르바이트를 마치고 집으로 돌아오면서

언덕마다 평지마다 꽉꽉 들어찬 불빛 하나하나가

참 얄밉게도 빛난다는 생각에 툭하면 풀이 죽었다.

저토록 약 올리듯 반짝반짝 빛나는 불빛 하나 둘 중에

고작 내 몸 하나 눕힐 불 켜진 방 하나 없구나.

홍대는 지금 홍대의 모습으로 서서히 변해가던 중이었다. 예쁘장하고 패셔너블하고 힙한 거리로 변하면서 방값이 수직 상승했고, 그렇게 부글부글 끓어오르는 자본주의의 용광로는 머지않아 거기에 어울리지 않는 우리 둘을 탁, 하고 가래침 뱉듯 간단히 뱉어낼 거였다. 게다가 우리 둘 다 어린 혹은 젊은 계집애들 주제에 저 홍대 앞에 살아요, 할 때 느껴지는 홍, 대, 하는 그 뉘앙스가 정말이지 질색이었다. 뭔가 보헤미안일 것 같고, 뭔가 자유로울 것 같고, 뭔가 예술적일 것 같고…… 뭐 그런 걸 즐기기엔 우리는 지나치게 감수성이 척박한 여자애들이었으니까. 언니의 남자친구와 함께 하루 3교대씩 컴퓨터에 〈문명3〉을 리니지 작업장보다 더 열렬한 기세로 돌리는 게 제일 즐거운 일이었는데다, 나는 WWE 프로레슬링 극동 투어에 갈 생각만 하는 애였고 언니는 담배꽁초로 1.5리터 페트병 하나 정도는 너끈히 채우는 여자였다. 먹고사는 문제로 골몰하고 있던 언니의 일자리는 홍대에서 멀어졌고 나는 역삼동에 있는 게임회사의 정규직 사원과 석관동에 있는 대학 학부생 노릇을 동시에 하면서 살인적인 일과를 소화하던, 아니 사실은 둘 다 제대로 소화하지 못하고 있었지만, 어쨌거나 굳이 홍대 앞에 있을 필요가 없었다. 그런 건 클럽데이를 좋아하는 보헤미안들에게 내주기로 하고 여차저차한 사정으로 우리는 저렴한 임대료와 각각 방을 가질 수 있는 자유를 찾아 멀리 떠나기로 결정했다.

이사를 원한 건 언니보다는 내가 더했으므로 발품을 파는 것도 당연히 내 몫이었다. 그때 찾게 된 곳이 성동구 왕십리였다. 처음에 이 동네에 발을 들일 때는 그토록 오래 성동구에 비비적대고 살고, 또 그곳을 떠나서도 이토록 그리워할 줄은 전혀 알지 못했다. 아직도 이사를 가고서도 오토바이 넘버는 '성동 나 7864'에서 괜히 못 바꾸고 있는 게 아주 못 말릴 청승이다. 2호선 상왕십리역에서 내려 5년째 폐업 세일하는 속옷 가게를 지나 용접기에서 날리는 불꽃을 잘 피하지 못하면 엉겁결에 종아리를 살짝 데기도 하고, '빠우' '후렉숀' 같은 알 수 없는 단어들이 마구 난무하는 간판을 지나(한참 후 금속노조 오빠들에게 이게 무슨 말인지 결국 듣게 된다. 어쨌거나) 한참 꼬불꼬불한 골목에 들어가보면 어쩌다 보니 될대라 돼라 되는 대로 지었다는 식의 집들이 여기저기서 튀어나온다. 겉은 멀쩡한 한옥인데 간판만 전파사라고 붙여놓은 집도 있고, 역시 멀쩡한 한옥인데 대림모터스 간판 붙여놓은 기왓집 앞에 오토바이가 쫙 늘어서 있는 광경 따위도 신기로울 것 없이 흔했다. 6·25때도 영업했다고 페인트로 별거 아니라는 듯 써놓은 해장국집도 있었다. 유서와 전통을 자랑하는 집이라고 떵떵거리면서 써놓은 것도 아니고 시뻘건 페인트로 대강 써놓은 폼이 꼭, 뭐 굳이 오래 영업한 거 자랑하고 싶진 않은

아저씨들 열심히 일하던 거리. 유령도시처럼 텅텅 비어 있다.

자기 일 열심히 하느라 쓸데없는 참견 않던 터프한 사람들의 터프한 거리였다.

데 그냥 니들이 궁금할까 봐서, 이런 투였다. 시크하긴.

당시 올드 바이크 고쳐 타기가 한창 유행해서 홍대 앞의 예쁘장한 소년들은 대림모터스의 옛날 모델인 '핸디'라는 낡은 오토바이를 산뜻하게 고쳐 타고 다녔다. 홍대 앞의 핸디는 고왔지만 왕십리의 핸디는 원래 색깔인 주황색 그대로 당당한 현역이었다. 딱히 예쁠 것도 없이 무심하게 녹슨 핸디들이 어떨 때는 뒤에 리어카를 매달고 어떨 때는 짐을 잔뜩 싣고 여기저기를 누비는 걸 볼 때마다, 조금이라도 놀고 싶다 일하기 싫다, 하던 나는 괜히 미안했다. 출고된 지 20년, 30년도 넘은 핸디도 저렇게 털털거리면서 열심히 일하는데, 미안해 핸디야, 나도 불평하지 않겠어. 내가 속으로 그러거나 말거나 핸디는 묵묵히 제 갈 곳으로 갔다. 이음새에 칠한 페인트가 죄다 벗겨진 낡은 오토바이들은 그렇게 먹고사는 일의 위엄에 넘쳐 몇 대고 몇 대고 내 앞을 지나갔다. 어떤 국가 원수의 행렬을 에스코트하는 고급 사이드카도 그보다 위엄에 넘치지는 못했을 것이다. 그 좁은 2차선 거리는 어쩐지 엄살 부리는 사람을 사정없이 조그맣게 만드는 무엇이 있었다.

스물두세 살의 나는 그 거리에서 가장 새파란 시절을 보냈지만, 조금이라도 여자애스러운 생각을 할라치면 도선

이기세요. 터프한 아저씨들. 꼭, 꼭.

사거리는 왠지 나를 마냥 푹푹하게 놔두지 않고 항상 조금씩 쫄게 했다. 학교나 회사에 가면 약간은 아가씨 같은 기분이 되어 집을 어떻게 꾸며볼까, 꽃무늬 커튼을 달아볼까, 저렇게 살랑살랑하게 해볼까, 어떻게 여자답게 예쁘게 살아볼까 하는 생각을 하다가도 상왕십리역에서 내려 집으로 돌아올 때쯤이면 이미 기분은 광포해질 대로 광포해져 있어서 꽃무늬 커튼이고 샤방샤방한 원피스고 다 엿먹으라는 기분에 그냥 소주나 사서 터덜터덜 돌아갔다. 몇십개의 '후렉션' '빠우' 등이 새겨진 간판 아래서 가끔은 웬 할머니들이 보안경도 쓰지 않고 그야말로 '무심한 듯 시크하게' 용접을 했고, 조금만 더 걸어가면 돼지 머리통과 개 뒷다리가 대책 없이 쌓여 있는 중앙시장과 식당 설비 파는 곳이 즐비했다. 가끔 닭갈비집 식탁이나 갈비집의 불판 같은 건 어디서 파는지 궁금했는데 이사와 보고 나니 죄다 우리 집 옆에서 파는 거였다. 이런 거였군, 하고 새삼 놀라면서 여기저기 치솟아오르는 수많은 용접 불꽃에 데일까 봐 이리 피하고 저리 피해서 간신히 집에 도착하면 아가씨 기분 따위는 옛날 옛적에 증발하고 에라 소주나 한잔, 하는 아저씨 기분이 되는 거였다. 세상이 다 뭐야! 사는 게 다 뭐야! 꽃무늬 커튼이 다 뭐야! 아가씨가 뭐야! 샤방샤방한 게 뭐야! 소주나 가져와! 대체로 뭐 이런 과정이었다.

한번은 친한 언니와 그렇게 툴툴대면서 길을 걷다가 상왕십리역 바로 근처에서 '문화예술공간 늦바람'이라는 간판을 보았다. 도대체 늦바람이 뭐지? 뭘 하겠다는 거지? 늦바람이 들었다는 건가? 늦바람이 든 사람들의 모임인가? 언니와 나는 궁금증을 참지 못하고 사무실 문을 두드렸다. 여기가 뭐하는 곳인가요, 하고 물어보려 했는데 아무리 문을 두드려도 늦바람이 난 사람들은 바람나서 어디로 갔는지 대답이 없었다. 그래도 늦바람이 뭔지 조금이라도 알아내고 싶었던 우리는 심부름센터 직원처럼 '늦바람' 사람들이 내놓은 쓰레기봉투를 뒤졌다. 뭔가 서류나 문건이라도 나오면 이곳이 도대체 뭐하는 단체인지 알 수 있을 거라는 확신에 들고양이처럼 쓰레기를 뒤졌지만, 결국 쓰레기봉투를 아무리 파헤쳐봐도 나오는 건 즐비한 술병뿐이었다. 늦바람의 정체에 대해 우리는 끝내 알아내지는 못했지만, 아마 나 같은 사람들이 많이 있었나보다. 그거 말고는 아무것도 알 수 없었다. 지금도 그렇지만, 세상은 언제나 그렇게 내가 알 수 없는 것투성이였다.

이사 전쟁

그때 오토바이가 있었다. 지금은 끝내 도둑맞고야 말았지만 그때는 일일이 커버를 씌워두면서 오토바이 간수를 잘해 놨었는데(벤리 CL 50 실버블루, 굶어죽을 지경이 되어도 팔지 않고 기어코 버텼던 보물이었다), 언젠가부터 동네 고등학생 녀석들이 그 커버 밑에 담배를 살그머니 감춰두고 우리집 담 옆에서 숨어 피웠다. 시끌시끌하게 떠드는 소리가 들려 웬 소란인가 나가보니 열여섯, 일곱이나 되었을까 싶은 소년들이 역시 비슷한 또래의 소녀들과 함께 아무리 죽여도 안 죽여지는 소리로 킥킥거리면서 담배를 피우고 있었다. 다들 즐거워 죽겠다는 표정이었다. 그때는 걔들이 참 귀여웠는데, 지금은 그걸 보며 애들 참 잘 논다고 생각했던 나까지 싸잡아 우습고 귀엽다. 언젠가 이 글을 쓰는 서른의 나를 우습고 귀엽다고 할 날도 오고야 말겠지만.

—저기요.

내가 말을 붙이니 아이들은 화들짝 놀랐다.

—네……?

아직 많이 남아 있는 담배를 화들짝 끄는 게 괜히 안쓰럽기도 해서 나는 얼른 말렸다.

—저기, 저기, 끄지 마요. 장초를 아깝게…… 아니 나는 그냥, 피우지 말라는 게 아니라 그게, 여기 주인아줌마가 우리보고 막 뭐라고 하니까. 꽁초는 좀 도로 가져갔으면 해서.
—아, 네…….

그 이후 우리는 매우 머쓱하면서도 평화로운 공조 및 동맹 관계를 유지했다. 아이들은 숨어서 담배를 피웠고, 나는 간혹 담배가 피우고 싶으면 녀석들이 숨겨놓은 담배를 한 대씩 빼와서 피웠다. 누구더라, 청소년들의 흡연을 방조하느냐며 경찰에 얼른 알리라고 비난한 매우 도덕적인 친구도 있었지만, 나는 예나 지금이나 그다지 윤리적인 인간이 아닌지라 별로 후회하지 않는다. 패싸움이나 '패본드' 같은 것보다야 '패담배'가 훨씬 낫지 않은가.

어쨌든 담배를 든 고등학생을 수없이 끌어당기는 은밀한 공간을 지녔던 그 집으로 이사하는 과정도 그리 순탄하지는 못했다. 중앙시장과 황학동 벼룩시장, 청계천 고가, 신당동 떡볶이 골목과 곱창 거리, 조리 기구 시장 등에 둘러싸인 그 집 집세는 그리 싸진 않았지만 어딘가 도시 속의 작은 섬 같았다. 물론 피지나 푸켓처럼 풍요로운 느낌의 섬은 아니었지만 그냥 섬에서 살고 싶었던 우리는, 어쨌든 왕십리라는 그 섬의 주민이 되기로 결정했다. 홍대나 신촌도 2호선을 타면 가까웠고, 당시 다니던 회사가 있던 강남 쪽도 갈 수 있었고 버스 노선을 이용하면 석관동 구석에 있던 학교도 멀지 않았다. 어차피 많지도 않은 짐을 넣을 박스는 대형마트에서 질질 끌고 왔다. 부동산 계약을 마치고 빌렸던 비디오나 만화책도 죄다 반납하고 1톤 트럭과 짐을 날라줄 남자 분을 한 분 모시고, 여름 해가 쨍쨍 내리쬐던 날 우리는 홍대를 떠났다.

보증금을 쥔 언니는 먼젓번 집주인과 이것저것 끝낼 이야기가 있었기 때문에 짐을 옮기거나 여차여차한 것들은 내가 맡아 이삿짐 트럭에 타고 먼저 왕십리로 향했다. 드디

어 내 방이 생기니 어떻게 꾸미면 좋을까 소녀스러운 꿈을 잔뜩 꾸며 마침내 집 앞에 도착했으나 그 꿈은 산산이 부서져 용접 기계 앞에 흩날렸다. 주인아주머니는 분명, 살던 사람들이 나가서 빈집일 테니 이사하기 편하게끔 미리 문을 따두겠다고 이사 전날 철석같이 약속했는데 문은 굳게 잠겨 있었다. 혹시 누가 있나 싶어 쾅쾅 두드렸지만 대답이 없었다. 트럭이 도착하는 소리를 듣고 나온 주인아주머니에게 문이 잠겼는데요, 하니 아주머니는 고개를 갸웃거렸다. 어머 그럴 리가 없는데, 하며 아주머니는 열쇠를 가져와 문을 땄다. 현관에는 남자 신발과 여자 샌들이 한 켤레씩 얌전히 놓여 있었다. 빈집은 무슨, 숟가락 하나 치우지 않은 채 누가 멀쩡히 살고 있었다.

멍하니 주인아주머니를 쳐다보고 있는데 그 신발의 주인일 터인 남녀 두 사람이 갑자기 튀어나오더니 우리를 밀치고 밖으로 내달렸다. 얼결에 벽으로 떠밀렸다가 비척비척 아주머니를 쳐다보니, 아주머니는 별일 아니라는 듯 어깨를 으쓱해 보였는데 사실 굉장히 별일이었다. 그 두 사람은 원래 이 집에 살고 있던 사람이었다. 이 집에 이사를 들어오면서 급한 사정이 있어 보증금은 하루 후에 입금해주겠다고 안타깝게 이야기하는 바람에 주인아주머니는 일단 그러라고 했다는 거다. 그런데 하루 이틀이면 보증금이 마련된다는 그들의 이야기는, 하루 이틀이 삼십 번쯤 계속 반복됐고, 그러다보니 슬슬 주인아주머니의 인내심도 한계에 달하기 시작했으나 그러거나 말거나 그 남녀는 기다려달라는 말을 반복하며 사람 사는 게 다 그렇고 그런 거 아니겠느냐, 사후에 복 받을 것이다, 우린 원래 그런 사람이 아니다, 지금 상황이 아주 조금 안 좋을 뿐이라는 말만 계속하면서 6개월을 보냈고, 마침내 주인아주머니는 알고야 말았던 거다. 그들은 원래 그런 사람이라는 것을. 공짜로 반년간 살았지만 그냥 쫓아내는 게 상책이라고 생각한 주인아주머니는 월세고 뭐고 지금까지 살았던 돈도 필요 없으니 그냥 나가만 달라며 집을 내놓았고, 그 자리를 메우겠다고 나선 사람이 나와 언니다. 우리와 계약을 마친 다음 주인아주머니는 신발 두 켤레의 임자에게 몇 월 며칠 새로운 세입자가 올 것이다, 우리는 당신들에게 충분히 시간을 주었다, 그러니 그 전날까지 집을 비우라고 통보했다. 그러나, 우리 원래 그런 사람 아니에요, 하고 반복하던 그 사람들은 계속해서 원래 그런 사람이 아니라고 주장하며 한 달만 더, 일주일만 더, 급기야 우리가 이사 전날 짐을 꾸리고 있을 시각에는 주인아주머니에게 하루만 더, 라고 외치고 있었다. 주인아주머니는 그런 이빨도 안 들어가는 소리는 더 이상 듣고 싶지 않다며 빨리 나가라고 일침을 놓았다고 한다. 그러나 그 일침은 역시 제대로 들어간 건 아니었는지 결국 이렇게 숟가락 젓가락까지 고스란히 있는 남의 살림집에 침입한 꼴이 되고 말았다. 아주머니는 분개하여 뭐 이런 사람들이 다 있어, 하고 목소리를 높였지만 샌들을 끌고 다시 들어온 아가씨의 목소리는 한층 더 카랑카랑했다. 아니 카랑카랑하다 못해 쩌렁쩌렁했다. 더러워서 나간다, 나가주면 될 거 아니냐, 지금 포장이사 불렀다, 싹 비워주겠다며 눈을 치뜨는 그녀를 보면서 나는 마음속에서 약간 존경심 비슷한 것까지 들려고 했다. 어쩜 저렇게 당당할 수 있는지, 나도 저렇게 살고 싶다…… (그 후 여러 번 애는 써봤지만 그냥 민폐만 끼치고 혼자서 달밤에 하이킥할 뿐, 그렇게 쩌렁쩌렁 해본 적은 결국 없었다. 아마 앞으로도 그럴 것이다. 어쨌거나) 저런 방식으로 세상 살면 잘살 것 같은데, 아마 그녀는 어디서든 잘 먹고 잘살 것이다.

해는 내리쬐고 나는 시름에 잠겨 있는데 어떤 남자가 내 옷소매를 잡아당겼다. 아가씨는 소리치고 있고 아줌마는 참 내, 참 내 하는 소리만 되풀이하고 있는 이 아비규환에서 나를 구해줄 백마 탄 왕자였다, 라고 쓰고 싶은 마음이 굴뚝 같지만 유감스럽게도 그게 아니고 그 남자는 1톤 트럭을 나랑 같이 타고 온 이삿짐센터 아저씨였다. 저기 아가씨, 나는 시간 단위로 움직이는 사람이니 이만 가봐야겠다는 짧은 말과 함께 아저씨와 이삿짐 트럭은 휑하니 사라졌다. 물론 나는 시간 단위로 움직이는 사람이 아니었으므로 거기서 낭비할 시간이 얼마든지 있어서 냉장고, 세탁기, 뭐 그런 덩치 큰 녀석들과 함께 칠월의 뜨거운 햇살이 내리쬐는 시멘트 위에 외롭게 남겨졌다. 아저씨, 이 짐들 다 집 안까지 옮겨주기로 하고 돈 받으신 거잖아요, 하고 이야기해 보려 했지만 시간 단위로 움직이는 아저씨와 트럭이 떠나는 부르릉 소리에 묻혔다. 아저씨는 나를 버리고 떠났고 아무리 젊고 기운 좋은 시절이라 하더라도 세탁기와 냉장고는 여자애 혼자 힘으로 어찌할 바가 없었으니 더듬더듬 주인아주머니에게 서투르게 항의를 하려 시도도 해보았다. 그러나 결기가 심하게 부족한 그따위 시시한 항의는 방금 전 카랑카랑했던 여자와 대거리한 주인아주머니에게는 엄청나게 만만했다. 아주머니가 세입자 관리를 잘 못하셔가지고, 분명히 어제 공실 상태로 만들어주신다고 하셔서 우리가 오늘 이사를 한 건데, 이 사람들이 아직까지 짐을 다 못 싸고 그대로고, 우리가 여자 둘이 사니까 큰 세간은 못 옮겨서 아저씨를 부른 건데, 그 비용은 지금 완전히 공중에 날린 거고, 그러니까 아줌마가 어떻게 해서든 처리를 해주시는 게 인간의 도리일 것 같은데, 그러니까 아주머니가 그 손해비용을 지불해주시든지 아니면 집 비워주지 않은 거는 전 세입자 잘못이니까 저 사람들한테 받아서 저한테 주시든지, 아니면 두 분이 합의해서 주시든지, 어쨌거나 나는 지금 굉장히 덥고 불쾌하다, 뭐 그런 말을 두서없이 주절거리는데 어찌나 쭈뼛쭈뼛한지 스스로도 한심했다. 그 한심한 항의인지 불평인지 넋두리인지를 접수한 순간 양쪽 끝을 문신한 게 분명한 아주머니의 눈썹이 이건 뭐 갈매기도 아니고 알바트로스가 양쪽 날개를 쫙 펴고 활강을 준비하듯 팍, 하고 치켜올라갔다. 아주머니는 별다른 말 없이 어디론가 사라졌고, 언니는 오지 않고, 하릴없이 땡볕에 앉아 한 시간쯤 기다리니 카랑카랑한 아가씨가 부른 이삿짐업체가 도착해 짐을 싸기 시작했다. 녹색 박스마다 '포장이사 전문가'라고 씌어 있는 대로 그들은 역시 전문가여서 척척 포장하고 착착 쌓아올려 순식간에 집을 비웠다. 이럴 거면 어제 부르지 이 아가씨야 싶어 나는 푹푹 한숨이 나왔다. 하지만 역시 이 아가씨는 강하게 살아온 여자였다. 철가면처럼 얼굴에 초합금 티타늄 같은 걸로 도배라도 했는지 미안하다는 말 따위는 한마디도 없이 또박또박, 다음과 같이 말했다.

—저기요, 저희가 오늘 이사할 줄 몰랐거든요! 그래서 도시가스에다가 미리 연락을 안 해놨거든요! 저희가 나중에 가스레인지 찾으러 올 거거든요! 그러니까 그때 주세요!

지금 같으면, 알겠거든요! 근데 그때 어떻게 될지는 잘 모르겠거든요! 하고 뭐라고 한마디라도 쏘아붙여줬을 텐데 그때는 뭐 싸울 기운도 없고, 카랑카랑한 언니도 너무 무섭고, 그래서 그냥 알겠다고, 주겠다고, 이사 잘 가시라고 그저 고개만 끄덕끄덕했다. 역시 호구는 타고난다. 게다가 자본주의에 적응하지 못하는 동지끼리 야멸차게 그럴 순 없지, 뭐 저쪽은 나를 동지로 인정하는 것 같지 않지만 그건 그렇다 치고…… 어쨌거나 그러는 동안 드디어 언니도 오고 일 도와주겠다고 온 언니 친구도 오고 다 좋은데 다들 백색가전에 대항하기에는 체급들이 애처로웠다. 일단 46킬로그램 나가는 언니. 만성 저혈압과 저혈당 증세로 아침에 잘 일어나지도 못하는 가냘픈 저 몸에서 근력을 바란다는 건 실로 어리석은 짓이다. 도와주기 위해 온 그녀의 친구는 44킬로그램(남자다)에 심장판막증 환자. 저 사람에게 전기밥솥보다 무거운 걸 들게 했다간 나는 관을 먼저 나르고 과실치사로 입건될 것이다. 그러면 백색가전에 대응할 선수는 바로 나 하나. 청코너 냉장고, 이에 도전하는 홍코너 김현진 선수, 164센티미터에 페더급은 가볍게 넘어갑니다만 냉장고 다음에 세탁기와의 경기가 바로 이어지고 있으니 과연 오늘 무사히 이 선수 더블헤더(연속 경기)를 치러낼 수 있을까요? 여기서 잠깐, 왕십리의 빈스 맥마흔(2002-3 시즌의 WWE 스토리라인을 즐겨 보았던 독자라면 내가 무슨 말을 하고 있는지 알 것이다. 당시 트리플 H를 보러 열심히 저금해서 극동 투어까지 쫓아갔던 기억이 선명하다. If u smell~~~~ what the rock, is cookin'!!!)을 불러봅시다. 아까 인상을 찌푸리며 어디론가 사라졌던 그 주인아주머니를! 여기저기 주인아주머니를 찾고 있는데 집 뒤켠(지금은 모두 어른이 되었을 중고딩들과 담배 동맹을 맺은 바로 그곳)에서 두런두런 말소리가 들렸다. 소곤소곤하는 소리는 분명 주인아주머니의 목소리였다. 그러고 보니 아까 뭔가 엄청 귀찮다는 얼굴을 한 아들을 끌고 내려오는 것도 같았다. 이 시간과 이 상황에 다정히 모자간의 친목을 도모할 리는 없을 테고, 분명 자본가들끼리의 착취 음모일 것이다, 라고 생각하고 얼른 스타크래프트의 고스트처럼 클로킹(투명으로 변해서 상대방 눈에 안 띄게 하는 기술) 모드로 다가가 귀를 쫑긋 세웠는데 아니나 다를까 역시 그게 맞았다.

—얘, 인부가 갔다고 쟤들이 글쎄 돈을 나더러 내놓으래잖니? 그냥 니가 무거운 거 몇 개 같이 들어주고 좀 말어.

—엄마 그래도 줄 건 줘야죠. 쟤네 말이 틀린 것도 아닌데.

—됐어. 쟤들 다 애잖아. 그냥 웃으면서 막 넘어가. 짐 다 옮기고 나면 미안하다고 피자나 하나 시켜주면 돼.

—호호 하긴…….

세상이 뭐 이리 무섭단 말인가. 대한민국에서 집주인은

역시 아무나 되는 게 아니었다. 내 뒤로 살금살금 가냘픈 언니가 다가와 있었다.

—언니 어떡해?

—그래도 앞으로 잘 지내려면 대강 참아야 하지 않을까……?

우리가 그러고 있는 사이 뒤켠에서 나온 아줌마는, 아니 악독한 빈스 맥마흔은, 갑자기 화사하게 웃으며 말했다.

—우리 아들이 도와줄 거야! 그치 아들?

그 아들과 나는 힘을 합해 백색가전에 맞섰고, 그 지난한 이사가 끝나고 엎어져 있는 우리들 앞에는 기본 토핑만 얹은 도미나(도미노의 오타가 아니다) 피자 미디엄 사이즈 한 박스가 배달되었다. 게다가 다 식은 채로. 빵은 또 왜 그렇게 타이어처럼 질긴지. 그래도 우리는 죽도록 입에 밀어넣었다. 앞으로도 우리 힘으로 세상을 잘 헤쳐나가려면 입에 빵이든 타이어든 속을 잘 채워놔야 될 것 같았다. 앞으로도 언제 냉장고를 번쩍 들게 될지 모르는 일이니까. 살아보니, 역시 그랬다. 언제 뭘 들게 될지 모르는 거, 그런 게 인생인 모양이다.

하수구와
핑크색 새틴 원피스

냉장고와 세탁기는 다행히 제자리에 안착했지만, 나의 수난은 그것으로 끝나지 않았다. 다음 상대는 하수구였다. 당시의 내 방은 냉장고 박스만 했다. 워낙 좁았기 때문에 좋아하는 영화의, 포스터도 아니고 팸플릿 몇 장으로도 벽을 온통 채울 수 있었다. 도저히 침대를 들여놓을 공간이 안 나와서 매트리스를 하나 샀지만 그것도 안 들어가서 바로 옆 동네 신당동 가구거리에서 오신 아저씨가 온갖 용을 쓰며 U자 모양으로 휘어서 구겨넣어야 했다. 그래도 그 위에서 자는 게 그리 괴롭진 않았다. 거의 매일 술에 취한 채 잤기 때문에 U자든 V자든 별 상관은 없었다. 사실 그건 광이라고 부르는 게 온당하지 방이라고 하기엔 좀 민망한 사이즈였다. 아니, 광보다 관이 나을지도 모르겠다. 학교 수

업에, 직장 업무에 곧 죽을 것 같은 날 문을 쾅 닫고 찌그러진 매트리스 위에 누워 있으면 그야말로 〈리어왕〉의 독백이 줄줄 흘러나왔다. 아아 나는 살아 있는가 죽어 있는가, 내가 누구인지 말할 수 있는 자는 누구인가.

살아 있는지 죽어 있는지는 아직 모르겠다. 서울과 그 언저리를 헤매는 사람들은 대부분 살아 있는 상태와 죽어 있는 상태 어딘가를 떠도는 중이라는 것을 그때는 알지 못했다. 그저 나는 그때도 도시 빈민이었고 지금도 도시 빈민이며 앞으로도 도시 빈민이리라는 것을 알 뿐이다. 어쨌거나 그때, 도시 빈민 여자애는 광이든 관이든 제 몸 의탁할 곳이 하나 있다는 것만으로도 일단 기쁘기 그지없었다. 그러나 그 광 혹은 관과 연결되어 있는 조그마한 다용도실, 그리고 그 다용도실의 바닥과 연결되어 있는 하수구가 재앙의 근원일 줄이야. 여름에 이사를 했으니 당연히 장마가 곧 찾아왔다. 그 장마야말로 나의 새로운 적이었다. 현대문명은 자연재해에 맞서 승리를 거둔 지 오래라고 생각했는데 아직 아니었다. 홍수나 지진 정도는 되어야 자연재해라고 생각했는데 아무렇지도 않고 대단할 것도 없는 장마 때문에 덜덜 떨게 될 줄이야. 이 다세대 주택에 사는 누군가가 어느 날 머리를 격렬히 감는다거나 해서 머리카락 뭉치가 하수구를 막아버리면 어김없이 물은 넘쳤다. 그런 사태

사실 그때 내 방은,

광이라고 부르는 게 온당하지

방이라고 하기엔 좀 민망한 사이즈였다.

아니, 광보다 관이 나을지도 모르겠다.

거기 누워 있으면

그야말로 〈리어왕〉의 독백이 줄줄 흘러나왔다.

아아 나는 살아 있는가 죽어 있는가,

내가 누구인지 말할 수 있는 자는 누구인가.

가 일어날 때마다 이 건물의 가장 아래에 있는 집, 즉 지하 셋방인 우리 집 하수구를 통해 잿빛 오수는 기세좋게 역류했다. 물들은 원래 제 갈 곳으로 가기 마련인데, 하필 내 방인지 광인지 관인지 하는 하여간 바로 거기로 물은 흘러들었다. 그래도 몇 번은 바가지 정도로 퍼내면 될 만한 수준이라 만만하게 봤는데 자연의 힘은 위대했다. 비가 많이 쏟아지던 어느 날, 아침에 등교해서 여섯 시간 내리 강의를 듣고 헐레벌떡 회사에 출근해 일을 마친 다음 파김치가 된 몸을 눕히고 싶다는 일념으로 질퍽한 거리를 해치고 겨우 U자 모양 매트리스에 털썩 주저앉는데 찰랑찰랑 하는 심상치 않은 소리가 들려왔다. 찰랑찰랑? 찰랑찰랑? 가정집에서 들릴 만한 사운드가 아니었기 때문에 제발, 설마, 뭐 이런 단어들이 머릿속으로 엄청나게 스쳐지나가는 가운데, 두 눈을 질끈 감고 다용도실 문을 벌컥 여니 맙소사, 문턱까지 혼탁한 오수가 차올라 있었다. 야근이라도 했었다면 온통 방까지 잠겨 있었을 사태였다. 버리려고 챙겨뒀던 비닐봉지나 다용도실 슬리퍼 따위가 회색 물 위를 둥둥 떠다니고 있는 꼴이라니. 하나님 거짓말쟁이, 다시는 물로 세상을 멸하지 아니하겠다 하셨으면서……!

땅에 떨어진 것도 잘 주워먹는 비위에도 참을 수 없을 정도로 고약한 냄새를 풍기는 물은 아스팔트처럼 색깔이 시켜맸다. 게다가 하수구 안에서 지난 몇 년간 지냈을 것이 틀림없는 온갖 종류의 오물과 쓰레기들이 양어장의 고기처럼 헤엄치고 있었다. 가방을 집어던지고 미친 듯이 양동이를 가져왔다. 물을 퍼내기 전에 가장 먼저 구출해야 할 것이 있었다. 폐업하는 옷가게에서 엄청나게 싼 가격으로 산 핑크색 원피스! 야들야들한 검정색 레이스로 장식된 차분한 핑크색 원피스는 아직 개시도 안 했고, 방 안에 얌전히 걸린 채 늘 내 지친 하루를 위로해줬는데 저 시커먼 물이 묻는다면 나는 하수구 물에 코를 박고 죽을지도 몰랐다. 코시 판 투테(Cocĭ pan tutte, 이것이 여자라는 것이다)! 게다가 다음날 맘에 뒀던 남자애랑 강남역에서 만나기로 했는데, 그때 입어야 하는데, 무슨 일이 있어도 원피스는 건져야 했다. 책이고 컴퓨터고 뭐고 일단 원피스를 지고 다다다다 안전지대로 대피시킨 뒤, 나는 내무반 동료들을 구출하기 위해 수류탄을 몸으로 덮치는 김병장과도 같은 기세로 양동이를 옆구리에 끼고 다용도실로 뛰어들었고, 얼른 문을 쾅 닫은 뒤 힘차게 물을 퍼내기 시작했다.

하수구에서는 분수처럼 계속 물이 차올랐다. 정체를 알 수 없는 각종 허섭쓰레기들이 맨발을 지분지분 만지고 지나갔다. 밖으로 물을 퍼내고 퍼내고 또 퍼내도 계속 차오르는 오수…… 아무리 남부럽지 않게 튼튼한 팔뚝을 가졌어도 대자연의 힘에 대적하기에는 역부족이었다. 방까지 차오르지 않을 정도로 수위를 유지하는 게 고작이었다. 온몸에서 대걸레 같은 냄새가 나기 시작했다. 내가 대걸레인지 대걸레가 나인지 양동이를 한시도 놓지 못하고 핸드폰을 어깨에 끼운 채 같이 사는 언니에게 전화를 걸었지만, 불행히도 언니는 데이트 중이었다. 팔 근육이 덜덜 떨렸다. 그래도 퍼내고, 또 퍼내고, 또 퍼내고, 또 퍼내고, 비는 계속 쏟아지고…… 연애를 많이 했으면 뭐 하나, 정작 이럴 때 부를 남자 하나 없는데. (그 점은 이후로도 나아지지 못했다. 어쨌거나) 핑크색 원피스부터 잽싸게 대피시킨 머리 노란 여자애가 씩씩거리며 물을 퍼내는 모습은, 지금 생각해보니 피식 하고 웃음이 나올 만한 광경이지만, 그 순간은 길지도 짧지도 않은 지금까지의 인생을 통틀어 가장 고독한 순간 중 하나였다. 아니 뭐 고독씩이나, 뱉어놓고 보니 좀 민망하긴 하지만 고독이니 사랑이니 뭐 말은 그럴싸한 것들일수록 본질은 늘 구차하니 나로서는 어쩔 수 없다. 하여간 나는 몇 시간 동안 사투를 벌인 후 각목처럼 뻣뻣해진 팔을 주무르며 결국 양동이를 내팽개치고 우리의 '빈스 맥마흔'을 만나러 갔다. 주인아주머니는 꼭대기층에 살고 있었다.

—저기, 물이…….

나는 숨이 턱에 닿아 있는데 주인아주머니와 아저씨는 이쪽이 민망할 만큼 심상하게 어깨를 으쓱해 보였다.

—또야?

그리고 부부는 매우 여유롭게 걸어내려와 다용도실을 보고는 다시 한 번 어깨를 으쓱했다.

—아휴, 또 이러네.

그리고 어디론가 전화를 걸더니 양수기 아저씨가 곧 올 테니 기다리라며 부부는 나란히 하품을 하며 또 매우 여유롭게 사라졌다. 시간은 열두시가 가까워가는데 양동이를 놓지 못하고 재투성이, 아니 똥투성이 아가씨는 기다리고 또 기다렸다. 오늘 이 동네에 똥투성이가 된 사람이 많았던 건지, 양수기 아저씨가 도착한 것은 새벽 두시가 넘을 무렵이었다. 팔은 뻣뻣해진 지 오래고 눈은 시뻘게지고 온몸에서는 본격적으로 시궁창에 2년쯤 처박아둔 대걸레 같은 냄새가 났다. 털털털 양수기 돌아가는 소리가 나고 아저씨가 능숙한 솜씨로 하수구를 몇 번 쑤석거리자 이내 너덜너덜한 고무장갑 한 짝이 나왔다. 이것 때문에 그랬네, 하고 아저씨는 장갑을 척 던지고 돌아갔고, 나와 양동이와 고무장갑은 드디어 쉴 수 있게 되었다. 마음 같아서는 그냥 매트리스에 자빠져 1년쯤 기절해 있고 싶었지만, 저 핑크색 새틴 원피스를 입고 시궁창 냄새를 풍길 수는 없었으므로 나는 화장실로 달려가 이태리타월에 비누를 듬뿍 묻혀 살갗이 벗겨질 만큼 박박 문질렀다. 거의 온몸의 껍질을 한 겹 벗겨내고서야 냄새가 좀 가실 것도 같았다. 내 참 더러워서 더러워서, 나는 투덜거리면서 끊임없이 박박 문질러 댔다.

옆집 여자

더러운 물이 우리 집만 공격한 것은 아니었다. 지하에 두 가구가 있었으니 그해의 재수 유무에 따라 이 집으로 역류하느냐, 저 집으로 역류하느냐가 정해지는데 그해는 우리가 하수구 당번이었는지 우리 집으로만 놈들이 쳐들어왔다. 그런데 딱 한 번 구정물이 옆집으로 넘친 적이 있었다. 40대 정도의 부부가 초등학생 아들을 하나 두고 살고 있는 가족이었는데, 남편의 얼굴은 거의 구경하기가 힘들었고 장미 가시처럼 뾰족하고 메마른 인상의 아내와는 종종 마주쳤다. 인상만 뾰족한 게 아니라 몸도 뾰족했다. 나와 같이 살고 있던 언니도 몸이 마른 걸로는 충분히 대한민국 1프로였건만 옆집 아줌마에 비하면 언니는 풍만해 보일 정도였다. 한마디로 온몸의 기름기라는 기름기는 흡입기 같은 걸로 다 빨아내버린 것 같은 인상이었다. 붙들고 조금 만 힘을 주면 바로 힘없이 뚝, 하고 분질러질 것 같은 몸에 늘 아무렇게나 틀어올린 머리카락 아래로 드러난 목은 이쑤시개처럼 가늘었다.

그러나 옆집 남자는 자기 아내가 그렇게 가느다랗다는 걸 모르는 건지, 아니면 몸은 가느다랗더라도 체력이 된다고 믿고 있는 건지 그렇게 소독저 같은 사람한테서 때릴 구석을 참 잘도 찾아냈다. 새벽 두세시까지 죽이네 살리네 하는 소리와 온갖 쌍욕과 퍽퍽 하는 소리가 처음 들려올 때는 설마 옆집이라고는 생각지도 못했다. 언뜻 본 옆집 남자의 체격이 워낙 장군감인데다가 그렇게 건장한 남자가 그렇게 가느다란 여자를 때릴 수 있다는 게 상상도 가지 않았기 때문이었다. 하지만 몇 날 며칠 지켜보니 그 남자는 가냘픈 자기 아내를 질긴 샌드백 정도로 여기는 게 틀림없었다. 나는 참다못해 112에 전화를 걸었다. 경찰은 이 동네에서 이런 일은 아주 익숙하다는 듯이 전화를 끊자마자 신속히 달려왔다. 사이렌 소리가 울리자 무서워졌다. 네년이 소리 지르는 바람에 사람들한테 들려서 경찰이 왔다고 저 여자 더 맞는 게 아닐까 덜컥 겁이 났다. 아니나 다를까 며칠 후 옆집 여자가 찾아왔다.

새소리를 흉내 낸 벨소리가 이상한 비명처럼 계속 들렸다. 허둥지둥 나가서 보니 창백한 옆집 여자가 앙칼지게 소리부터 질렀다. 다행히 경찰이 온 것 때문에 찾아온 건 아니었고, 우리가 밤에 문을 너무 쾅쾅 닫는다는 거였다. 나도 그녀에게 약간의 불만이 있었는데 그건 우리가 현관 앞에 재활용 쓰레기를 모아놨다가 버리려고 놔둔 상자에 그녀가 마구 자기네 물건들을 팽개쳤기 때문이었다. 쌀푸대부터 오란씨 페트병까지 그녀가 내놓는 재활용 쓰레기는 다채로웠다. 사과박스만 한 그 상자에 우리가 버린 거라곤 500밀리리터짜리 우유팩 한 통뿐이었다. 나는, 문 닫는 문제는 조심하겠다, 그런데 우리 버리려고 둔 상자에 자꾸 재활용 쓰레기를 버리셔서 좀 곤란하다, 라고 어물어물 말을 꺼냈고, 그녀는 언제 얼굴이 창백했었냐는 듯 갓 지은 밥처럼 윤기가 자르르 도는 표정으로 버렸다는 증거 있느냐, 네가 봤느냐, 어디다 덮어씌우느냐고 삿대질을 하며 소리쳤다. 한참 소리 지른 다음 내가 입을 열기를 기다리는 그녀의 기세등등한 얼굴은 화사하기까지 했다. 그 이상한 화사함 앞에서 내 할 말은 모조리 사라지고 말았다. 대거리하려면 할 말이야 얼마든지 있었지만, 그 모든 단어들이 순식간에 기력을 잃고 허망해졌다. 내가 할 수 있었던 일은 다만 고개를 깊숙이 숙여 보이는 일뿐이었다. 제가 오해했습니다, 실례했습니다, 문소리 때문에 불편 끼쳐드려서 죄송합니다, 앞으로는 꼭 주의하겠습니다, 한참 고개를 숙이고 있다가 얼굴을 드니 그녀의 얼굴에서 아까의 등등한 화사함은 연기처럼 사라져버린 지 오래였다. 그녀의 그 표정은, 내가 살면서 한 번도 본 적 없는 그런 표정이었다. 굳이 비슷한 것을 찾자면 곧 울음을 터뜨리려는 얼굴에 가장 가까웠다. 멍하니 서 있던 그녀는 갑자기 아무 말 없이 문을 쾅 닫고 자기 집으로 들어갔다.

나는 현관에 우두커니 서 있다가 한숨을 쉬고는 개를 데리고 산책을 나섰다. 현관문을 열쇠로 잠그는데 옆집 문 너머로 울음 섞인 그 여자의 목소리가 들려왔다.

—야 이 개같은 새끼야, 사는 게 왜 이렇게 더러워. 사는 게 왜 이렇게 더럽냐고…… 응?

물론 우리 개에게 한 말은 아니었지만, 개의 귀를 막아주고 싶었다. 그녀는 계속 뭐라고 말했는데, 그 다음 말들은 흐느낌 소리에 묻혀 들리지 않았다. 그녀는 큰 소리는 안 내고 울기만 했다. 아, 그러게. 사는 게 왜 이렇게 더럽나. 그 다음 말은 들리지 않았다. 그녀는 계속 울었다. 아, 정말 사는 게 왜 이렇게 더러운가. 그날 왕십리 밤하늘은 엄청나게 칙칙했다. 개 끈을 잡고 산책을 하다가 까만 구슬처럼

그녀는 계속 울었다.

아, 정말 사는 게 왜 이렇게 더러운가. 그날 왕십리 밤하늘은 엄청나게 칙칙했다.

개 끈을 잡고 산책을 하다가 까만 구슬처럼 반들거리는 개의 눈동자를 향해 말했다.

사는 건 가끔 더럽고, 밤하늘은 종종 칙칙하고, 밤 산책은 원래 다 이런 거야. 그런 거야……

이곳은, 이웃을 생각하기엔 참 고독하고도 난해한 도시였다.

반들거리는 개의 눈동자를 향해 말했다. 사는 건 가끔 더럽고, 밤하늘은 종종 칙칙하고, 밤 산책은 원래 다 이런 거야. 그런 거야.

며칠 후 그녀는 또다시 우리 집 벨을 눌렀다. 비가 내린 날이었다. 이번에도 우리 집 가짜 새소리 벨은 모가지를 우악스럽게 쥐어 잡힌 닭처럼 울었다. 새벽까지 리포트를 쓰던 중 잠깐 엎어져 있었는데 눈을 비비며 나가보니 그녀는 날카롭게 비명을 질렀다.

—지금 하수구가 넘쳐서 우리 집 다 잠겨요! 안 도와주고 뭐 해요!

물론, 나에게 그녀를 도와줄 법적 의무 같은 거야 없었지만 호구는 타고난다. 얼른 그 집에 들어가보니 이 집 다용도실도 더러운 물로 찰랑댔다. 초등학교 3, 4학년이나 될까 말까 한 아들은 어쩔 줄을 모르고 서 있었다. 물의 색깔도, 냄새도 익숙한 광경이었다. 양동이를 가져와 그동안 수련한 기술로 그녀가 물통을 채우는 대로 그걸 바깥에 내다 버렸다. 좀 고된 노동이었다. 곧 몸에서 친숙한 시궁창 냄새가 풍겼다. 몇 통인지 모를 물을 퍼내고 들어오니, 그녀는 그 울 것 같은 표정으로 어딘가에 전화를 걸고 있었다.

—아니 지금 그렇다니까요. 물이 넘쳐서 집이 다 엉망이야…… 아니 정말이라니까. 왜 안 믿어요. 왜 사람 말을 안 믿는 거야. 왜 안 믿는 거냐고!

남편분이시냐고 물으니 그녀는 고개를 끄덕였다. 나는 말없이 손을 내밀었다. 여자가 핸드폰을 건넸다. 여보세요, 하고 들리는 목소리는 점잖은 중년 남자의 목소리였다.

—저, 옆집 사는 사람입니다만, 지금 댁의 하수구 문제가 좀 크게 생겨서 사모님하고 자제분, 두 분이서 대처하기는 어려울 것 같네요. 제가 돕는다고 돕고는 있는데 바깥어른께서 와주셔야 될 것 같습니다.

그는 점잖게 대답했다.

—알겠습니다, 곧 가지요.
—네, 가능한 한 빨리 와주십시오, 부탁드립니다.

나답지 않은 말투였다. 전화를 끊고 바깥어른이 지금 오신다네요, 하고 말하자 그녀는 또 그 뭐라 말할 수 없는 표정을 지었다. 아무리 생각해도 내게는 그 표정을 설명할 길이 지금도, 차마, 없다. 내가 해줄 수 있는 거라곤 물 퍼주는 것밖에 없었다.

—좀 쉬세요. 이거 제가 퍼낼게요. 건강은 괜찮으세요?

—나, 사실은, 입원했다 퇴원한 지 한 달도 안 됐는데…… 속상해 죽겠어요…….

—어디 편찮으세요?

—속상해 죽겠어요, 속상해 죽겠어요, 정말 속상해 죽겠어요…….

나도 속상했다. 물은 무겁고 냄새도 심했지만, 그건 상관없었다. 이미 옷도 다 젖었고 물도 여러 번 퍼내봤고 아직 젊고 힘도 좋으니까. 다만 그녀에게 그 물을 더 만지게 해서는 안 될 것 같았다. 그 물에 내가 풍덩 빠지는 한이 있더라도 그녀에게 그 물을 만지게 하고 싶지 않았다. 40분쯤 열심히 퍼냈더니 서서히 물은 빠졌고, 그녀의 아들은 작은 손으로 걸레를 쥐고 마루에 넘친 물을 닦았다. 어느 정도 정리가 되자 물통과 양동이를 챙겨서 나가려는데 그녀가 아주 작은 목소리로 말했다.

—저기, 고마워요…….

—아니에요. 푹 쉬세요.

정말 그녀가 푹 쉬길 바랐다. 그녀는 살짝 웃었다. 그리고 바로 며칠 뒤, 그 집은 비었다. 그녀는 잘 쉬어볼 틈도 없이 이사를 했다. 얼마 뒤에 나도 그 집을 떠났다. 요즘도 가끔 고즈넉한 새벽이면 그녀가 생각난다. 잘살고 있을까. 그 집 아들은 아마 고등학생이나 대학생쯤 되었겠지. 어쩌면 군대를 갔을지도 모르겠다. 그때 내가 그녀에게 따뜻한 말 한마디 더 걸었더라도, 그녀의 인생에서 달라지는 거라곤 없었겠지. 이곳은, 이웃을 생각하기엔 참 고독하고도 난해한 도시였다.

어떤
장례 행렬

익숙한 구정물은 이후로도 조금만 비가 많이 쏟아지는 날이면 어김없이 나를 찾아왔다. 자다가도 찰랑찰랑 소리를 들으면 얼른 깨어나서 양동이와 한 편이 되어 넘쳐오르는 물과 맞서 싸웠다. 이게 포세이돈 어드벤처야, 타이타닉이야. 나는 한숨을 푹푹 쉬었지만 어디서 레오나르도 디카프리오라도 나타나서 당신은 살아야 해, 살아서 애도 낳고 행복하게 살아야 해, 뭐 그런 소리로 위로해주는 일 따위는 없었고 방도 날씨도 마음도 춥기만 했다. 그 바쁜 와중에도 마음 붙일 곳 없어 줄곧 연애를 그치지 않고 해댔지만 생활이 그랬듯이 연애 역시 번번이 거칠었고 연인을 갈아탈수록 마음은 수척해지기만 했으며 사랑도 애인도 이쪽으로 쳐들어오는 파도를 막아줄 수는 없었다. 그때나 지

바보짓이라는 걸 알면서도 그대로 바보처럼 살 때가 있다.

그때는 그 바보 같은 상태를 그냥 견뎌내는 수밖에 없다.

나도, 같이 사는 언니도, 옆집 여자도 그 집 아들도 다 견뎌야만 하는 게 이놈의 인생이던가.

금이나 내가 바보고, 바보짓이라는 걸 알면서도 그대로 바보처럼 살 때가 있다. 그때는 그 바보 같은 상태를 그냥 견뎌내는 수밖에 없다. 머저리 같은 자신을 참아내는 수밖에 없다. 나도, 같이 사는 언니도, 옆집 여자도 그 집 아들도 다 견뎌야만 하는 게 이놈의 인생이지…… 그러다가 바로 길 건너에서 황당한 일이 터졌다. 살인사건이었다.

태초에는 빤한 얘기였다. 돈을 벌기 위해 한국에 들어와서 일을 하기 시작한 조선족 여자는 한국 남자와 연애를 하게 되었고, 그 남자와 살림을 차렸다. 그게 그 동네였다. 지금의 왕십리는 뉴타운이 되어 민자 역사에 대형마트다 쇼핑센터다 영화관이다 주상복합이다 하고 흥청망청하지만 그때는 그렇지 않았다. 나 같은 사람도 기어들어갈 수 있는 공간이 있었으니까. 그 조선족 여자는 독하게 열심히 일을 해서 돈을 모았고, 그 돈은 많다면 많다고 할 수 있고 적다면 적다고 할 수 있는 2천만원이었다. 같이 사는 그 남자에게는, 죽었다 깨어나도 만져볼 수 없을 돈이어서 탐이 나고 결국 누구를 죽여서라도 갖고 싶은 그런 돈이었던 모양이다. 그래서 그 남자는 같이 사는 그 여자를 죽였다. 그 여자는 제대로 된 무덤에 가지도 못하고…… 어디로 갔느냐 하면, 다용도실이었다. 남자는 여러 번 품에 안았을 그 여자의 몸을 다용도실 시멘트를 부수어 묻고 그 위에 다시 한 번 공구리를 쳤다. 2천만원 버느라 한국 땅에서 모진 고생을 했을 그 여자는, 몸 주고 마음 주고 밥상 같이 나누고 텔레비전 같이 보면서 낮과 밤을 보낸 남자 손에 죽어서 세탁기가 털털거리며 돌아가던 다용도실에 묻혀 다시 깨어나지 못할 잠을 자고, 그러거나 말거나 그 남자는 말끔하게 그 위를 도배한 집을 부동산에 내놓았다. 범인을 잡아낸 것은 유능한 경찰이나 이웃 여자의 돌연한 실종을 이상하게 여긴 주변 사람도 아니고, 초파리였다. 초파리는 죽도록 일만 하다 끝내 죽은 여자가 다시 깨지 못할 잠을 자는 그 무덤 위에 붙어 떨어지지 않았다. 다용도실에 자꾸 초파리가 붙어 있는 걸 이상히 여긴 부동산 사람의 신고로 여자는 발견될 수 있었다. 얼굴도 모르는 외로운 그 여자의, 고작 2천만원 때문에 사랑하는 남자 손에 세상 뜬 가엾은 그 여자의 유일한 장례 행렬이자 죽음의 고발자가 되어준 초파리들. 비가 많이 와서 물을 퍼낼 때마다 초파리가 날아다니면 문득 무서웠다. 시체 구경이라도 하게 될까 싶어 무서운 게 아니라 또 누가 다용도실에서 깨지 못할 잠을 자는 건 아닌지, 또 저 파리들이 누구의 애달픈 장례 행렬을 해주는 건 아닌지 싶어 자다가 자꾸 깼다. 보증금 2천, 연봉 2천, 월수입 2천, 뭐가 됐든 2천이라는 소리만 들으면 그 돈 때문에 죽은 그 여자를 누가 기억할까 싶어 끝도 없이 울고 싶었다. 당연히 그 파리들도 다 죽은 지 오래일 것이다. 2천만원이 절대로 적은 돈은 아니지만, 그 돈 때문에 죽을 정도는 아닌데. 사람 죽일 만한 돈은 아닌데…….

우리는 모두 삶의 투사

우리 집 바로 맞은편에 있던 슬레이트 단층집에는 중국 가족이 모여 살았다. 〈화양연화〉 같은 영화를 보면 사람들이 도대체 몇 세대가 모여 사는지 알 수 없을 만큼 사람이 바글거리는데, 그 집이야말로 딱 그랬다. 사람들이 나오고 또 나오고 들어가고 또 들어가고 도대체 몇 사람이 저 안에 사는 거야, 끝도 없이 드나드는 사람들을 보다가 결국 결론을 내렸다. 저 집은 집이 아니라 zip이야, 알집인 거야. 사람이 일단 들어가기만 하면, 끝도 없이 압축하는 거야. 한 명 압축하고 두 명 압축하기 시작하면 세 명 네 명 열 명 끝도 없이 들어간다. 생각해보면 그 단층집만 그런 것도 아니고 그 집이 무너진 자리에 들어선 자이니 무슨 캐슬이니 하는 곳도 다 알집이다. 우리는 다 집이 아니고 알집에 사는 거였다.

매일 보는 풍경이 그렇다보니 나는 점점 우울해졌다. 조용히 우울하기만 하면 그나마 분위기 있어 보이고 좋을 텐데 자꾸 거칠어졌다. 길에서 담배 좀 피운다고 같이 사는 언니에게 뭐라고 하는 아저씨들하고 죽을 둥 살 둥 싸움질을 하거나, 한번 술을 마시면 폭음하기 시작한 것도 그때였다. 한번 삐뚤어지기 시작하니 대책 없이 삐뚤어지기만 했다. 그런 곳에서 산다고 다 삐뚤어지는 건 아닌데 원래도 삐뚤어진 인간이 아주 막나가게 된 거였다. 방세에 광열비 내고 나면 먹을 수 있는 먹을거리라곤 집 앞 슈퍼에서 유통기한이 다 되면 따로 묶어 내놓는 날짜 지난 삼육두유 여섯 팩뿐이었다. 두유를 쭉쭉 빨면서 언니가 늦게 오는 날 언니 방 텔레비전을 켰더니 웬 홈쇼핑이 방송되고 있었다. 그런데, 그게 보통 홈쇼핑이 아니었다. 그 홈쇼핑 광고는 크게 소리쳤다. 그래도 살아라!

제모용 초강력 테이프의 광고였다. "네, 대단하죠? 정말 놀랍습니다!" 하는 전형적인 멘트와 함께 얼굴에 그려놓은 듯이 미소짓는 쇼핑호스트들은 생글생글 웃으면서 이 테이프가 얼마나 강력하게 피부 속 깊숙한 곳에 있는 모근까지 완벽히 제거하는지 계속해서 설명했다. 두유를 쭉쭉 빨면서 저게 무슨 털을 다 없애준다고 흥, 하고 비웃는 내 마음을 알아채기라도 한 듯 쇼핑호스트들은 "이쯤에서 우리가 직접 눈으로 보고 확인해봐야겠죠?" 그러더니 무대 중앙으로 나왔다. 유행하는 댄스곡이 쾅쾅 울려퍼지고, 그 댄스곡의 명랑한 분위기와는 하나도 맞지 않는 음울한 표정의 남녀가 트레이닝복 차림으로 가운데 있는 의자에 앉아 있었다. 얼굴은 하나도 닮지 않았지만 두 사람 모두 확실히 털이 많긴 했다. 두 사람은 무표정하게 팔과 다리, 겨드랑이에 그 테이프를 붙이고는 부욱, 하고 뜯어냈다. 쇼핑호스트들은 "어머 방금 보셨죠? 모근까지 깨끗하게 제거됐습니다아아!" 하고 감탄했다. 나도 감탄했다. 확실히 모근까지 제거된 건 맞는 모양이었다. 카메라는 잔혹하게 테이프에 붙어나온 수북한 털들과, 테이프를 붙인 자국만큼 네모지게 맨들맨들해진 남자의 팔, 여자의 다리, 겨드랑이의 벌건 살갗을, 방금 모근을 빼앗긴 모공까지 다 보일 정도로 클로즈업했다. 산 채로 털을 뜯긴 두 사람의 표정에는 아파 죽을 것 같은데 애써 참는 기색이 역력했고 그러거나 말거나 댄스음악은 경쾌했으며 쇼핑호스트들은 꼬불꼬불한 털이 잔뜩 붙어 있는 테이프를 흔들어 보이며 정말 놀랍지 않으시냐며 명랑하게 호들갑을 떨었다.

아, 그 사람들은 정녕 어른이었다. 산 채로 털을 뜯기면

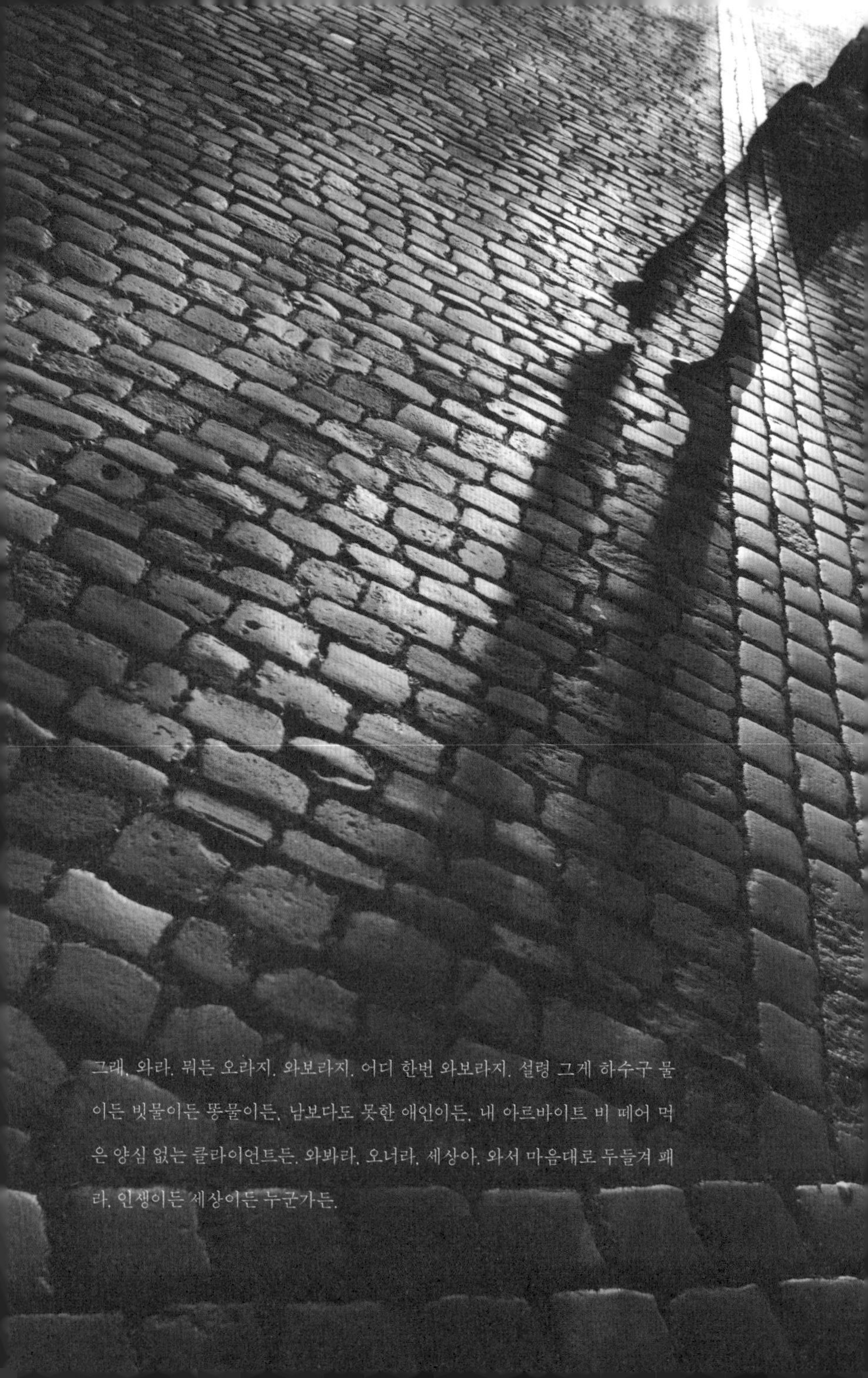

그래. 와라. 뭐든 오라지. 와보라지. 어디 한번 와보라지. 설령 그게 하수구 물이든 빗물이든 똥물이든, 남보다도 못한 애인이든, 내 아르바이트 비 떼어 먹은 양심 없는 클라이언트든. 와봐라. 오너라. 세상아. 와서 마음대로 두들겨 패라. 인생이든 세상이든 누군가든.

서도 신음 소리 하나 없이, 뜯기고 또 뜯기며 참아내는 그 사람들은 정녕 어른이었다. 제모 시범은 한 번으로 그치지 않았다. 그들은 털을 뜯기고 또 뜯겼고, 뜯겨나간 자기 털을 카메라 렌즈 앞에 내보였다. 무표정하게 침묵을 지키는 조용한 그 표정에는 어떤 엄숙함이 있었다. 그리고 나는 그때서야 알았던 것이다. 전 국민 앞에 털을 뜯기고 그 털을 내보이면서라도 살아내야겠다는 그 무표정한 체념, 그리고 때론 체념 그 자체가 강철 같은 의지가 된다는 것을. 구불구불한 털을 뽑히든 냄새 나는 물을 퍼내든, 무엇을 하든 그걸 무심한 얼굴로 견뎌내는 것이야말로 용기 그 자체이기도 하다는 것을.

그날 밤도 비가 왔다. 얄궂게도 또 누군가가 하수구에 고무장갑을 빠뜨렸는지 구정물이 어김없이 가장 낮은 곳에 있는 나와 내 골방을 노리고 쳐들어왔다. 나는 언제나 가까이 준비되어 있는 양동이를 들고 준비 자세를 취한 채 빗소리를 들으며 생각했다. 그래, 와라. 뭐든 오라지. 와보라지. 어디 한번 와보라지. 설령 그게 하수구 물이든 빗물이든 똥물이든, 남보다도 못한 애인이든, 내 아르바이트 비 떼어먹은 양심 없는 클라이언트든. 와봐라, 오너라, 세상아. 와서 마음대로 두들겨 패라, 인생이든 세상이든 누군가든. 나를 때려눕혀 엉망진창으로 나자빠진다 해도 죽지는 않을 테니까. 안 무섭다.

그 거리에서 나만 일상의 사소한 고난을 견디고 있던 것은 아니었다. 내 이웃들은 모두 투사들이었다. 우리 이웃들의 가장 큰 주적은, 당시 서울시장이었던 이명박이었다. 그는 예의 추진력으로 버스 전용차선 등 여러 가지 사업을 벌였는데, 그 사업 중 몇몇은 내 이웃들에게 큰 영향을 주었다. 청계천을 파헤쳐서 거대한 인공 수로 사업을 한다거나 삼일로 고가 차도를 때려부순다거나 황학시장을 없애버린다거나 하는 것들이 그것이었다. 황학시장 상인들은 동대문야구장으로 밀려났고, 이명박을 훌륭하게 승계한 오세훈은 동대문야구장을 없앴으므로 나는 그 밀려난 상인들의 안부를 알지 못한다. 검게 물들인 언제 적 것인지 알 수 없는 군용 점퍼, 오래된 비디오테이프, 언제 어느 집에 있었는지 내력을 짐작할 수도 없는 조그마한 자개장, 무슨무슨 향우회 무슨무슨 동아리의 수건이나 모자를 파는 청계천 9가의 조그마한 가게들은 사라졌고, 그 가게들에 제멋대로 이리 붙고 저리 붙은 간판들은 순식간에 같은 모양 같은 크기로 통일된 글씨의 간판으로 바뀌었다. 깔끔하고 훤해졌다며 좋아하는 사람들도 있었지만 그 한 치도 다를 바 없이 같은 규격의 간판을 보며 북한의 매스게임이 연상되는 건 어쩔 수 없었다. 지금은 좀처럼 그 거리에 갈 일이 없고, 어디선가 억지로 끌어다 댄 물이 찰랑거리는 청계천은 다들 인정하는 명소가 된 것 같고, 그 위의 어느 다리 위에는 전태일 동상이 어딘가 어색하게 서 있다. 아무리 깔끔해도 모조리 똑같은 간판이 죄다 '앞으로 나란히'를 한 채 휜하게 펼쳐진 거리보다는, 도시 미관이고 어쩌고 구질구질해 보이고 뭐건 간에 가게 주인의 취향과 주머니 사정에 따라 이리저리 제멋대로 붙어 있는 간판이 있는 거리가 좀 더 아름답게 보이는 건 그냥 내 취향이 후지기 때문일까.

간판 매스게임이나 황학시장 뭉개기나 삼일로 없애기보다 이명박 때문에 가장 놀란 것은 뭐니뭐니해도 서울 봉헌 사건이었다. 훗날 국가의 수장이 될 남자였기 때문에 스케일이 남달랐던 것인지 그는 어느 기도회에서 서울을 하나님께 봉헌한다고 기도했다. 나 역시 개신교인이었으며 지금도 그렇지만, 기절할 만큼 놀랐다. 아니, 헌금이나 봉헌은 자기 소유를 하나님께 바치는 것인데요, 시장님. 게다가 가만있어보자, 주민등록상 주소지가 서울인 인간은 죄다 같이 도매금으로 봉헌되는 것인가! 서울에 얹어져 같이 바쳐지는 것인가! 거기까지 생각이 미치자 나는 질겁하여 전속력으로 인천으로 도망쳤다. 준공된 지 얼마 되지 않아 황량했던 인천공항의 벤치에 누워서 여긴 안전하려나, 하고 귀를 긁으며 생각했다. 가만, 인천시장의 종교는 뭐더라?

통째로 봉헌되어버린 도시에서 나는 가난하고 고독했으나 모두가 가난하고 고독한 동네에서 쌀푸대 속의 쌀알 한 톨처럼 눈에 띄지 않아서 그것들을 견뎌낼 수 있었다. 그러나 지금, 그때 24시간 편의점 하나 없던 왕십리는 하나둘씩 주상복합 건물이 올라가고 또 뉴타운 광풍의 중심에 있다. 사람 사는 집이 하나하나 스러져 없어지고 호화로운 높은 아파트들이 끝도 없이 들어서는 광경은 그 시절 고독을 건드리고 또 울린다.

내가 꿈꿨던 사치

고독해서 사랑을 한 게 아니라 혼자 있기 싫어서 사랑을 했는데, 그러다 정신 차려보니 나는 그냥 막 살고 있었다. 나야 연애에 목숨을 거는 것뿐이었지만 남들 보기엔 그냥 막 나가고 막 사는 걸로밖에 안 보였을 것이다. 울고 또 울어도 또 멍청한 짓을 되풀이하는 한심한 여자아이였는데, 그건 어른이 된 지금도 그다지 나을 것 없다. 나는 그냥 죽도록 사랑받아보고 싶었다. 그러기 위해서는 무슨 짓이든 했고, 그게 마음처럼 되지 않을 때 아예 마음이고 감각이고 다 마비될 때까지 술을 마시는 짓을 되풀이했다. 스스로를 좋아하지 않는 사람을 도대체 누가 좋아해주겠느냐는 말도 맞지만, 누군가에게 죽도록 사랑받아보면 조금 안심이 될 것도 같았다. 그럴 수만 있다면, 그런 일이 한 번 일어나면 자신을 좀 좋아하게 될 것만 같았다. 하지만 연애해볼 만큼 해봤고 나름의 생계와 고뇌를 짊어지고 있는 성인 남자들은 귀찮은 강아지처럼 구는 나를 부담스러워했고, 그럴 때마다 내가 할 수 있는 것은 그저 구석에 시무룩하게 앉아서 술을 마시는 것뿐이었다. 바로 그때가, 몇 살 어린 사내아이들을 남자로 보기 시작한 때였다. 그들은 나를 웃게 한 만큼 나에게 날카로운 상처를 입혔고 그 상처의 대부분은 그것들이 못돼먹어서 그런 게 아니라 그냥 뭘 몰라서 저지른 일들이었기 때문에 그만큼 더 깊게 찔렀다. 녀석들은 천진하게 웃는 얼굴로 나를 푹 찔렀는데 나는 그 천진함 때문에 놈들을 차마 야단할 수 없었고, 어린 남자놈들이 버르장머리가 없는 건 새가 봄에 시끄러운 것처럼 지극히 당연한 자연의 이치라고 생각했고, 그러니까 누구에게 내 상처를 내보이며 동정을 기대할 수도 없었으니 할 수 있는 일이란 혼자 묵묵히 상처를 싸맨 다음 잠자코 맥주나 들이켜는 것밖에 없었다.

그런데 사실은 맥주 살 돈도 없었다. 여섯 팩에 천원 하는 날짜 지난 두유를 사 먹고 쌀 살 돈이 없어서 경동시장까지 걸어가 보리 사다 먹는 주제에 데이트 한 번 하면 어린 남자친구 밥 먹이는 것만 해도 힘에 부쳤다. 데이트 비용이 없어서 여자친구를 좋아하면서도 약속을 잡을 수 없고 그걸 털어놓을 수도 없다는 남자들의 애절한 마음을 알 것만 같았다. 한창 클 때라 어찌나 먹성이 좋은지 아무리 머리를 굴리고 굴려서 싼 곳에 데리고 가도 만원짜리 두어 장은 순식간에 사라졌다. 습자지처럼 얇은 지갑에 가슴 졸이던 그 세월, 내가 유일하게 꿈꿨던 사치는 파스타도 아니고 카페라떼도 아니고 바로 집 건너편에 있는 왕십리 곱창골목의 돼지곱창이었다. 세상에 삼청동도 있고 홍대 앞도 있고 강남역도 있고 청담동도 있는 거 알기는 하지만, 일단 코에 폴폴 와서 닿는 건 왕십리 곱창골목의 깻잎 넣어 새빨갛게 볶은 돼지곱창 냄새였다. 밥반찬으로도 얼마든지 잘 먹을 자신이 있었지만 소주를 약간 탄 맥주 한 잔도 있다면 더 부러울 게 없을 것 같았다. 소도 아니고 돼지곱창인데 구차하기는, 싫어도 할부로 내고 있는 등록금에 월세에 전기세에 책값에 차비에 뭐 어쩌고 저쩌고 하고 나면 주머니가 빤했다. 이상하게도 주머니가 빤할수록 거리를 지날 때마다 풍겨오는 곱창 냄새는 잔인하게 황홀했다.

내가 늘 가고 싶어서 쩔쩔매며 군침을 잘잘 흘리고 곱창 일인분 값 6천원을 만들려고 동전을 모으던 집은, 주인아주머니의 커다란 사진과 함께 특허, 상표, 분점, 몇십 년 전통 같은 걸 커다랗게 박아놓은 큰 집도 아니고, "어서 오세요 맛있게 해드릴게요" 하고 거리까지 나와 열렬히 호객하는 뭐 그런 집도 아니었다. '이모네 곱창'이라는 심하게 평범한 이름을 가진 그 집에는 가냘픈 '이모'가 언제나 대낮부터 곱게 앉아서 곱창을 통째로 뒤집어 안에 붙어 있는 허연 기름 덩어리를 칼로 꼼꼼히 긁어내고 있었다. 결코 서두르지 않으면서도 노련한 솜씨로 이모는 기름을 떼어내 플라스틱 통 안에 버리고, 또 기름을 떼어내고, 또 그 기름을 버리고, 또 꼼꼼하게 기름을 떼어내다가 손님이 오면 비로소 불을 올렸다.

백 년 전에도 거기 앉아 있었고 앞으로 백 년 후에도 거기 앉아 있을 것 같은 모습으로 이모는 다른 아주머니들이 가게 셔터를 올리기 한참 전부터 비계를 떼고 또 떼어냈다. 확실히 이모의 그런 성의는 효과가 있었다. '이모네 곱창'에 가기 전까지는 곱창 따위는 못 먹을 음식이라고만 생각했었다. 물컹물컹한 것이 아무 맛도 없고 고무장갑처럼 질기기만 한 음식이라고 생각했는데, 내장 특유의 니글거리는 기름기 하나 없이 담백하면서도 씹을수록 고소하고 쫄깃한 맛이 나는 곱창볶음은 '나주순대국'과 더불어 내가 채식주의자로 향하는 길을 결심할 때마다 번번이 발목을 잡았다. 그냥 곱창구이도 맛있었지만 매콤하게 양념해서 단숨에 볶아낸 곱창볶음은 수업을 듣거나 회사에 앉아 있다가도 생각나면 갑자기 침을 꼴깍 삼킬 정도였다. 그러나 도시빈민 형편에 그건 한 달에 한 번 먹을 수 있는 별식이었다. 회사나 학교에 갔다 돌아오는 길, 오후 네다섯시만 되면 불판 위에 곱창을 내놓고 굽기 시작했는데, 하필이면 상왕십리역에서 집으로 돌아오는 길에 곱창집이 포진하고 있는 바람에 가능하면 양 옆을 보지 않고 앞만 보고 내달리려고 애썼다.

그때 내 형편은 좀 난처했다. 등록금이 더 오르기 전에 잽싸게 졸업해야 한다는 일념에 카드로 할부 결제한 납입금이 한 달에 오십만원, 조그마한 방에서 쓰는 전기와 물값, 난방비를 합쳐서 이십오만원에서 삼십만원, 먹고살고 버스 타고 지하철 타려면 또 돈, 돈, 돈. 별 재주 없는 계집애가 한 달에 그 돈을 벌려면 별 짓을 다 해야 했다. 잡글도 많이 쓰고 게임 시나리오도 쓰고 이것저것 다 했다. 들어온 일을 거절한 적도 없었고, 일이 들어오기만 하면 하이에나처럼 달려들어 꽉 물고 놓지 않았다. 그 와중에도 피같은 돈을 어쩌구 저쩌구 이게 맘에 안 든다 저게 맘에 안 든다 하는 핑계를 대며 이십만원 삼십만원씩 떼어먹는 클라이언트들도 뜸하지 않았다. 두들겨 팰 수도 없고 고소해 버릴 수도 없고 그저 이만 갈면서 다음에는 흠 안 잡히겠다고 독해지고 또 더 독해지는 수밖에 별 수 없었다. 수입이 꽤 짭

짤하다는 이야기에 별로 아는 것 없는 얄팍한 지식을 동원해 당시 유행하던 모바일 야설 쓰기에까지 도전해봤지만, 도대체 야하지가 않다는 이유로 명함도 못 내밀고 잘렸다. 야하지도 못한 주제에 먹고는 살아야겠고 밥만 먹고 살면 된다고 굳게 결심해도 밥 해 먹으려면 쌀은 있어야겠는데 쌀이 너무 비싸서 호구지책으로 보리를 사러 갔다. 제기동 경동시장까지 터벅터벅 걸어가 할머니들이 인도에 앉아 검은 봉다리에 넣어서 파는 보리를 샀다.

그 납작보리 가격은 쌀의 몇 분의 일밖에 안 되지만 몇 날 며칠 충분히 먹을 수 있는 양이었다. 검정 봉다리에서는 사각사각 소리가 났고, 이제 며칠은 배부르게 먹을 수 있겠군, 하고 만족스럽게 집으로 돌아오곤 했다. 아니 아직도 이 세상에 보릿고개가 있단 말인가. 그나마 보리밥을 좋아하는 게 다행이었다. 학교에 갈 때마다 슬금슬금 락앤락을 가지고 다닌 것도 그때 즈음이었다. 미안해요 출세하면 꼭 모교를 위해 좋은 일을 할게요, 라고 중얼거리면서 학교 식당 스테인리스 통에 잔뜩 들어 있는 김치를 얼굴에 철판 깔고 통에 넣어 와서 보리밥에 고추장만 얹어 슥슥 비벼 먹거나 그 김치를 잘게 썰어 김치전을 부쳐 먹거나 하면서 먹고 살았다. 귀찮아서 사십 장 쯤 부쳐놓고 그것만 뜯어먹고 산 뒤에는 그 환장하는 막걸리를 마실 때도 전 종류는 입에도 대지 않았다. 지금도 전 따위는 딱 질색이다. 집 근처 슈퍼에서는 유통기한이 넘은 두유 여섯 개도 천원에 팔았지만 레토르트 카레나 짜장도 세 개나 네 개, 가끔은 다섯 개씩 묶어서 천원에 팔았다. 그 두유나 카레나 짜장을 보리와 함께 먹어치우고 나서 간혹 뱃속에 탈이 날 때도 있긴 있었다. 그러나 육체란 정신에 복종한다는 말이 맞긴 맞는 모양이다. 나중에는 유통기한을 한참 넘겨도 아무 탈도 나지 않고 멀쩡했다. 그래도 3분 카레나 짜장 역시, 은박 포장지를 부엌가위로 잘라서 밥 위에 부을 때 훅 끼치던 냄새가 아직도 코에 맴도는 것 같아서 딱 질색이다. 마찬가지로 간장과 콩나물만 들어 있던 990원짜리 한솥도시락 콩나물밥도 지겹도록 먹어서 그 용기 뚜껑만 봐도 질색이다. 이런 걸 설명하려면 길어서 남들 앞에서는 그냥 식성이 까탈스러운 척한다. 그런 형편이니 집까지 오는 동안 백오십 미터 정도 계속 이어지는 곱창 거리에서 흘러넘치는 고소한 냄새의 향연 속에서 툭하면 정신이 혼미해졌다. 친구들이 마카롱이 어쩌고 레어치즈케이크가 어쩌고 할 때마다 나는 돼지곱창 생각만 했다. 성냥팔이 소녀가 성냥 하나를 켜면서 칠면조 통구이를 망상하듯 학자금 대출을 거칠게 갚아내면서 곱창골목의 보도블록 한 개마다 곱창 한 점을 꿈꾸었다.

가끔 언니나 나를 보러 집에 놀러 왔던 친구들이 맥주를 남기고 가면 마음이 든든해졌다. 마시는 시리얼이었다. 보리 비슷한 맛이 약간 남아 있을 뿐인 그 김빠진 액체를 마시고 학교에 가든 회사에 가든, 그 곡기로 하루는 견딜 수 있었다. 미세하게 알코올 기운이 남아 있어서 이상한 용기가 치솟는 것도 좋았다. 술을 안 마셨을 때 나는 간혹 좋은 사람인 적도 있었지만, 술을 마시면 나와 다른 사람에게 상처를 입혔고 그래서 술은 나의 가장 큰 적이었지만, 변함없이 거기에 있었고, 그렇게 우리의 관계는 지겹고 뜨거운 사랑이었다. 세상 천지에 달랑 혼자 남은 천애 고아도 아니고 이모들도 있고 친척들도 있는데 왜 미련하게 김빠진 맥주로 끼니를 때웠느냐고 물으면, 그냥 곧 죽어도 아쉬운 소리만은 입 밖으로 안 나오던 쓸데없이 생피만 선지처럼 철철 뜨거운 시절이었다고밖에 말 못하겠다. 그걸 자존심이라고 부를 수 있을지는 모르겠다. 아무래도 자존심은 아니었다. 그냥, 피가 끓었다.

그래도 가끔 돈 생기면 사치했다. 요즘은 열 발짝마다 편의점이지만 왕십리에는 새천년이 밝고 오년이 지나도록 편의점 하나 없었다. 뭐 그렇다고 해서 나나 놀러 오는 친구들이 한밤중에 불현듯 술이 고파올 때 별로 불편할 건 없었다. 우리에게는 편의점보다 더 독하고 싼 '형제슈퍼'가 있었으니까. 한옥을 고쳐 만든 형제슈퍼는 언제, 어느 시간이라도 문을 열고 있었다. 형제슈퍼라고 해서 몇 사람의 형제가 있는 건 아니고 다리를 저는 아저씨 한 분이 밤이나 낮이나 새벽이나 가게를 지키고 있다가 당시 내가 맘먹고 사치하는 날 지르던 맥주 페트병과 '숏다리' 세 개 정도를 어느 시간이든 아무렇지 않은 표정으로 팔아주었다. 그 당시 새로 나온 맥주 페트병은 신기로운 사건이었다. 캔은 비싸고 병은 무거운 데다 다 마시고 난 후 처치곤란이라 괴로워하던 나에게 이 무슨 복음 같은 존재냐며 종종 집에 즐겨 모시곤 했다.

그래도 맥주는 역시 생맥주가 맛있다. 생맥주 생각이 절절한 날이면 나름대로 호프집이라는 곳에도 갔다. '들불호프'라는 자그마한 호프집은 네 테이블이나 될까 말까, 얼른 봐도 강단 있게 생긴 아줌마 한 분이 주방 겸 서빙 겸 사장이던 그 집은 다락방 같은 복층 좌석도 있었지만 장사가 잘되지 않아 복층에서는 사장님이 기거를 하시고 1층에서 생맥주를 팔았다. 그 집 생맥주 참 맛있었다. 들불호프라는, 조용히 오래 타오를 것 같은 이름도 어쩐지 마음에 들었고 들불처럼 약간 탄 맛이 나는 듯한 생맥주도 마음에 들어서 자주 찾아갔지만 1층 좌석에 느긋하게 눌러앉아 술을 마셔본 적은 없다. 항상 빈 생수통이나 주전자를 갖고 주섬주섬 찾아가면 아줌마는 오늘 생맥주 땡기는구나, 하고 활짝 웃으며 가져간 물병이나 누런 주전자에 맥주를 찰랑찰랑 넘치도록 담아주었다. 한국 브랜드 맥주들은 별로 마음에 들지 않았고 그렇다고 독일이나 체코 정통의 맛이 어쩌구저쩌구 하며 비싸게 받는 집들도 다 마음에 안 들었던 까탈스런 입에 꼭 맞는 들불 같은 맛, 들불맥주. 내 입맛이야 어쨌거나 마음에 드는 맥주 집은 점점 사라지고, 재개발과 뉴타운 광풍에 들불처럼 사그라진 들불맥주가 자다가도 가끔 마시고 싶어 목마르다. 그리고 가끔 조용히 혼자 안부를 궁금해 할 따름이다. 복층에서 눈을 붙이다 맥주를 따라주던 들불사장님을, 비디오 고쳐준 다음 시크하게 천원! 이라고 말하던 한옥집 전파사 아저씨를, 기왓장에 나무대문 달려 있던 그 많은 집들에 살던 사람들을.

참아야 얻는 것

일하고 공부하고 술 마시고 그래도 기운이 넘쳐 가끔 잠도 안 오고 마구 쏘다니고 싶은 밤이 오면 갈 만한 곳이 있었다. 동대문. 두타나 밀리오레 같은 곳은 조금 비싸고, 도매상가는 싸기도 하거니와 밤에 문 열어 아침에 닫으니까 아예 올빼미 쇼핑을 할 각오라면 갈 만하다. 그런데 도매시장 기웃거리면서 옷 구경하는 아가씨다운 취미가 얼핏 재밌을 것 같지만, 사실은 재미가 하나도 없었다. 구슬이 몇 말이건 꿰어야 제 맛인데 싸고 예쁜 옷이 아무리 많이 있어도 나는 살 돈이 없으니 재미는 없고 눈으로만 뚫어져라 보면서 자본주의에 대한 전의를 활활 불태웠다. 이거 예쁘다, 우와 저것도 예쁘다, 나중에 저걸 꼭 살 수 있게 될 테다. 봉다리를 엄청 많이 들고 집에 돌아갈 수 있게 될 거야. 아르바이트를 끝없이 하다 보면 사람이 덜컥덜컥 지치는데, 지금은 그런 걸 사는 행위가 약발 오래 안 가는 처방이라는 거 알지만, 그때는 그런 의식이 필요했다. 생각이 깊어서 직관과 이성을 적절히 사용해 그런 거 사들인다고 위안이 되는 게 아니구나, 하고 알아차리는 현명한 사람도 있겠지만 나는 항상 뭐든 어마 뜨거라, 하고 다쳐봐야 아는 사람이었다. 남자든 술이든 옷이든 구두든, 다 그랬다. 어쨌거나.

살아야겠다, 근데 어떻게 살지…… 불안한 마음에 자다가도 벌떡 깨어나는 날이면 나는 건전지 충전하러 가듯 밤길을 달려가서 두타나 밀리오레의 휘황한 조명 아래 예쁘게 전시된 옷과 구두를 바라보았다. 어머 예쁘다, 하는 사랑스러운 시선이 아니라 때려 눕혀야 할 원수를 보듯이. 언젠가는 살 거야, 갤러리아 명품관에서 로고 박힌 쇼핑백 주렁주렁 끼고 나오는 것까지는 바라지 않아도 이 정도는 마음대로 사고 싶다, 하면서 이글이글 불타는 눈으로 보고 또 보았다. 그 옷과 구두들은, 절대 더 가까워지지 못할 프라다니 질 샌더니 헬무트 랭이니 돌체 앤 가바나니 하는 외국 디자이너의 화려한 브랜드 옷들보다 더 화려하고 황홀해 보였다. 언젠가 저 정도는 손에 넣으리라, 하는 야욕 때문에 그토록 황홀해 보였나. 고작 도떼기시장 옷이나 보고 이글이글 전의에 불타오르는 스스로가 가끔 한심하긴 했지만, 나에게 백화점은 SF영화처럼 비현실적이었고, 전의를 활활 불태우기에는 시장 옷이 딱이었다. 지금도 동대문에서 별 생각 없이 물건을 살 수 있는 형편은 실은 안 되고, 이제는 없어졌지만 티셔츠 한 장에 삼천원 오천원 하는 고속터미널 지하상가가 마음 놓고 돌아다닐 수 있는 영역의 전부였지만, 그 잠 오지 않던 새벽, 자 어서 성장해서 돈을 벌어, 그리고 그 돈을 벌어서 나를 사, 그리고 나를 입어줘, 하고 말하는 듯이 유혹적으로 반짝거리고 있던 옷들의 그 자태는 나를 지금 여기까지 데려다놓는데, 살려놓는데 어떤 몫을 하긴 했다. 자본주의에 대한 그 불타는 욕망이, 사고 싶다는 욕심이, 예쁜 옷을 사서 예쁘게 입고 싶다는 그 불타는 속물스러움이 나를 등 떠밀어 어찌어찌 살아서 여기까지 오게 한 것이다. 그 예쁜 블라우스가, 원피스가, 스커트가, 코트가, 그것들이 뿌리는 휘황찬란한 광채가 내 등을 떠밀고 또 떠밀어 앞으로 계속 나가게 했다. 그렇게 해서 소비자본주의는 나를 전진시켰다.

그때 나는 60킬로그램이 될까 말까 하는 통통한 여자애였는데, 패션이란 옷을 많이 갖고 있는 게 아니라 어떠한 옷에도 들어갈 수 있는 몸이라는 씁쓸한 진실도 훗날 알게 되긴 한다. 어쨌든, 옷도 옷이지만 그때는 식탐이 더 강할 때라 돈이 좀 생겨서 옷이냐 먹을거리냐, 기로에 처하면 번번이 나는 먹을거리를 택했다. 바로 '이모네 곱창'으로 향하는 정도가 내 주제에 딱 맞는 부귀영화였다. 오백원짜리를 눈에 띄는 대로 모으면 2주쯤 후에는 그곳에 갈 수 있었다. 곱창 1인분 살 돈에 채 닿기 전에 너무 굶주리면 집에서 몇 걸음 거리에 있던 '대중옥'에 가기도 했다. 어딘가 무진장 쿨한 태도로, 전쟁 때부터 영업한 집, 이라고 벽에 시뻘건 페인트로 써놓은 그 집에 가서 너무 안 달면서도 아삭한 무를 반찬으로 해장국을 한 술 뜨면 에잇 다 덤벼, 하는 만용이 어느새 뚝배기 속 국물과 함께 펄펄 끓었다. 물론 다 덤벼, 하고 기세등등하게 굴어봤자 늘 얻어맞고 지면서 살아왔지만, 그래도 살았으니까, 졌다고 죽는 건 아니니까. 지다 보면 이기고 이기다 보면 지는 거였는데, 그것도 모르고 뚝배기는 잘도 끓고 내 속도 끓고, 어쨌거나.

다시 곱창 얘기를 하자면, 다들 소곱창을 더 좋아하는데 안에 곱이 듬뿍 든 진한 짐승 그 자체의 맛 때문에 그런 것 같고 돼지곱창의 진짜 맛은 도대체 내가 지금 뭘 씹고 있는지 모호한 바로 그 맛일 것 같다. 내 입 속에서 씹고 있는 이게 뭔지, 질깃질깃하면서도 고소하긴 한데 뭐라고 정확히 표현할 수 없는 맛. 친한 여자 친구들은 이 정체 모를 물컹한 걸 도대체 왜 먹느냐고 질색을 했지만, '이모네 곱창'의 이모가 가느다란 손목으로 철판 위에서 각종 야채와 곱창 같은 걸 척척 뒤집는 동안 옆에서 어깨 너머로 넘겨다보며 기다릴 때 지글대는 그 냄새는 따뜻한 핫초코나 라떼 냄새 같은 것보다 훨씬 더 진하고 따뜻하고 달콤했다. 냉장고 박스만 한 지하 셋방에 앉아 깻잎과 상추에 양념장을 바른 마늘 한 쪽을 올려놓고 냠냠 씹으면 아아 살아야겠다 살아야겠다, 하는 희망이 야만적으로 솟구쳐올랐다. 왜 그렇게 맛있나 했더니, 돼지곱창은 야만의 맛이었던 거였다.

보릿고개 시절을 지나 눈곱만큼씩 형편이 나아지면서 좀 더 자주 이모네 곱창 집에 갈 수 있게 되었는데 어느 날부터인가 이모가 보이지 않았다. 대신 젊은 아가씨 두 사람이 서투르지만 진지하게 곱창을 열심히 뒤적거리고 있었다.

—이모…… 어디 가셨어요?

친척 아가씨라는 두 분이 조그맣게 답했다, 이모가 많이 아프다고. 큰 병에 걸렸다고. 기름을 떼어내던 이모의 유난히 가느다랗던 손목이 퍼뜩 떠올랐다. 곧 나아지시겠죠……? 하고 묻자 두 사람의 얼굴은 어두웠다. 도로 나오실 수 있을지 어떨지…… 하는 대답의 말끝은 잦아들어가고 곱창 익는 소리만 쓸쓸하게 지글거렸다. 그날 곱창은,

참 맛이 없었다. 일손이 바뀌었기 때문에 맛이 달라져서는 아니었다. 참 드물게 입맛 없는 날이었다. 천만 다행으로 몇 달이 지난 다음 별 기대 없이 한번 들여다나보자 싶어 찾아간 가게에서 조금 더 얼굴색이 창백해지고, 안 그래도 호리호리하던 몸에 기름기가 죄다 없어진 것 같은 '이모'가, 이젠 더 가늘어질 것도 없는 손목으로, 그래도 예전보다 조금 속도가 느린 것 말고는 꼭 같은 손놀림으로 곱창을 볶고 있었다. 어머 이모, 하며 손을 왈칵 잡을 뻔했다. 언제나처럼 곱창이 달달 볶아지는 철판에서 조용히 시선을 든 이모는 이내 특유의 조용한 미소를 지었다.

—많이 편찮으시다고 들었는데, 나으신 거예요?

이모는 천천히 고개를 끄덕였다.

—네, 나왔어요.

그 말투도 예전과 같았다. 생곱창에서 기름을 떼어내 플라스틱 통에 버리던, 서두르지 않으면서도 철저한 그 손놀림과 똑같은 말투. 하지만 이모의 뺨은 푹 파여 있었다.

—얼굴 안 좋으신데…… 일 나오셔도 되는 거예요?

세상은 참고 참고 또 참는 과정의 연속이라는 것. 왕십리가 결국 내게 가르친 것은 입 다물고 버티는 연습이었다. 다들 그렇게 참고 버티고 견디면서 살고 있었다. 버텨라, 살아라, 그렇게. 그래, 계속 가는 거야. 어디가 됐든 닿긴 닿겠지, 가라.

이모는 천천히, 그리고 아주 품위 있게 다시 미소지었다. 그리고 나직하게 대답했다.

—몸이라는 게, 조금 놀아보면 그 맛을 기가 막히게 알아서 계속 편하게 살려고 그래요. 자꾸자꾸 게으름 피우게 놔두면 막 놀고 자빠지고 싶어 해, 아주 습관이 돼서 놀려고만 드니까 좀 후둘겨 패서라도 움직여줘야 돼요…… 그래야 아 이거 내가 해야 되는구나, 싫어서 하지.

그 말은 뒷머리를 세게 때리는 것 같았다. 후둘겨 패서라도 움직여줘야 돼, 그래야 야 이거 내가 해야 되는구나 싫어서 하지. 그날은 오랜만에 아주 맛있는 곱창을 맛보았다. 그리고 그 후에도 내 몸이나 마음이 조금 놀아보고 그 맛을 기가 막히게 알아서 그 맛에 습관이 들어서 놀고 자빠지려고 하면 여지없이 이모의 나지막한 그 목소리를 기억해내고 몸이건 마음이건 후들겨 팼다. 적어도 후들겨 패려고 애는 썼다. 정말이지 애는 써보았다. 정말 이것들은 조금만 놀면 계속 놀려고, 놀고 자빠지려고 했다. 후들겨 패자, 후들겨 패서 움직이자, 놀면 버릇 붙는다, 이거 내가 다 해야 되는 거야. 이후로도 다 때려치우고 놀고 자빠지고만 싶어지는 삶의 사소한 고난이 닥칠 때마다 나는 이모를 생각했다. 사도 바울이 '자기를 쳐서 복종시킨다'라고 했던 성서의 구절이 왕십리 곱창골목 이모네 가게에서 확실하게 실현되고 있었다.

그 이후 다시 이모를 만난 곳은 정말이지 뜻밖의 장소였다. 시시한 중소기업 회사원으로 일하면서 몇 번이나 휴일이면 기력도 의욕도 없이 그저 놀고 자빠지려고 하던 때였고, 도대체 어떻게 살아야 할지 알지 못하고 회사 통근이 그나마 편리한 옥수동으로 이사해 산꼭대기 다 쓰러져 가는 집에 앉아 휴일 전날이면 술에 절어서 잠이 들고, 일어나면 숙취가 돌기 전에 얼른 술을 도로 들이부어 멍하게 아픈 머리를 마취시키던 때였다. 별로 지금도 나아진 건 없지만 쓰레기 같은 삶이었다. 그날 아침도 휴일이었다. 전날의 알코올 때문에 머리가 아파오기 전에 얼른 알코올을 다시 공급해줘야 한다며 상비해둔 맥주병을 입에 꽂고 텔레비전을 틀었다. 케이블 티브이에서는 맛대맛인가 뭔가 하는 철지난 요리 방송이 흘러나왔고 그런 데 관심 있을 리가 없으니 무심히 채널을 딴 데로 돌리려는데 익숙한 얼굴이 브라운관에 비쳤다. 아니 이럴 수가, 나의 '이모'였다. 이모가 무슨 맛과 대결했는지는 기억나지 않지만 이모는 가게에서 입고 있던 군청색 앞치마 대신 매우 전문적으로 보이는 흰색 조리복과 조리용 모자를 쓰고 그토록 나를 침 흘리게 했던 새빨간 곱창볶음에 '불곱창'이라는 이름을 붙여 브라운관 안에서 익숙한 손놀림으로 곱창을 볶고 있었다. 이모의 얼굴색은 스튜디오 조명 때문이 아니더라도 그때 뵈었던 때보다 훨씬 밝았다. MC들에게 하루 재워놓아야 하는 '이모네 곱창'의 양념 비법을 설명하면서 이모는 맨손으로 이걸 다듬어놓다 보면 청양고추를 비롯해 여러 가지가 섞인 매운 양념기가 손에 배어들어 하루 종일 벌겋게 달아올라 있다고 했다. 밤에 자려고 해도 그 매운 기가 빠지지 않아 퉁퉁 손이 불어 아파서 가끔은 잠도 오지 않을 때가 있다는 설명에 출연자들이 깜짝 놀라 아프지 않으세요, 하고 물었고 이모는 역시 조금도 변하지 않은 무심한 말투로 조곤조곤 대답했다.

—따갑지요. 근데 그럼 어떡하겠어요, 비닐장갑 끼면 손이 둔하니까 느낌이 안 와서 골고루 양념이 안 들어가 맛이 없어지고. 좋은 결과를 내려니까 그 과정에서 반드시 참아야 되는 것도 있지요.

이모는 변하지 않았다. 여전히 그대로였다. 내가 그토록 침을 질질 흘리곤 했던 그 곱창의 맛은, 놀고 자빠지려는 몸으로는, 편하게 살려고 하는 몸으로는 얻어낼 수 없는 거였다. 뭔가를 얻으려면 반드시 참아야 하는 것도 있는 거였다. 그때도 철이 덜 들어 감동하기만 하고 서른이 넘은 지금에야 뭔가를 얻기 위해서는 소중한 것을 반드시 희생해야 한다는 것을 아주 조금 알 것도 같지만, 어쨌거나 술집 아줌마들이야말로 나를 인간으로 만들어준 선생님들이었다. 이모는 그중에서도 큰스승이었다. 입술을 깨물고 무심하게 그냥 참는 것, 몸이 놀고 자빠지려고 하면 후들겨 패는 것, 자꾸 편하려고 하는 걸로는 아무것도 얻을 수 없다는 걸 아는 것, 좋은 결과를 내려면 어떨 때는 필사적으로 참아야 한다는 것, 그렇게 어차피 세상은 참고 참고 또 참는 과정의 연속이라는 것. 왕십리가 결국 내게 가르친 것은 입 다물고 버티는 연습이었다. 다들 그렇게 참고 버티고 견디면서 살고 있었다. 버텨라, 살아라, 그렇게. 그래, 계속 가는 거야. 어디가 됐든 닿긴 닿겠지, 가라.

폐허가 된
왕십리 그 거리

겨울에는 철거하지 않는다는 말을 순진하게 믿고 카메라를 들고 왕십리에 다시 가보니, 죄다 거짓말. 들불호프고 형제슈퍼고 왕십리 1동 사무소고 새마을금고고 뭐고 죄다 거대한 폐허가 되어 있었다. 그 너머로 롯데캐슬만 위풍당당했다. 거기 살 무렵에는 나무문이 달린 예쁜 한옥집들을 담 너머로 넘겨다보며 어떻게 그 안이 생겼나 매일매일 궁금했는데, 담이 모조리 무너져서 그 안을 볼 수 있었다. 울고 불고 마시고 토하던 길은 죄다 어디가 어딘지 알 수 없었다. 그날 밤 목이 퉁퉁 부어올라 몹시 앓았고 꿈을 꾸었다. 옛 애인이 꿈에 나왔다. 살아야겠다는 생기만 시퍼렇게 기세등등하던 왕십리 시절, 내가 사랑했고 나를 사랑한 나의 고양이 애인이었다. 고양이 같은 성정인 사람들은 죄다 고양이를 싫어한다는 속설에 요만큼도 변명할 수 없을 만큼 나는 고양이를 좋아하지 않지만, 벌꿀색의 커다랗고 뚱뚱한 나의 마르코는 달랐다. 고양이 좋아하는 사람들에게 모든 고양이가 바로 그 고양이듯이 나에게는 그 고양이가 이 세상에 단 하나뿐인 특별한 고양이였다.

크로캅(당시 좋아했던 이종격투기 선수 미르코 크로캅)의 이름을 잠시 착각하는 바람에 마르코라는 이름을 갖게 된 그 고양이는 과연 붙인 이름답게 덩치 크고 넉살 좋고 유들유들하고 풍채 좋은 길고양이였다. 길에서 마주치면 사뿐사뿐 걸어와 야아옹 하고 인사하고, 밥 먹었어? 요즘 잘 지내? 하고 물으면 니야아옹 하고 대답하고, 나랑 같이 우리 집에 갈까? 하면 또 냐아옹 하고 대답하고, 발에 슬슬 털을 부비던 멋진 수고양이였다. 나는 마르코를 안고 집으로 데려갔고, 그러면 마르코는 태평스럽게 목을 울리며 함께 갔고, 씻겨준 다음 고양이 먹이를 대접하면 여유롭게 먹고 집안에서 가장 따뜻한 자리에서 늘어지게 잤다. 그러고 서너 시간이 지나면 깨서는 집안을 여유롭게 거닐며 야옹야옹 창문을 열어달라고 재촉했고 유유히 어둠 속으로 사라졌다. 우리 집 고양이가 되어줬으면 하고 바랐지만 한사코 그것만은 허락하지 않던 마르코는 이사 가기 며칠 전 만났을 때 보니 눈에 띄게 마르고 얼굴 한쪽에 큰 상처가 있었다.

이게 어떻게 된 거야, 하고 묻는데 야아옹 하는 소리는 여전히 유들유들했다. 집에 가지 말고 우리랑 살자, 하고 애걸복걸해도 마르코는 평소보다 훨씬 오래 잔 다음 창문을 열어달라고 느긋하게 재촉했다. 나는 고양이에 대해 잘 모르지만, 그게 사람들이 매혹되는 고양이의 자존심일지도 모른다고 생각한다.

커다란 폐허가 된 왕십리에 다녀온 그날 밤, 꿈에 나온 마르코는 마르지도 않고 통통한 몸집에, 벌꿀색 털에는 윤기가 잘잘 흐르고 있었고, 상처라곤 하나도 없이 포동포동했다. 나는 그때보다 여섯 살 더 먹었는데 마르코는 여섯 살 더 어려진 것처럼 싱싱한 채로 야옹 하고 울면서 다리에 몸을 비볐다.

—마르코, 마르코, 잘 있었어? 어떻게, 살아 있었네?

—야아옹.

대답하는 마르코를 번쩍 안아올리며 나는 미니슈퍼로 뛰어 들어갔다. 전날 봤을 때 시뻘건 스프레이 칠이 되어 있고 안이 다 무너져 있던 미니슈퍼는 꿈에서는 멀쩡하게 영업 중이었고, 나는 허겁지겁 아줌마한테서 어육 소시지를 사서는 껍질을 벗겨 마르코에게 주고 주고 또 주었다. 마르코는 어육 소시지를 한가롭게 먹고 먹고 또 먹었고, 나는 끝없이 어육 소시지를 사고 사고 또 샀다. 나의 야옹이, 소시지를 카드로 긁어서라도 좋아하는 걸 한 번만 더 먹여주고 싶은 나의 마르코. 그래도 꿈에서 본 마르코가 젊고 싱싱하고 튼튼해서 좋았다. 마르코야, 아마 너는 지금 그런 모습으로 살고 있을 거야, 그렇지? 나중에 또 만나게 되면, 소시지든 생선이든 얼마든지 주고 싶어. 한 번만 더 만나고 싶어. 나중에 다시 만나, 꼭.

서울의 달 아래,

당신과 나의 이야기

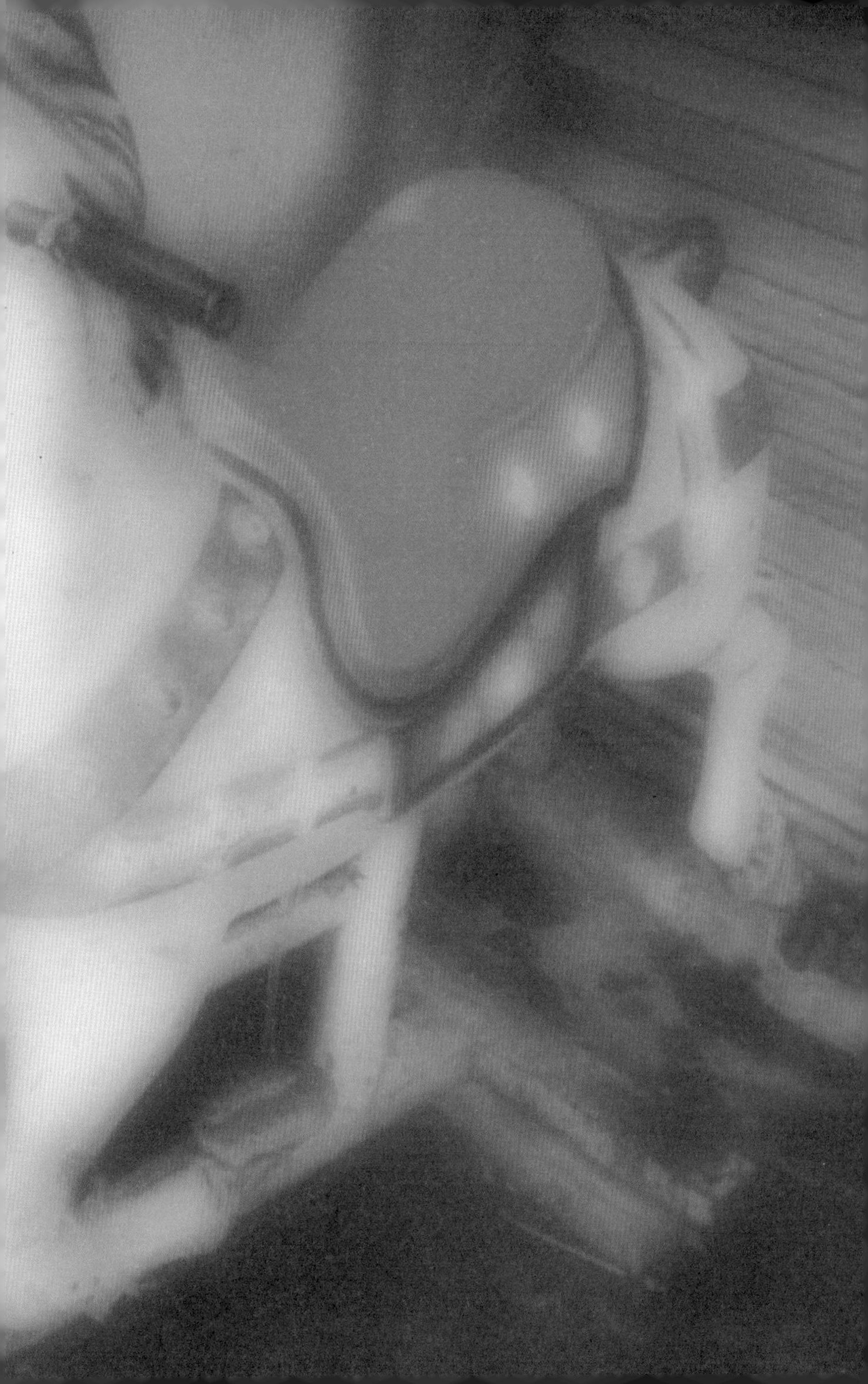

달동네 대장

옥수동으로 자취의 터전을 옮기게 된 것은 회사 때문이었다. 직장이 논현동이라 자취집을 구하려면 아무래도 강남쪽이 좋았겠지만 실수령액이 백오십만원도 안 되는 능력없는 월급쟁이에게 보증금 오백에 월세 오십이 기본인 강남권 집값(그땐 그랬는데 지금은 그것으로도 턱도 없지만)은 죽었다 깨어나도 감당할 수 있는 수준이 아니었다. 그 돈이 있으면 양주나 원없이 먹고 죽겠다 싶었다. 그래서 동호대교든 성수대교든 다리 하나는 넘어서 북쪽으로 가야 한다는 게 피할 수 없는 선택이었다. 다리를 건너가야 집값이 떨어졌다. 재개발이 진행되기 전이라 너무 사정없이 뚝뚝 떨어져서 조금 무안하기까지 했다. 동호대교를 건너야 그 옥수동, 그 금호동이 나온다. 개업 28주년 기념 세일을 하던 미용실, 35년 된 양복점이 아무렇지도 않은 얼굴로 여전히 영업하는 곳. 거리를 사람처럼 사랑할 수 있다면, 나는 마치 애인처럼 그곳을 사랑했다.

어느 날 저녁 먹으면서 텔레비전을 보다가 한 댄스 가수의 뮤직비디오를 보게 되었는데 구질구질한 동네의 할 일 없는 백수가 등장하는 장면에 우리 집 바로 앞 경로당, 중국집, 슈퍼가 자세히도 나왔다. 브라운관 앞에서 밥 먹던 나는 그만 숟가락을 떨어뜨리고 말았다. 옥수동 옥탑방에 사는 가난한 백수가 강 건너의 휘황한 삶을 꿈꾸며 땅바닥만 긁는다. 그룹 샵의 멤버였던 크리스가 솔로로 데뷔하면서 발표한 〈말만 해〉 뮤직비디오였다. 영화 〈나의 블랙 미니 드레스〉의 마지막 장면에서도 주인공 윤은혜가 스스로 생계를 해결할 수 있는 독립적인 여자가 되었다는 걸 보여주는 배경으로 우리 동네가 나오기도 했다. 우샤인 볼트라도 올라가다 지칠 계단을 주인공 윤은혜는 숨 하나 안 차하고 통화하며 올라가는 바람에 현실성이 몹시 떨어지긴 했지만, 어쨌거나 영화나 드라마나 뮤직비디오에 구질구질한 장면이 나올 때마다 단골로 나오는 동네. 그래도 몸 하나 눕힐 수 있는 공간이 있다는 것이 기뻐서 익숙한 공기가 비속하고 지겹고 정답기까지 했던 동네. 하지만 그 광경도 이제 죄다 무너져서 연인의 비참한 주검처럼 새로 지어질 건

쎄븐양복점
맞춤 신사복
한벌 280000원

피노키오숙녀복

물의 뼈대와 천만 을씨년스럽게 휘날린다.

처음부터 그 동네를 좋아해서 간 것은 아니고 고작해야 몇 백만원의 보증금밖에 없으니 선택의 여지가 없었다. 옥수동 첫 집에는 제대로 된 문도 없어서 미닫이문을 자물쇠로 잠그고 다녀야 했다. 누군가 가택 침입해 어떤 여자를 강간 살해라도 하겠다고 마음을 먹는다면 우리 집이야말로 그 범죄의 가장 적당한 표적일 거였다.

주인아줌마는 먼저 살던 사람이 놓고 간 세탁기와 냉장고를 써도 좋다고 인심 좋게 말했다. 나름대로 옵션이라고 했다. 지하라도 내 방이 생기고 공짜로 냉장고와 세탁기도 생겼다고 기분 좋게 이사 온 날, 냉장고와 세탁기는 바람과 함께 사라지고 하얗게 빈 네모난 공간만 덜렁 남아 있었다. 나는 어찌된 영문이냐는 눈빛으로 아줌마를 힐끔 봤지만, 아줌마는 아무 말도 않고 푹 쉬라며 사라졌다. 그렇지, 내 주제에 옵션은 무슨 놈의…… 그런데 이 집에는 옵션이 있었다. 아주 중대한 옵션. 부록이라고 해야 할까, 하자라고 해야 할까, 그것은 24시간 술에 취해 있는 주인아저씨였다. 같은 주정뱅이 클럽의 우등회원으로 나는 끝내 그를 미워할 수 없었지만 종종 곤란했고, 이것이야말로 내 미래를 당겨 보는 것인가 싶어 마음이 을씨년스러웠다. 사실 그 후로 몇 년 동안 내 생활은 집주인아저씨보다 나을 것도 없고 오히려 더 나빴지만, 어쨌거나.

처음 짐이 들어간 날부터 그는 술에 취해 있었다. 막걸리 냄새가 흥건히 풍겼다. 시각은 밤 열한시, 휑한 지하 방에서 짐을 나르고 있는데 다짜고짜 누가 드르륵 미닫이문을 열고 들어왔다. 처음부터 우려했던 가택 침입 후 강간 살해가 첫날부터 이토록 당당하게 일어나는가 싶어 화들짝 놀랐는데 그는 금방 커다란 목소리로 신분을 밝혔다.

—아하하~ 나 주인아저씨야~ 여기 아주 좋은 집이야~

이 문구는 걸그룹의 후크송처럼, 그 이후 약 20회 반복되었다. 나는 그 집에 사는 내내 그 노래를 들어야 했다. 나이는 60세 정도일까, 피곤해 죽겠는데 어떻게 이 어르신을 좋게 내보낼까 고민하다가 마침 집주인이라니 할 말을 해야지 싶어서 잽싸게 방범창 이야기를 꺼냈다. 집이 너무 허술했다. 전세로 산다면 세입자가 방범창 같은 걸 알아서 해야 한다고 하지만 월세는 집주인이 해주거나 최소한 반반 부담은 하기 마련이니까 안 될 리 없을 줄 알았다. 하지만 나는 그를 우습게 보고 있었다. 30년 경력 옥수동 주민은 강했다.

—주인아저씨, 앞으로 잘 부탁드립니다. 그런데 여기 문이 너무 허술해서 방범창 해주셔야 될 것 같은데요.

대략 5초간의 침묵이 흘렀고, 후크송은 다시 반복되었다.

—하하~ 나 주인아저씨야~ 아하하~ 여기 아주 좋은 집이야~ 아하하~

아니 그러니까 알겠는데요…… 그 이후 열한시 삼십분까지 약 30번 정도의 반복, 차라리 지금 당장 저 방범창 없는 미닫이문을 부수고 강도라도 나타나 무슨 사건이라도 벌여서 저 말을 멈추게 해준다면 반가울 것 같았다. 내일 일찍 출근해야 되니까 제발 좀 주무시라고 나는 거의 애원을 해서 간신히 아저씨를 내보냈다. 그런데 근성의 주인아저씨는 자기 집으로 간 것이 아니라 옆방을 습격해서 그 집 세입자를 새로운 희생자로 삼아 다시 그 익숙한 노래를 불렀다. 나 주인아저씨야~ 이 집 아주 좋은 집이야~. 주인아저씨는 이 다가구주택의 세입자라면 모두 다 함께 져야 하는 십자가였다. 벌집처럼 방 위에 방 있고 방 옆에 방 있는 이 집에는 최소한 스무 명 정도가 살고 있는 듯했다. 옆집이나 윗집 사람이 밤에 손톱 깎으면 그 소리까지 다 들렸다. 나중에는 지금은 검지를 깎고 있구나, 하고 구분할 수도 있을 만큼. 주인아저씨는 적어도 불공평한 사람은 아니라서 세입자들을 죄다 공정하게 방문했다. 문을 안 열어주면 될 걸 간단한 문제 아니냐고 친구들은 나를 한심해했지만 그 근성 앞에서는 못 이긴다. 잠깐 25시 슈퍼에라도 갔다오거나 세탁기를 돌리는 순간순간 살짝 틈새라도 있으면 사냥감을 노리는 한 마리 매 같은 기세로 달려드는 그의 돌파력에 어떤 경외감마저 느껴졌다. 아저씨의 후크송은 1절만 있는 것이 아니었다. 2절도 있었다. 그건 바로,

—나 주인아저씨야! 내가 주인이야! 내가 대장이야! 내가 대장이라고!

아, 이래서 다들 내 집 장만에 목숨을 거는구나. 다들 속물이라서 그런 게 아니구나. 이런 꼴 보기 싫어서들 그러는 거였구나, 다들 목숨 걸고 주택 청약통장을 마련하고 장마 적금이니 뭐니 하면서 모으는 게 이렇게 살기 싫어서 그런 거구나. 그가 다녀간 날이면 그때 유행하던 노래 〈그 여자 그 남자〉를 지하방에 앉아 나도 모르게 흥얼거렸다. 니가 뭘 알아 세입자의 마음을…… 그러다 지나가던 취객이 방에 딸린 잡지 한 권만 한 창문을 하수구로 착각했는지 소변을 보는 쏴아, 하는 소리…… 비가 오나 싶어 돌아보았다

가 화들짝 놀랐다. 그나마 창문이 닫혀 있었던 것이 큰 다행이었다. 이후로도 그런 일은 종종 있어서, 창문 닫는 것을 나는 절대로 잊지 않았다.

아마 이 글을 쓰고 있는 지금 이 시간에도, 그 주인아저씨의 목소리는 쩌렁쩌렁 금호동을 울릴 것이다.

—내가 주인아저씨야! 내가 대장이야!

사정없이 틈입하는 그를 내보내고 또 내보내다 보면 에이 망할, 하고 또 서글펐다. 이 허름한 동네에, 눈이 오면 경사 때문에 노인들이 아예 집 밖으로 한 발짝도 나오지 못하는 이 산꼭대기에, 오래되고 허접한 집 한 채 가진 사람도 이렇게나 목에 힘을 주는데 강남은 어떠랴, 이거 거참 못 살 도시로다, 한숨이 나왔다. 그렇지만 울면서 달리기, 울어도 달리기, 어쨌거나 달리기. 이곳에서 살아남아야 한다는 것, 버티어야 한다는 것. 오직 그것뿐. 버텨, 살아. 하수구 물이 넘치면 퍼내고, 술 취한 집주인 아저씨가 쳐들어오면 달래서 쫓아내면서.

거리를 사람처럼 사랑할 수 있다면,

나는 마치 애인처럼 그곳을 사랑했다.

불쌍한 계절

주인아저씨가 아니더라도 그 집은 여러 모로 난감했다. 이사하고 며칠 지나 마주친 동네 할머니들과 인사를 하면서, 여기 비 오거나 할 때 물 새진 않아요, 하고 물었더니 할머니들은 침착하게, 글쎄 6·25 이후로는 그런 적이 없는데, 라고 대답했다. 누가 공증을 해준들 이 이상 신뢰가 가는 대답은 없을 것이다. 하지만 신뢰가 가지 않는 것은 역시 집주인이었다. 워낙 보증금이 싼 집이라 별 생각 안 하고 있다가 이사를 한 후에 대법원 등기소 사이트에서 등기를 확인해보니 이런 어머나 젠장, 근저당설정이 되어 있었다. 주인아주머니는 아저씨와 달리 부지런해서 새벽 다섯시면 청소일 하러 출근했고, 밤 늦게야 돌아오시니 얼굴 보기가 쉽지 않았다. 어느 날 나도 새벽같이 일어나 출근하는 주인아주머니를 붙잡고 저기요 근저당이, 하고 물었더니 아주머니는 고개를 떨어뜨리고 좁다란 마당 바닥을 내려다보며 사정을 조곤조곤 이야기했다. 큰아들이 사고치고 외국으로 튀는 바람에 보증금이란 보증금, 월세라는 월세는 다 긁어다가 아들에게 송금하고 있다고 했다. 주인아저씨는 매일 술 먹고 놀고 세입자들 집을 일일이 훑으면서 내가 집주인이라고 고래고래 소리치며 괴롭히는데 아주머니는 매일 새벽부터 밤 열시까지 일하셨다. 그렇게 뼈가 빠지게 일하고도 근저당이나 잡히는 것이다. 이런 빌어먹을. 도대체 누가 제일 나쁜 것일까? 삼십 년 된 부모님 집을 새마을금고에 저당 잡히게 한 큰아들? 매일 술 마시고 세입자들 집을 가가호호 방문해서 노래 부르고 소리 지르며 아내를 부끄럽게 하는 아저씨? 인터넷으로 간단히 조회 가능한 근저당 하나 확인해보지 않고 덜컥 이사부터 해버린 바보 맹추 같은 나? 당시 하도 된장녀 된장녀 하는 말이 유행하길래 나는 도대체 무슨 녀일까 생각해봤는데 얼른 답이 나왔다. 환장녀, 이런 환장할. 맨날 환장할 지경인 여자. 더 환장할 수는 없는 노릇이라 결국 집을 내놨다. 회사 동료들은 무단 주거침입으로 경찰에 신고하면 될 거 아니냐고 명민하게 충고했지만 사는 게 또 그런 게 아니었다. 뭐라고 설명할 수는 없지만, 어쨌거나 그게 그런 게 아니었다. 아줌마 때문이었을까. 아들은 돈 떼먹고 현해탄을 건너갔는데 남편

포차
맨땅
순대

까지 주거침입으로 경찰차 출동하는 꼴 보게 하느니 그냥 내가 나가는 게 낫겠다 싶었다. 평소 참을성이 그렇게 없는 편은 아니라고 믿어왔는데, 뭐 그것도 아닌 모양이었다. 아저씨가 한번 다녀간 날이면 다음날까지 골치가 아파 원래도 무능한데 더 무능해서 회사의 골칫거리가 되었다.

집을 보러 온 사람은 집이 이게 뭐냐며 너무 구질구질하니 월세를 깎아달란다. 그 구질구질한 곳에 사는 사람 면전에다 대고 구, 질, 구, 질, 하고 그녀는 야무지게 발음했다. 구질구질한 건 사실이니까 주인아주머니에게 조심스럽게 이야기를 꺼내도 봤지만 이빨도 안 먹히고, 뭐 목마른 놈이 우물 파는 수밖에, 그 사람이 깎아주기를 바라는 금액만큼을 내 보증금에서 제해서 초라한 돈을 돌려받았다. 그렇게 해서라도 나가고 싶었다. 누군가 자꾸 내 방 창문에다 오줌 줄기를 발사하는 것도 괴로웠지만 도대체 낮이나 밤이나 지치지도 않고 광풍처럼 몰아치는 주인아저씨의 공격을 받아낼 만큼 환장녀는 담대하지 못했다. 사실 아저씨도 나도 우리는 다 똑같은 종자였다. 외로워서 술 마시고 사람 냄새 그리워서 민폐를 끼치고 그러면서도 내가 이렇다고 말 못하고 나 주인아저씨고 내가 대장이라고 고래고래 소리만 지르는 한심한 종자들. 외로워서 술을 마시고 술을 마시면 더 외로워지는 바보 같은 종자들. 아저씨에게는 마구

기어들어가 내가 대장이라며 난리를 칠 세입자들이 있고, 나는 누구의 대장도 아니며 어떤 세입자도 없었지만, 죄 없는 남자친구나 몇 안 되는 친구들이나 마구 조진다는 면에서는 똑같이 한심하고 덜떨어졌다.

산동네에서 맞는 첫 가을은 그렇게 유난히 처연해서 나를 포함해서 인간이란 인간은 죄다 불쌍해 보였다. 이파리 떨어지는 나무도 가련하고 어머니 아버지도 불쌍하고 일하기 싫은 표정이 역력한 회사 동료들도 측은하고 지나간 사랑도 가엾고 그 사랑을 겪은 나도 불쌍하고…… 가을이란 게 참 그렇다. 원래 불쌍하기 짝이 없는 계절이었다. 소주를 안 좋아하는데도 가을에는 꼭 소주였다. 가을 타는 건 남자라는데 아무래도 내 안에 내장되어 계신 아저씨 한 분이 가을을 몹시 타는 모양이었다. 젊어서였는지 술 마실 기운만 남았는지 오후 다섯시 반만 되면 사무실에 앉아서도 술 마시고 싶어서 마우스 쥔 손이 떨렸다. 가끔 소주를 반병쯤 비우고 오토바이에 올라타 쏟아지는 은행잎을 맞으며 남산에 기어올라가 용산도서관을 지나치고 독일문화원 건너편 벤치에 앉아 주머니에 넣고 있던 나머지 소주 반병을 더 마시고 도로 기어내려오기도 했다. 정말 폐인이다, 미친 짓이다, 다 알면서도 그때는 그 수밖에 없었다. 이 망할 놈의 피가 식을 날이 오겠지, 그런 날이 올 거야. 다 지나갈 것이다,

그것밖에 희망이 없었다. 언젠가 기운이 빠져서 이 미친 짓도 못하게 될 날이 올 것이다, 반드시 그럴 것이다, 그렇게 중얼거렸다. 손에 꽉 쥔 소주병의 녹색 빛은 가끔 에메랄드처럼 영롱하게 반짝였다. 아, 내가 취하긴 취한 모양이었다.

유령의 골목

대장 아저씨의 집을 탈출해 이사를 간 곳은 옥수동 산꼭대기, 한참 걸어가서 매봉산 중턱을 깎아 만든 자리에 위태롭게 얹혀 있는 집이었다. 그 다음에도 한 번 더 이사를 하게 되지만 거기서 거기가 고작 몇 발자국 차이였다. 동사무소에 전입신고를 하러 가자 동사무소 직원은 연신 고개를 갸웃거렸다.

—이게 84년에 지어진 집이라 '협동주택'이라는 형태인데…… 지금은 이 개념 자체가 폐기된 지 오래예요. 이런 데가 이제 아무 데도 없는데…….

그러니까, 옥수동 495-1번지에 살고 있던 나는 존재하지 않는 집에 살고 있었다. 정부 입장에서 본다면 유령의 집이나 마찬가지였다. 많이 벌어 세금을 많이 내는 것도 아니니 나도 유령이나 다를 바 없는 존재이긴 했다. 어쨌거나 그 유령의 집으로 들어가려면 역시 산꼭대기 위에 위치한 동호공업고등학교(현 서울방송고등학교)의 운동장을 가로질러 가야 했다. 때는 2008년, 나는 퇴근하면 바로 시청 광장으로 직행해 투잡이라도 하듯이 촛불을 들었다. 무엇을 달라지게 할 수 있을지 아무것도 모르면서 그렇게라도 안 하면 분해 죽을 것 같은 시절이었다. 그날도 촛불을 끄고 돌아오니 시각은 벌써 열한시 반, 무슨 험한 일이 일어나도 어색하지 않을 으슥한 시간, 으슥한 장소였으므로 발걸음을 빨리 했다. 흐릿한 가로등이 켜진 골목은 인적 없이 조용했다. 그때 그 적막을 가르는 커다란 소리가 들렸다. 험한 일이 일어나도 이상하지 않을 시각과 장소에서 과연 험한 일이 일어나고 있었다.

—야, 이 씨발년아!

그 험한 소리에 이어 퍽, 퍽 하는 소리가 들린 다음 뭔가 굴러 떨어지는 소리가 들렸다. 물건 같지는 않았다. 그 퍽, 퍽 하는 소리는 틀림없이 인간의 살과 근육이 충격을 흡수하는 소리였다. 그렇게 충격을 흡수하면서, 누군가 돌계단을 사정없이 구르고 있었다. 그 와중에도 욕설은 쉴새없이 들려왔다.

—야, 이 씨발년아, 이 개같은 년아, 이 인간 같지도 않은 년아, 죽어, 죽어!

일단 미친 듯이 달려가 보니 주차되어 있는 자동차 사이에 삼십대 중반 정도의 여자가 태아처럼 웅크린 채 쓰러져 있었다. 건장한 남자가 야멸치게 그녀를 발로 차다 못해 밟고 있었다. 퍽, 퍽, 하는 소리는 계속되었다. 나도 모르게 달려들어 남자의 팔에 매달렸다. 주위는 아무도 없이 적막하고, 오래된 가로등은 흐릿하고, 웅크린 여자의 고통에 겨운 신음소리와 남자의 죽어, 죽어 하는 쩌렁쩌렁한 목소리만이 좁은 골목을 가득 채웠다. 아저씨 왜 이러세요! 남자의 얼굴은 붉게 상기되어 있었지만 술기운으로 물든 얼굴은 아니었다. 술 냄새도 나지 않았다. 정말 분노에 차올라 활활 타오르는 붉은 얼굴이었다. 왜 이러세요, 하고 재차 외치자 그가 그 붉은 얼굴로 돌아보았다.

—넌 또 뭐야, 이 씨발년아!

일단 여자의 상반신을 붙잡아 일으켰다. 그 와중에도 그는 발길질을 계속하는 바람에 나는 몸으로 여자를 감싸고 급한 김에 등허리로 몇 대 막았다.

—야, 너도 뒈지기 싫으면 비켜, 이 씨발년아!

남자의 모진 매는 계속되었다.

—그만 좀 때리세요, 이러다 사람 죽겠어요!

—이런 년은 죽어도 싸! 뒤져도 되는 년이야!

—아니 세상에 죽어도 되는 사람이 어디 있어요! 경찰에 신고할 거예요!

—신고한다고? 해라 해! 하라고! 어디 해봐, 이 개같은 년아!

덩달아 같이 욕도 먹고 매도 맞았지만 일단 여자가 더 맞지 않고 비척거리며 허리나마 일으켜 세운 게 다행이었다. 얼른 보기에도 덩치 크고 기운 좋아 보이는 남자는 그렇게 커다란 주먹으로 여자를 때리고 산중턱 계단에서 굴려 떨어뜨렸는데도 아직 조금도 성이 가시지 않은 얼굴이었다.

—야, 너 비켜. 이년은 죽어도 싼 년이야, 야 저리 비켜!

—아니, 무슨 일인지는 몰라도 정말로 사람이 죽으면 어쩌려고 그러세요!

이 이야기를 들은 친구 하나는, 옛날 같으면 바로 벽돌로 찍었을 텐데 성질 많이 죽었구나 하며 웃었더랬지만, 어쨌거나. 신경안정제를 꾸준히 복용하고 있을 때라 좀 차분한 시기여서 그랬는지 방금 전까지 시위하다가 와서 억울했는지 나는 남자 팔을 붙들고 애걸복걸하다가 그가 계속 나를 밀치는 바람에 나도 같이 버럭 외쳤다. 외치긴 외쳤는데 아뿔싸 하필 뭐라고 외쳤느냐 하면,

—너 같은 새끼들 때문에 우리나라가 민주주의가 안 되는 거야!

풀벌레만 찍찍 울었다.

—아니 그게 아니라…… 이러다 사람 죽으면, 정말 큰일이 나요. 그러면 어쩌려고 그러세요.

순식간에 민주주의의 걸림돌 취급을 받은 남자는 잠깐 숨을 돌리너니 후, 하고 긴 한숨을 쉬었다. 그리고 계단에 풀썩 주저앉았다. 잠시 후 정신을 차리고 보니, 나도 옆에 주저앉아 그의 이야기를 듣고 있었다.

—아가씨도 내가 오늘 무슨 일을 당했는지 알면 나한테 안 이

럴 거요. 나한테 잘못했다고 안 할 거라고. 내가 진짜…… 저 년 죽이고 나도 죽고 싶어. 진짜 그러려고 했어.

—아니 무슨 일이기에 그러세요.

남자는 이마의 땀을 닦고 얼굴을 양손으로 감싸며 고개를 푹 숙였다.

—저 씨발년이, 진짜 정말 어떻게 그럴 수가 있나, 지 딸이 보고 있는데…….

그의 이야기의 전말인즉 이러했다. 남자는 보일러던가 뭐던가, 하여튼 가전제품을 수리하는 일을 하고 있기 때문에 자주 서울 시내 여기저기를 돌아다니며 일한다고 했다. 그러다가 간혹 예고 없이 집에 들르는 적이 있는데, 그날도 그렇게 집에 와보니 아내가 집에 남자를 끌어들여 사건을 벌이고 있었다는 것이다. 몇 살인지는 알 수 없지만 아직 어린 딸이 보고 있는데 남자와 수작을 벌이고 있었다며 그럴 수가 있느냐고, 남자는 열변을 토했다. 어느새 찍찍 내뱉던 반말도 반 존대로 바뀌어 있었다.

—아니 생각을 해봐요 아가씨. 지 딸이 보고 있는데 사람이 그럴 수가 있어요? 짐승도 아니고 사람이 그럴 수가 있어요? 내

가 저 여자랑 십년 살면서 손찌검 한 게 오늘이 처음이요. 십년 살면서 무슨 짓을 해도 불평 한 번 한 적 없어. 싸워도 맨날 내가 미안하다고 그랬고. 그런데 지가 나한테 어떻게 이럴 수가 있어요? 월급봉투 받아서도 손 하나 안 대고, 보너스 받으면 한 장도 안 빼고 모조리 저한테 다 가져다 줬어. 그런데 지가 어떻게 나한테 이럴 수가 있어? 응? 어떻게 이럴 수가 있냐고? 어떻게 지 딸이 보고 있는데 사내새끼를 끌어들일 수가 있냐고…….

남자의 말끝은 흐느낌으로 흐려졌다. 내가 차마 이해할 수 없는 생판 남의 비애의 냄새가 골목길에 진동했다. 그러는 사이 온몸이 달마시안 강아지처럼 얼룩덜룩하게 멍투성이가 되도록 맞은 여자는 비척비척 일어나더니 내 팔을 잡고 몇 번이고 몇 번이고 귀에 속삭였다.

—아가씨, 고마워요. 정말 고마워요. 정말 고마워요 아가씨, 정말…….

여전히 끓어오르는 울화로 얼굴이 시뻘건 남자는 쓰라린 어조로 말을 되뇌고 있었다.

—내가 바람을 한 번 피웠나, 진짜 바람 한 번 피운 적도 없어

요. 여자랑 놀아나는 술집 한 번 가본 적이 없어요. 만약 내가 그랬으면 말도 안 해. 나, 직장하고 집밖에 모르고 살았어요. 지방 가면 돈이 더 센데, 가정이 중요하다고 서울만 다녔어요. 아까도 말했지만 월급이라고 받아서 한 푼이라도 내가 건드린 적 있는 줄 알아? 없어요, 없어. 다 저년 갖다 줬다고. 그런데 지는 딸년이 보고 있는데 이러고 있어? 지금 우리 딸이 저기서 보고 있어요. 정말 저년을 죽여버려야지…….

내가 거기다 대고 뭐라고 말할 수 있겠는가, 일단 말릴 수밖에.

―마음 상하시겠어요. 그래도 따님 있으시면서 이렇게 감정적으로 구셨다가 큰일이 나면 따님이 어떻겠어요, 일단 좀 진정하시고…….

그는 버럭 소리쳤다.

―진정? 내가 지금 진정이 되겠어요?

하긴 이 이야기가 다 진실이라면, 진정이 될 리가 없다. 진짜 그런 일을 봤다면 눈이 뒤집히겠지. 치정극이라는 게 참 가까이 있었다. 나도 남자 많이 갈아치워봤는데 그런 내

정체를 알면 그동안 내 남자친구들을 대신해서 때리기라도 할까봐 나는 지레 움찔했다. 그리고 슬금슬금 아저씨를 달래기 시작했다.

—아저씨, 그래도 혹시라도 그러나가 사람 죽이면 큰일 나요. 만약에 일이 커지면 오히려 더 큰 어려움을 당하실 수도 있잖아요. 그럼 따님은 어떡해요.

어느새 돌계단에 앉아 그 남자의 하소연을 듣기 시작한 지도 한참이었다. 그는 주저앉아 머리를 감싼 채 꺽꺽 잦아들어가는 목소리로 말했다.

—정말 내가 저 여자한테 잘했어요. 사랑했어요…… 여자라곤 평생 저 여자밖에 몰랐어요. 진짜 저 여자가 나한테 이러면 안 되지. 어디 대낮부터 남자를 끌어들여…… 아, 저쪽에 우리 딸이 다 보고 있을 텐데…… 난 도대체 어떻게 해야 할지 모르겠어요.

나는 보탤 말이 없어서 그냥 고개를 끄덕끄덕 하고 있을 수밖에 없었다. 한숨을 쉬며 뿌연 가로등을 바라보니 뭔가 희한한 상황이었다. 나는 어째서, 이 배신당한 남자와 밤 열두시가 다 된 시간에 으슥한 산 밑에 앉아서 그의 살아

온 이야기를 듣고 있어야 하나. 이상하기 짝이 없었지만 그냥 하염없이 거기 같이 앉아 있는 수밖에 없었다. 남자의 이야기는 같은 이야기가 돌림노래처럼 끝도 없이 계속되고 계속되고 또 계속되고 나는 하릴없이 그 옆에 앉아서 정기적인 타이밍으로 괘종시계처럼 고개를 끄덕였다. 간혹 힘드시겠어요, 저런, 어떡해, 큰일이네요, 하는 말 정도만 보태면서. 상반신을 일으킨 채 온통 산발이 되어 있던 머리를 한켠에서 만지고 있던 여자는 어느새 모습을 감추었고, 남자는 무릎 사이에 머리를 묻은 채 흐느꼈다.

—어떻게 저년이, 나한테 어떻게 이럴 수가 있어…… 저기 골목 저만치에서 우리 딸이 기다리는데 어떡하지…….

도대체 뭐라고 대답해야 좋을까. 그때 뭐라고 대답했어야 했을까. 전혀 모르겠다. 사람이란 게, 어떻게 나한테 이럴 수가 있나 싶은 짓을 당하기도 하고 저지르기도 하고 서로 그런 짓 하는 종자인 것을. 여기서 상처를 주고, 저기서 상처를 받고, 그러면서 상처 받은 건 기억하고 내가 준 건 잊어버리고, 뭔가 손톱만큼 베푼 건 기억하고 남한테 얻은 건 순식간에 까먹고…….

그때 끼이익- 하는 소리가 적막을 갈랐다. 쓰러져 있던

그 골목 옥수동, 일명 피난촌의 가로등 아래서 지금도 퍽퍽 맞는 여자들이 있을까. 살아가는 일의 슬픔은 너무 깊고 넓어서, 게다가 생각지도 못한 곳에서 자꾸 튀어나와서, 때로는 이게 정말로 있었던 일인가 싶을 만큼 혼란스럽다.

여자가 남편이 하소연하는 사이 살그머니 승용차에 올라타 시동을 건 후 급하게 출발한 거였다. 순간, 저 씨발년이! 하는 남자의 비통한 외침이 골목의 어둠을 갈랐다. 그리고 그는 날쌔게 달렸다. 여자가 탄 흰 승용차는 골목에서는 차마 낼 수 없는 속도로 악셀을 심하게 밟았고, 남자는 트렁크에 몸을 던졌다. 승용차 트렁크에 온 힘으로 매달린 남자와 지그재그로 돌진하는 승용차는 액션 영화에서나 보던 장면이었고, 승용차는 남자를 등에 업은 채 사라졌다. 앉아 있던 보도블록에서 일어난 나는 얼른 도망치기 시작했다. 아까 여자를 퍽퍽 소리 나도록 패던 그 남자라면, 끝내 승용차와 아내를 놓쳤을 경우 돌아와 너 이년, 너 때문에 저년 놓쳤다며 그 모진 매타작이 죄다 나에게 되돌아올 것만 같았다. 집으로 뛰다보니 아까 그 남자의 말이 생각났다. 우리 딸이 저기서 기다리는데, 우리 딸이 저기서 보고 있는데…… 그런데 골목을 아무리 둘러보아도 여자아이는 보이지 않았다. 바로 요만치서 딸이 기다린다고 분명히 말했는데, 그 아저씨가 그랬는데…… 혹시 있으면 찾아서 데리고라도 있어야겠다고 생각하고 주차되어 있는 자동차들의 사이사이를 죄다 뒤졌지만 여자아이라고는 머리카락 한 올 보이지 않았다.

자동차 소리는 이미 멀어졌고, 숨이 턱까지 닿도록 달려와 문을 간신히 닫고 숨을 몰아쉰 뒤 찬물 한 잔을 벌컥벌컥 들이켰다. 딸은, 정말로 있는 거였을까? 내 손을 잡고 목쉰 소리로 몇 번이나 고맙다고 말하던 그 여자가 정말로 남편이 집을 비운 사이 다른 남자를 집에 끌어들여 입에 못 올릴 짓을 했던 걸까? 그 남편은 정말로 우연히 집에 들어왔던 걸까? 그러다보니 모든 게 혼란스러워지기 시작했다. 정말로 내 앞에서 누가 때리고 맞았던 게 맞나? 내가 본 광경이 정말로 있었던 일일까? 차에 매달려서 그 남자는 어디까지 갔을까? 그 여자는 정말로 괜찮을까? 어디까지가 진실일까? 정말 딸은 그 광경을 죄다 보았을까? 아예 딸이 있었을까? 그들은 정말 부부일까? 그 여자는 차를 몰고 결국 어디로 갔을까? 그 남자는 매달려 있다가 십중팔구 떨어졌을 텐데 괜찮을까? 생각할수록 머리가 복잡해졌다. 도대체 뭐가 뭔지, 나는 왜 그 돌계단에 앉아서 그 남자의 살아온 이야기를 계속 듣고 있었는지, 뭐 하러 내 남편도 아닌 남자한테 등허리를 퍽퍽 얻어맞았는지, 일면식도 없는 여자에게 손을 붙잡혀서 몇 번이나 고맙다는 말을 들으면서까지, 왜, 왜, 왜?

모르겠다, 아무것도 모르겠다, 아직도 알 수 없다. 다만 지금 바라는 것은 바람을 피웠든 안 피웠든 부디 그 남자가 우렁차게 외쳤던 대로 그 여자를 죽이지 않았기를, 죽이고 자기도 죽지 않았기를, 딸이 차라리 정말 없어서 그 광경을 못 보았기를, 그 여자가 더 맞지 않았기를, 그 남자도 그 분노가 좀 식기를, 마음의 상처가 나을 날이 있기를. 제발, 그냥, 다들 무사하기를, 살아 있기를…… 그 골목 옥수동, 일명 피난촌의 가로등은 그런 광경을 수백 번 수천 번이나 보았을 것이다. 그 침침한 가로등 아래서 지금도 퍽퍽 맞는 여자들이 있을까. 그렇다면 그녀들이 부디부디 무사하기를. 그래만 준다면 괜히 남의 집안일에 끼어들어 새우등 터지듯 몇 대 얻어맞은 것도 억울하지 않을 테니. 살아가는 일의 슬픔은 너무 깊고 넓어서, 게다가 생각지도 못한 곳에서 자꾸 튀어나와서, 때로는 이게 정말로 있었던 일인가 싶을 만큼 혼란스럽다. 다만 그 매봉산 밑 돌계단에서의 퍽, 퍽 하던 둔탁하고 슬픈 소리가 떠오를 때마다, 일단 그녀가 살아 있기를 바랄 뿐이다. 가끔 술에 취한 날이면, 들릴 리 없는 그녀에게, 화냥년이라고 있는 대로 욕을 먹고 걷어 채이던 그녀에게 들릴 리 없는 질문을 혼자서 중얼거린다. 당신, 살아 있나요……? 살아 있어요……? 살아 있어요, 제발.

시한부
파라다이스

옥수동에서 마지막으로 살았던 집에는 방이 세 개에 광활한 다락이 두 개나 있었다. 그뿐 아니라 손바닥만 한 마당도 딸려 있었다. 그런데도 강남에서 월세 얻기도 어려운 돈으로 전세를 얻을 수 있었다. 물론 서울에서 그렇게 살 수 있는 세월은 다시 오지 않을 것이다. 나는 아마 곧 서울에서 밀려날 것이다. 더욱 서울 외곽으로 돌다가 경기도로, 거기서 더 간 지방 어딘가로 떨려날 것이고 그렇기에 더 애틋하게 남아 있는 우리 집, 옷장만 한 화장실이 두 개나 있던 희한한 우리 집, 그리운 우리 집. 외로워서 미칠 것 같은 밤에 안방에서 창문을 열면 한강과 동호대교가 훤하게 내려다보이던 우리 집, 미칠 것 같은 밤에도 방이 세 개나 있어서 고독을 내려놓을 공간만은 충분했던 우리 집. 그때 나는 젊었고, 피는 지글지글 뜨겁고 종종 토할 만큼 외로워서 어쩔 줄을 몰랐다. 지금은 다 무너진 그 집은 삼성 래미안이 될 것이라 했다. 그 생각을 하면 또 덜컥 외로워진다. 다행인 것은, 그 뜨겁던 피가 약간 식어서 이제 토할 정도는 아니라는 것 정도다. 어쨌거나.

세상은 언제나 가진 사람 편이어서, 부동산은 늘 집주인 편에 찰싹 붙어 이것도 저것도 세입자에게 네가 알아서 하고 깨끗하게 쓰라며 야단하기 마련인 게 보통인데 이상도 하지, 다른 집 다 마다하고 그냥 싼 값에 끌려 이 집에서 살기로 결정하고 집주인아줌마와 내가 임대차 계약서에 도장을 찍자마자 부동산 아줌마는 집주인아줌마에게 준엄한 목소리로 훈계를 시작했다.

—사모님, 이 아가씨한테 잘해주세요. 그동안 방 안 나가서 골치 썩으셨잖아요? 요즘 이런 구질구질한 집에 살려는 사람이 어디 있어요?(망설이지도 않고 '구질구질'이라고 말하는 이 당당함!) 더군다나 요즘 젊은 아가씨들이 이런 데 살려고 해요? 월세 많이 내고서라도 근사한 데 살려고 하지. 그러니까 사모님, 뭐 고장 났다 가스 안 된다 수도 안 된다 그러면 세 주는 사람이라고 막 모른 척하시지 마시고 재깍재깍 고쳐주셔야 해요. 아시겠어요?

마치 귀한 외동딸 끼고 내 딸 괴롭힌 녀석 다 나와, 하고 대거리하는 무섭고 든든한 엄마처럼 부동산 아줌마의 기세는 등등했고, 집주인아줌마는 무슨 죄 지은 것도 아닌데 네, 네, 하고 고개를 끄덕끄덕했다. 그리고 이후 주인아줌마는 정말로, 문짝이 고장 나든 보일러가 고장 나든 전세니 네가 알아서 해라 하지 않고 재깍재깍 고쳐주었다. 집주인에게 한바탕 훈계를 한 후 부동산 아줌마는 갑자기 내 손을 와락 잡고 다정하고 애틋하게 말했다.

—아가씨, 이런 집에 산다고 기죽지 말아요. (이런 집이라고 자꾸 강조하실 건 없는데) 기죽으면 안 돼. 이런 데 살면서 아껴서, 나중에 2억, 3억짜리 아파트에 살아요. 알겠죠? 이렇게 아껴서 나중엔 몇 억짜리 아파트에 살아요, 알겠죠? 젊을 때 이런 데 살고 고생 좀 해도 돼요. 그러면 나중에 꼭 좋은 집에서 떵떵거리며 살 수 있어요. 그러니까 기죽지 말아요.

아줌마는 열렬하고 간절하게 당부했다. 아니, 나를 그렇게 긍휼히 여겨주지 않아도 되는데 싶었지만 어느새 나 역시 집주인아줌마처럼 뭣에 홀린 듯이 고개를 끄덕끄덕했다. 네, 네. 알겠어요. 기 안 죽을게요, 절대로 기 안 죽을게요. 다만 가격이 싼 대신 재개발이 시작되면 잔말 없이 나가야 했다. 나는 잔말 없이 나가겠다는 문서에 도장을 찍었

외로워서 미칠 것 같은 밤에 안방에서 창문을 열면

한강과 동호대교가 훤하게 내려다보이던 우리 집.

미칠 것 같은 밤에도 고독을 내려놓을 공간만은 충분했던 우리 집.

그때 나는 젊었고, 피는 지글지글 뜨겁고

종종 토할 만큼 외로워서 어쩔 줄을 몰랐다.

다. 혹시 집 안을 칠하거나 해도 되냐고 묻자 주인아주머니는 엷게 웃더니 대답했다.

—뭐, 두들겨 부숴도 돼요, 뭐든 마음대로 해요. 허물 집인데요 뭐…….

그 시한부 파라다이스가 가진 딱 하나의 문제는 실외용 보일러가 실내에 달려 있는 거였다. 하지만 곧 재개발이 들어갈 지역이라 비용이 적지 않게 들 보일러를 교체하는 건 아무래도 무리였다. 가스 검침원 아주머니는 가스 검침을 올 때마다 우울하게 말했다.

—지난달에도 이런 보일러 때문에 장안동에서 온 식구가 다 죽었는데…….

검침원 아주머니는 번번이 내 목숨을 염려해주었지만 나는 그러거나 말거나 에라 모르겠다, 하는 식이었다. 원래 옥수동이라는 데가 그런 동네였다. 거기 살고 있다 보면 어쩐지 내 목숨 질기다는 희한한 만용이 펄펄 생겼다. 텃밭이라고까지 하기는 뭐하고 부엌 문 열면 있는 마당에 있는 손바닥만 한 조그만 흙무더기 위에 허브를 심었다. 처음에는 포카리스웨트 광고에 나올 것처럼 하늘하늘한 원피스를 입고 예쁜 물뿌리개로 조그마한 정원에 물을 주는 그런 모습을 꿈꿨지만 역시나 그런 게 될 리가 없지, 나도 그런 아가씨가 아니고 이곳은 호락호락한 동네가 아니었다. 하늘과 극히 가까운 이 집의 높이와 탁월한 일조량 덕에 허브는 정글처럼 무서운 속도로 자라났다. 밭이 아니라 숲을 이룬 그 무시무시한 생장을 바라보며 허브가 원래 화초가 아니라 잡초라는 것을 실감했다. 그뿐 아니라 내가 심지도 않은 이상한 싹들이 마구 자라났다. 딸이 어떻게 살고 있나 보러 오신 아버지에게 물어보니 그건 내가 씨를 뿌린 적도 없는 나팔꽃이었다. 내 밭에 무단 주거하는 이 망할 놈들은 뭔가 싫어 약이 올라 처음에는 싹을 보는 대로 마구 뽑아냈지만 나팔꽃은 저년이 왜 저래, 하는 듯 아무리 뽑아대도 끄떡도 안 하고 여기서 싹을 틔우고 또 저기서 싹을 틔웠고 결국 나는 두 손 들고 말았다. 너희가 이겼어, 내가 졌다, 실컷 자라라.

그리고는 길에서 주운 철사 옷걸이를 펴거나 버려진 라디오를 보면 안테나를 뽑아다가 활짝 펼쳐 덩굴이 타고 올라갈 지지대를 만들어주었다. 철사 옷걸이나 안테나 따위로 만족하지 않고 이 무서운 옥수동의 나팔꽃들은 텔레비전 전선이고 가스관이고 전기 전선이고 덩굴손이 뻗치는 곳이면 죄다 타고 올라가 지하에서 4층 옥상까지 도달해서는 기세등등하게 매일매일 꽃을 피웠다. 꽃은 어찌나 큰지 어른 주먹만 했다. 식충식물만 무서운 줄 알았더니, 지극히 선량하고 아무렇지도 않아 보이는 나팔꽃도 얼마든지 무시무시할 수 있다는 걸 처음 알았다. 그러나 무시무시한 꽃과 보낸 시간도 길지 않았다. 예상보다 빨리 철거 명령이 떨어져 퇴거 통지가 왔다. 몇 미터 차이로 옥수 12구역은 이후로도 몇 년 더 버텼고 내가 살던 13구역은 삽시간에 헐렸다. 부동산 아주머니는 자신도 김포에서 막판까지 버텼다며 그냥 버티라고 했지만 '용역'이라고 얼굴에 크게 씌어 있는 것 같은 아저씨가 조합에서 나왔다며 싸게 싸게 비워 주쇼잉, 하는 바람에 더 버틸 자신이 없어서 잽싸게 방을 뺐다. 전철연(전국철거민연합)에라도 가입해서 버텼어야 하는데, 언제나 그렇지만 그때도 뭘 몰랐다. 창문에서 바로 동호대교가 보이는 내 방 자리는 조망권 찬란한 브랜드 아파트가 된다는데 거기서는 이 기 센 나팔꽃들도 차마 당해낼 수가 없겠지 싶어 가엾고 애틋했다. 교회 화단에 좀 심고 그러고도 락앤락 통을 하나 가득 채울 만큼 넘치는 꽃씨를 하나하나 받아서 보내달라는 사람들에게 예쁜 편지봉투에 담아 부쳤다. 이 녀석들이 예쁜지 어떤지는 모르겠지만 생명력 하나는 보증합니다, 라고 설명하면서. 지나고 보니 그 나팔꽃들이 그 무시무시하던 기세로, 그 튼튼한 덩굴손으로 내 만용을 붙잡고 부추기고 격려해주고 있었다. 자주

색 나팔꽃도 파란색 나팔꽃도 한 목소리로 안 죽어, 안 죽어, 울면서 달리기, 힘내라 힘내라, 하면서.

히스클리프,
아니 검둥이

옥수동 집에는 나팔꽃 말고도 친구가 있었다. 동물보호소에서 하루 후 안락사 된다고 해서 데려온 강아지였다. 유기견답게 나이를 짐작할 수 없는 덩치 큰 검은 푸들이었는데, 처음에는 어딘가 험악한 인상에 어울리는 이름을 지어줘야겠다 싶어 히스클리프(에밀리 브론테의 소설 『폭풍의 언덕』에 등장하는 남자 주인공)라는 이름을 엄숙하게 붙였다가 옥수동 언덕에 히스클리프는 얼어 죽을, 정신을 차리고 보니 검둥이라고 부르고 있었다. 험한 인상과 달리 마음이 따뜻한 개였던 검둥이는 긴 다리로 간혹 신나게 집을 뛰쳐나갔다. 잠깐 문을 열어둔 사이에 검둥이가 또 자취를 감추는 바람에 후다닥 뛰어나가 골목을 향해 외쳤다. 검둥아! 검둥아! 그런데 대답이 들렸다. 검둥이가 아마 사람 나이라면 오십대 정도일 텐데, 딱 그런 목소리였다.

—검둥아!

—여기 있어요!

—검둥아!

—여기 있어요!

순간 귀를 의심했다. 설마 우리 검둥이가, 사실 말을 할 수 있었단 말인가. 대답이 들리는 쪽을 향해 급히 달려갔다. 그러면 그렇지 검둥이가 말을 할 리가. 조그만 강아지를 줄에 매어 데리고 나온 아저씨가 좋다고 겅중겅중 이리 뛰고 저리 뛰는 검둥이를 어쩌지 못해 당황하고 있다가 이 시커먼 개의 이름을 부르는 게 틀림없을 소리에 검둥이 대신 대답한 거였다. 나는 얼른 검둥이를 끌어안고, 검둥이 목소리를 대신 더빙해주고 있던 아저씨에게 꾸벅꾸벅 고개를 숙이고 집으로 뛰어 들어왔다. 그런데 이 검둥이 녀석 때문에 이 아저씨 말고도 여러 아저씨들이 괴로웠다. 유독 회사에서 힘들었던 날, 밤 열한시가 넘었는데 누가 문을 쾅쾅 두드렸다. 찾아올 사람이 없는데 누군가 싶어 잔뜩 긴장해 누구세요? 하니 옆집이라고 문 좀 열라고 소리쳤다. 얼결에 열었더니 서슬 퍼렇게 화가 난 아저씨 한 명이 씩씩대며 서 있었다. 아저씨는 겅중겅중 뛰어나온 검둥이를 가리

키며 대뜸 소리쳤다.

—이 개 좀 못 짖게 해요!

나는 그때까지 검둥이가 짖지 않는다고 굳게 믿고 있었다. 워낙 성격이 소탈한 개라 내가 집에 붙어 있을 때 짖었던 적이 없었다. 게다가 근처에 심심할 때마다 짖어대는 개를 키우는 집이 있어서 저 개 참 시끄럽네, 하고 생각하고 있었기 때문에 분명히 이 아저씨가 우리 검둥이에게 억울한 누명을 뒤집어씌우고 있다고 확신했다. 마침 회사에서 유독 고달픈 시간을 보냈던 날이라 누구든 덤벼라 싸우자 다투자 잘 걸렸다, 싶은 날이었다.

—저희 개라는 증거 있어요?

—아니 맨날 여기서 짖는 소리가 분명히 들린다고! 못 짖게 해!

—이 뒷집 개가 맨날 짖어서 저도 시끄럽다구요! 그 개라니까 왜 이러세요!

—아 어떻게든 개를 못 짖게 하라고!

'어떻게'라는 소리에 드디어 꼭지가 확 돌았다. 어떻게 좀 해 봐라, 라는 말에 벌써 몇 년째 넌더리가 나던 참이었다. 영화 시나리오 작가 시절에도, 어떻게 좀 신선한 아이

템 없어? 지금 게임회사 기획팀에서도, 어떻게 좀 재밌는 거 없어? 그런 이야기를 닳고 닳도록 듣는 게 일이었다. 오늘도 차장한테 어떻게 좀 새로운 거 없냐고 죽도록 닦이고 왔는데 이젠 어떻게 개 못 짖게 하라니, 나보고 어떻게 살라는 거냐 싶어서 버럭 화가 치밀었다. 나는 검둥이 앞다리를 붙잡아 대롱대롱 들고 아저씨 코앞에 들이밀었다.

—어떻게 좀 못 짖게 하라니요? 도대체 어떻게요! 어떻게 못 짖게 해요! 지금 죽일까요? 당장 확 죽여버려요? 그럼 못 짖게 되겠네! 그럼 시원하시겠어요? 지금 죽일까요?

당장 그 아저씨가 야 이 미친 년이, 하고 뺨을 철썩 갈긴다 해도 겁없이 너 죽고 나 죽자고 덤벼들 수 있을 만큼 독기가 펄펄 올라 있었다. 나도 도대체 '어떻게' 살아야 할지도 모르겠건만. 아저씨는 현관 앞에 우두커니 서 있고 나는 숨을 몰아쉬며 검둥이를 붙잡고 씩씩대고 있었으며 검둥이는 앞다리를 붙잡혀 달랑 들어올려진 채 긴 다리를 규칙적으로 버둥거리며 여느 때와 같이 순박하기 짝이 없는 낙천적인 표정으로 혀를 헥헥 내밀고 아저씨를 다정하게 바라보고 있었다. 그 대치 상태가 적어도 10초 정도는 계속됐다. 그러다 아저씨가 갑자기 이쪽으로 손을 뻗었다. 이 아저씨가 검둥이의 목이라도 졸라서 지금 당장 조용히 만

들고 그 다음은 아마 내 차례려나. 그런데 아저씨는 천천히 검둥이의 머리를 몇 번 쓰다듬었다. 나는 놀라 검둥이를 든 채로 뻣뻣하게 굳어 있었고, 검둥이는 여전히 공중에 대롱대롱 매달린 채 쓰다듬어주는 아저씨를 향해 헥헥거리며 몹시 다정한 표정으로 꼬리를 살랑살랑 흔들었다. 이윽고 아저씨는 한 발짝 돌아서더니 낮은 목소리로 말했다.

—아가씨, 그렇게 화내지 말아요…… 나도 사실 개 좋아해요. 그런데 내가 밤 늦도록 일하고 새벽에 들어오는데 개가 자꾸 짖어서 잠을 못 자니까, 너무 힘들어서 그런 거니까 너무 화내지 마요.

그리고 아저씨는 뒤돌아섰다. 나는 여전히 혀를 내밀며 아저씨를 향해 꼬리를 흔들고 있는 검둥이를 든 채 멍하니 그 모습을 바라보았다. 그 뒷모습은 어쩐지 참 스산했다. 문을 닫고 아무것도 모른 채 꼬리만 흔드는 검둥이를 끌어안고 깔아놓은 요 위에 누웠는데 도무지 잠이 오질 않았다. 그날따라, 사는 게 참 쓸쓸했다.

그런데 아저씨에게 참 죄송스럽게도, 엉큼한 검둥이 녀석은 내가 있을 때면 얌전한 척했지만 내가 없을 때면 정말 컹컹 하고 신나게 짖었나 보다. 잠이 안 오던 밤, 왜 이럴 때 맥주가 똑 떨어지는가, 하고 탄식하며 맥주를 사러 나갔

저 집마다 얼마나 많은 개가 짖고, 얼마나 많은 사람이 화를 내고, 얼마나 많은 사람이 싸우거나 사과하고 사과받고 있을까.

다가 돌아오는데, 웬 개가 컹컹 씩씩하게 짖는 소리가 들렸다. 아니 이런 맙소사, 분명 우리 집 검둥이였다. 문을 열자마자 옆집에서 아저씨가 튀어나와 삿대질을 하며 소리를 지르기 시작했다.

—거봐! 이 개 맞잖아! 내가 뭐랬어! 내가 뭐랬냐구!

내가 무슨 할 말이 있겠나. 그저 땅에 닿을 만치 허리를 숙일 따름이었다.

—죄송합니다. 정말 죄송합니다. 제가 조심시킬게요. 죄송합니다.

그는 씩씩대며 돌아섰다. 그러더니 다시 이쪽을 휙 돌아보며 쏘아붙였다.

—어, 그 개 관리 좀 잘해요! 짖는 거 맞다니까 에이 진짜!

힘없이 문을 닫자 검둥이는 제가 언제 짖었냐는 듯 여전히 헥헥대고 있었다. 이 녀석이 짖는 게 맞았구나. 싸늘한 집에 개 혼자 두고 밤에 내가 맥주 같은 걸 사러 나가지만 않으면 되는 거였는데, 그러지만 않았으면 검둥이뿐 아니라 많은 것이 해결되었겠지만, 알면서도 바보같이 차마 그러지 못했다. 대신 아직 해가 환할 때 배낭을 지고 오토바이를 타고 시장으로 내려가 냉장고를 꽉 채우고도 남을 만한 맥주를 상비해두는 것이 내가 할 수 있는 유일한 대책이었다.

그러다가 떨어지면 어쩔 수 없이 집 앞의 매봉슈퍼로 가서 사 오는 수밖에 없었다. 슈퍼라고 말하기에는 민망한 규모의 이 구멍가게 할머니는 손님이 와도 하나도 좋아하는 기색은 없고 내가 맥주 사러 가기만 하면 이놈의 계집애가 한심하기 짝이 없다는 표정을 노골적으로 드러내셨고 푹, 푹 한숨을 쉬면서 검은 봉지를 탁탁 소리까지 내면서 건네줬다. 손님은 왕이라는데 내 돈 내고 한심한 취급 받는 게 유쾌하지는 않았지만 알코올 중독자에게 체면 따위는 중요하지 않은 법이다. 눈치를 주고 또 주던 할머니는 그런 날이 몇 달 이상 지속되자 이젠 모든 것을 초월했다는 표정으로 봉지를 건네면서 말했다.

—공병 가져와.

—네?

—얼마씩 쳐주니까⋯⋯ 마시고 빈 병, 공병 가져오라고 공병.

—아, 네⋯⋯.

아, 공병. 집에 차고 많았다. 버리러 가기 창피해서 집에 쌓아둔 맥주병이 산더미였다. 다음날 가져가서 뻔뻔하게 소주 한 병과 바꿔 먹었다. 벌써 몇 병째인지 셀 수도 없을 만큼 정신이 없는 채로 다음 병을 따는 나를 헥헥거리며 바라보는 검둥이의 얼굴은 언제나 씩씩하고 천진했다. 내가 저 개만큼만 씩씩했다면 이 꼴이 아닐 텐데, 하며 창문을 열면 동호대교의 불빛과 수많은 집의 크고 작은 창문이 깜빡깜빡 반짝이는 것이 한눈에 보였다. 저 집마다 얼마나 많은 개가 짖고, 얼마나 많은 사람이 화를 내고, 얼마나 많은 사람이 싸우거나 사과하고 사과받고 있을까.

옥수동을 떠나던 날도 다른 날과 다르지 않게 스산했다. 검둥이의 뺨에 내 뺨을 대고 누웠다. 검둥이가 고개를 들고 얼굴을 핥았다. 그럴 때면 아주 조금, 손톱만큼은 구원받은 기분이 들었다. 짖지 마, 아저씨 밤에 일하러 나가야 되는데 잠 못 주무신단 말이야. 검둥이는 알아들었는지 모르는지 여전히 얼굴을 싹싹 핥더니 이부자리 위에 냉큼 드러누웠다. 맥주가 다 떨어졌지만 차마 지금 사러 갈 순 없었다. 아저씨는 자야 한다. 나도 어떻게 좀 해보라는 사람들로 그득한 사무실로 돌아가야 한다. 왜 이렇게 외로운지 알지도 못하면서 사무치게 외로웠다. 애인이 있고 없고 그딴 문제가 아니었다. 그나마 검둥이가 있어 견딜 수 있었다. 이 개를 버린 사람은 왜 버렸을까. 늘 웃는 얼굴의 이 착한 개를 왜 버렸을까. 나는 착하지는 않지만, 내가 왜 살고 있는지 모르는 것과 마찬가지일 거였다. 몇 년 지나고서야 살아 있어서 외로웠다는 것을, 살아 있는 것들은 다 그렇게 간혹 서글프고 간혹 외롭다는 것을 알 것도 말 것도 같았다. 검둥이는 좋은 집에 입양 가서 여름이면 비행기 타고 주인집 휴가 따라 제주도에도 가는 좋은 팔자가 되었다.

재개발 딱지가 붙고, 쥐꼬리만 한 이사비를 받고 집을 비워야만 하는 날이 왔다. 이삿짐을 나르려고 이삿짐센터에 전화를 했다. 그런데 이게 웬걸, 트럭을 몰고 나온 분들은 경로당에서 바둑이나 두고 계셔야 어울릴 할아버지 두 분이었다. 물론 마른 몸집이라도 강단은 있어 보이는 분들이었지만 도저히 이 강도의 일을 해낼 연세로는 보이지 않았다. 그분들이 영차, 영차 소리를 치면서 세탁기를 나르는 걸 보고 있자니 죄책감까지 들어서 곤란하기 짝이 없었다. 노인네들을 붙잡아 놓고 차마 못할 짓을 하고 있는 것도 같고 돈 낼 것 다 내 놓고도 힘없는 노인을 상대로 굉장한 학대를 하고 있는 것만 같아 난처해서 어쩔 줄을 몰랐다. 할아버지들은 영차 영차 하며 이번에는 냉장고를 날랐다. 아, 다들, 이렇게 미친 듯이 열렬하게 살고 있었다.

집에서 심심풀이로 넘겨보던 패션지 따위는 싸가지고 갈

필요 없으니 죄다 집 밖에 내놓고 있는데 누가 머뭇거리면서 이쪽으로 다가왔다. 그때 검둥이가 짖는다고 화냈던 아저씨였다. 흠흠, 헛기침을 몇 번 하더니 아저씨가 말을 꺼냈다. 영 겸연쩍은 목소리였다.

—저기, 이 책들 버리는 거면 좀 가져가도 돼요?

—그럼요, 가져가세요.

—저기…….

—네?

—이사 잘 하세요.

—아 네…… 그동안 개 짖는 소리 때문에 죄송했어요.

—아니에요, 다 같이 사는 사이에…….

—그래도…….

—이사 잘 하세요.

—…….

—미안해요.

미안하다고 한 아저씨는 산더미 같은 잡지 무더기를 끌어안고 몇 번 왔다갔다했고, 나는 1톤 트럭에 타고 그토록 많은 고독을 내려놓았던 내 집을 떠났다. 그 뒤로 다시는 그 집을 볼 수 없었다. 다시 서울에 그런 집 보기 힘들 것이다. 죄다 지나갔다.

꽁꽁 언 날에 만난 할머니

눈 오거나 날이 추우면 이 동네 할머니 할아버지 들은 죄다 나다니지 않고 집 안에 몇 날이고 틀어박힌다. 혹시나 미끄러지기라도 하면 노인들의 연약한 뼈는 부서지기 십상이고, 여기서 안 넘어질 수 있는 노인은 없었다. '하멜른의 피리 부는 사나이'가 경로증 있는 사람들만 죄다 데려가버린 것처럼 추운 날이면 그렇게 동네에 어르신 한 명 찾아볼 수 없었다. 그런데 어느 날엔가 얼음이 꽁꽁 얼었던 날, 회사에 출근하는데 높은 계단 위에 할머니 한 분이 곧 부러질 것 같은 나뭇가지 같은 손으로 난간을 꽉 쥔 채 바들바들 떨고 있었다.

—저기…… 왜 그러세요?

—오늘 너무 아파서 병원에…… 병원에 꼭 가야 되는데 내려 갈 수가 없네…….

폭 2미터도 될까 말까 한 그 작은 골목은 한낮에도 인적이 드물었다. 한번 눈이 오면 볕이 안 들어 녹지도 않는 게 문제였다. 쇠 난간을 꽉 쥔 할머니의 손은 얼핏 보아도 빳빳하게 얼어 있었다. 높이가 제각기 다른 계단에는 그보다 더 빳빳한 살얼음이 끼어 있었다. 할머니가 혼자 힘으로 병원에 가기는 애초에 글러먹었다.

—오늘 꼭 가야 하는데…….

손처럼 빳빳하게 얼어 있는 할머니의 주름진 얼굴은 금방 눈물을 뚝뚝 흘려도 이상하지 않을 만큼 곤란하고 서러워 보였다. 서러워서 곤란하고 곤란해서 서럽고, 바람은 점점 더 차가워지고 다시 더 곤란하고 서럽고 서러워서 곤란하고, 이 과정이 반복될 것이 빤한 날씨였다. 에라 모르겠다.

—저한테 업히세요.

—아니 아가씨가 어떻게…….

—그러면 여기 그냥 계속 계실 거예요? 조심해서 가면 돼요. 여기 난간 있으니까. 빨리요.

할머니는 망설였지만 어차피 집으로 돌아갈 수도 없으니 다른 선택도 없었다.

—얼음 안 언 데까지 같이 가세요. 병원에서 나오지 마시고 집에 전화하셔서 식구들한테 데리러 오라 하세요.

—그래도 아가씨가 힘이 있나…….

—저 튼튼해요. 힘 세요. 괜찮아요.

다행인지 불행인지 이 아가씨는 힘밖에 없는 아가씨다. 어깨에 매달린 할머니는 깃털처럼 가벼웠지만 문제는 발밑에서 음흉하게 미끈대는 얼음이었다. 난간을 꽉 잡고 한 발짝 한 발짝 조심스럽게 옮겼다. 어깨를 꽉 잡는 할머니의 손이 느껴졌다. 평소에는 30초면 뛰어 내려가던 계단이 영영 안 끝날 것처럼 길었다. 나야 바닥에 데굴데굴 굴러도 회사 안 갈 일 생기니 땡잡았다고 좋아 날뛰면 그만이지만 할머니는 자칫 떨어뜨렸다간 유리그릇처럼 산산이 부서질 것 같았다. 거의 끌듯이 발을 옮겨 계단을 하나하나 밟아 내려가는 동안 할머니는 점점 더 내 어깨를 세게 잡았다. 세게 잡았다고 해봤자 검둥이가 밖에 나가자고 추리닝 바짓단 물어당기는 것보다 특별히 셀 것도 없었다. 어찌나 떨리던지 사무실에 앉아 있을 때 갑자기 사장님이 스윽 나타나서 야 뭐하냐, 하고 어깨 너머로 모니터를 들여다볼 때보다 더 떨렸다. 마침내 영원히 끝날 것 같지 않던 계단도 마침내 끝났다. 다 내려가서 숨을 참으며 살며시 할머니를 내려놓았다. 드디어 얼지 않은 땅에 발을 디딘 할머니는 가슴을 쓸어내렸다. 나도 같이 쓸어내렸다.

—진료 끝나도 혼자 집에 올라가시지 마시고 집에 꼭 전화하세요, 데리러 오라고. 할머니 여기 절대 도로 못 올라가세요.
—응, 알겠어…….

안녕히 가세요, 하고 달려 내려가는데 무슨 소리가 들렸다. 돌아보니 할머니가 뭐라고 소리치고 있었다.

—네?
—복 받을 거야!

할머니는 손까지 흔들며 다시 외쳤다.

—아가씨, 복 받을 거야……!

나도 같이 손을 흔들며 조심해서 가시라 한 번 더 외치고는 언덕을 마저 달려 내려갔다. 아직 그 복을 받은 것 같지는 않지만 인생이란 놈이 무슨 웬수가 져서 이렇게 나를 걸

고넘어지나 싶을 때, 어깨를 꼭 붙잡던 가느다란 손가락의 감촉을 떠올린다. 오케이, 괜찮아. 복 받을 거니까 아직 괜찮아. 이제 그 계단도 난간도 죄다 없지만 유난히 추워서 길이 야멸차게 언 날이면 그런 독한 날에도 병원에 가야 했던 그 할머니의 안부가 궁금했다. 할머니도 복 많이 받으세요. 어떻게, 다들 잘들 계십니까. 잘들 계신 거지요……? 그렇지요……?

신혼부부 습격

그러고 보니 옥수동에는 정다운 이웃에게 특별히 수여하는 상이 있다면 대한민국을 넘어 정다운 이웃 세계선수권대회에 출전한다 해도 틀림없이 상위 입상을 할 정도로 탁월하게 정다운 이웃이 있었다. 그 이웃을 만나고 그 정다움을 맛보게 된 것은 내 친구 덕분이었다. 다시 말하자면, 그 친구가 대낮부터 술을 콸콸 들이켜고 잔뜩 취해버린 덕분이었다. 낮부터 취해서 민폐를 끼치는 건 보통 내 몫이건만, 그걸 빼앗긴 것만 해도 억울하기 그지없는 일인데, 친구는 난데없이 사라지기까지 했다. 친구 몇이서 순대국집 구석자리를 오전부터 점거하고 술과 음식을 들이붓고는 가로등이 켜진 다음에야 이리 휘청 저리 휘청 하는 걸음으로 집으로 돌아오는데 뒤통수가 허전해서 돌아보니 아

뿔싸, 어느새 이 친구가 회오리바람에 붙들려 간 도로시처럼 온데간데없이 사라져버렸다. 여기는 오즈의 나라도 아니고, 헨젤과 그레텔을 아비가 버리고 간 숲이 부럽지 않을 만큼 사방이 어두컴컴한 산길인데 이 계집애가 무슨 일이라도 당하면 어쩌나 싶어 우리는 한마음으로 그녀의 안위를 빌면서, 돈 들이고 시간 들여 애써 마신 술이 이렇게 허망하게 깨고야 마는 것에 깊은 실망감도 감추지 못하면서, 어쨌거나 한 시간도 넘게 친구를 찾아 헤맸는데 절망스럽게도 우리의 수색 작업은 죄다 헛걸음이었다. 하늘로 솟았나, 땅으로 꺼졌나, 코빼기도 보이지 않는 친구는 하필 하늘하늘하게 예쁜 여자애인 바람에, 남자 녀석이었다면 어디서 자빠져 자더라도 추우면 일어나서 제 길 가려니 하고 흥, 코웃음쳤겠지만, 그럴 수 없으니 일단 집으로 철수해서 죽어라 전화를 걸었다. 역시 받지 않았다. 아까 순대국집에서의 이 친구 상태를 복기해봤을 때 이 친구가 전화를 받을 상태가 아니었다. 안절부절 못하는 동안 술은 점점 깼지만 그 덕에 서로에게서 풀풀 풍기는 막걸리나 된장 바른 풋고추나 푹 익은 깍두기 냄새 따위도 점점 선명해지는 바람에 우리는 점점 불쾌해졌다. 게다가 서남부 여성 연쇄살인범이니 나이 찬 처녀를 납치해서 어디 섬에 팔아버린다느니 장기밀매니 뭐 그런 이야기들이 줄지어 떠오르는 바람에 더욱 불쾌해졌다. 불쾌해서 불안하고 불안하니 더 불쾌해지는 좋지 않은 기분이 차곡차곡 차올라서 거의 질식할 지경에 이르렀을 때, 핸드폰 벨소리가 울렸다. 세상에, 바람처럼 사라진 그 친구의 번호였다. 얼른 받았지만 전화기 너머로 들려오는 목소리는 낯선 이의 것이었다. 집에서 그리 멀지 않은 무슨 구멍가게 이름을 대며 그리로 나오라는 소리에 우리는 헐레벌떡 달려갔다. 달려가면서 생각해보니 이 아가씨를 길에서 주워서 붙잡고 있으니 몸값을 달라든가 하다못해 보관료를 달라든가 뭐 그런 이야기가 나오면 어쩌나 싶어 다 같이 주머니를 뒤져봤지만, 아까 순대국집에서 한낮의 연회를 거하게 벌이는 바람에 탈탈 털어봐도 오천삼백원이 전부였다. 우리야 오천원이든 오백만원이든 시세를 전혀 몰랐고 몸값이든 뭐든 일단 찾기나 해야 외상으로 해달라든가 할부로 갚겠다든가 말이라도 할 테니 돈 세기를 그치고 계속 달려갔다.

전화 속의 낯선 목소리가 일러준 구멍가게까지는 순식간이었다. 친구의 번호로 전화를 걸자 지하로 계단을 내려오면 열려 있는 문이 있으니 그리 들어오시라 했다. 주춤거리며 살며시 문을 열자, 두 평이나 될까 말까 하는 자그마한 살림이 나왔다. 단칸방에 차린 신혼부부 살림이었다. 빨래판보다 작은 현관, 아이들 장난감처럼 조그만 싱크대, 살림이라고 부를 만한 물건도 없었지만 그런 물건이 있다

한들 그게 들어갈 자리도 없이 조촐한 집이었다. 그 조촐한 집에 어울리지 않는 게 딱 하나 있었는데 꽤 마음을 써서 신혼살림으로 장만한 티가 역력한 더블 침대였다.

그 침대야말로, 조촐하다 못해 누추한 집을 반짝기리는 신혼살림답게 해주는 유일한 물건이었다. 다른 데 쓸 돈은 없더라도 종일 거친 하루에 지친 몸을 꼭 껴안고 잠들 때의 세간만은 신경 쓰고 싶다는 간절한 마음이 역력한, 그런 반질반질한 침대였다. 그런데 침대는 몹시 크고 방은 몹시 자그마한 바람에 그 침대 옆에 콩알만 한 옷장이 하나 들어앉자 방이 꽉 차서 남는 공간이라고는 침대에서 문 사이의 대략 170×60센티 정도뿐이었다. 침대가 반질반질한 만큼 이불도 새것 티가 나게 고왔다. 침대에서 문 사이의 그 좁다란 공간에 침대와 이불처럼 반질반질하고 고운 얼굴을 한 신혼부부가 무릎을 웅크린 채 나란히 앉아 있었다. 얼굴들도 하도 이불처럼 새것 티가 나게 반질반질 고와서, 게다가 어떤 사람들만이 풍길 수 있는 정결함 때문에 굳이 물어보지 않아도 신혼부부구나, 하고 눈치 챌 수 있었다. 참 고운 사람들이었다.

그런데 이런 세상에 맙소사, 내 친구는 그 고운 침대 위의 고운 이불 위에 사지를 뻗고 콜콜 잠들어 있었다. 무릎을 안고 나란히 그 좁다란 틈에 앉아 있던 고운 부부는 우리를 보자 반가운 얼굴로 얼른 일어났다. 나는 술은 완전히 깼지만 우리에게서 풍기는 막걸리 냄새가 몹시 부끄러웠다. 할 수 있다면 그 자리에서 까무러치고 싶었지만 몸이 그렇게 편리하게 굴어줄 리 없고 생각 같아서는 엎드려 빌고 싶었지만 그랬다간 더 주정뱅이로 보일 게 뻔해서 그저 허리만 깊이깊이 숙였다. 그 부부의 증언으로는, 자신들이 저녁을 먹은 후 운동 겸 동호공고 쪽을 산책하고 있는데 교문 앞 숲에 웬 아가씨가 누워 자고 있었고 아가씨에게서 나는 냄새나 정황을 보았을 때 술을 마시고 잠든 것이 틀림없는데 이 으슥한 곳에서 시집도 안 간 아가씨가 무슨 일을 당해선 큰일이라는 생각이 들었기 때문에 신랑이 업고 신부는 거들면서 이 집에 데려와 눕혀 놓았다는 것이었다. 그런 뒤에 어찌할까 고민하다가 친구의 주머니에서 핸드폰을 발견하고 가장 최근에 걸려온 번호로 전화를 걸었던 것이다.

이렇게 친구들이 데리러 와서 정말 다행이라고 웃는 새댁의 얼굴은 말갛고 곱고 눈부셨다. 그리 덩치가 크지 않은 신랑은 어떻게 평소보다 몇 배 무겁기 마련인 술 취한 사람을 업고 예까지 왔는지 장군처럼 늠름해 보였다. 폐를 끼쳐서 정말 죄송하다고 우리는 계속 꾸벅꾸벅 고개를 숙였지만 정결하고도 정다운 얼굴의 부부는 아휴 아니에요, 하며 아무 일 없어서 다행이라고 계속 웃기만 했는데 그 미소는 정말이지, 이것이야말로 선량한 얼굴의 표본이다. 고운 사람들 같으니.

우리는 연신 꾸벅대며 친구를 끌어낸 다음 185센티에 100킬로그램 가까이 나가는 친구가 그애를 들쳐업었다. 술 취한 사람은 원래 무겁다며 자꾸 휘청거리는데 아까 별로 덩치가 클 것도 없던 신랑 얼굴이 자꾸 떠올라 나름대로 힘 쓰고 있는 녀석에게 타박만 했다. 아침에 깨어난 친구에게 네가 어제 정결한 신혼살림을 침탈한 것을 아느냐며 당장 구멍가게로 달려가 주스라도 한 통 사가지고 석고대죄한 후 감사의 뜻을 표하지 못하겠느냐, 그 귀인들이 아니었다면 너는 지금쯤 윤간 후 토막이 나 매봉산 어느 자락에 버려져 있을지 모를 일이다, 기타 등등 각종 호통을 쳤지만 친구는 머리를 감싼 채 아악, 하고 소리를 지르며 차마 부끄러워서 못 가겠다고 했다. 하긴 나라도, 그 정결한 침대를 생각하면 도저히 가서 감사할 용기가 날 것 같지 않았다. 그렇게 정결한 침상을 낯모르는 주정뱅이 아가씨에게 선뜻 내주는 이렇게나 정다운 이웃이 있을 수가. 그렇게 남에게 침대를 내주고 침대와 방문 사이의 조그마한 틈새에 나란히 앉아 있던 네 개의 다정한 무릎을 떠올릴 때마다

복 받으실 거예요, 잘 사세요, 하고 간절히 빌었다. 술에 취해 길에 누워 자고 있는 웬 아가씨를 발견한 그 산책길에서 그 신랑과 신부는 아마 손잡고 가로등 아래를 다정하게 거닐다가 내 친구를 발견했을 것이다. 두 사람은 정답게 서로 도우며 친구를 낑낑 데리고 내려오고, 막걸리 냄새 풀풀 풍기는 우리가 그 친구를 떠메고 사라진 다음에는 참 다행이라고 웃다가, 황당한 일도 있다고 다시 한 번 웃다가, 서로 오늘 고생했다고 고개를 절레절레 흔들다가 곱고 정결한 이불 잘 펴고 그 침대에 누워 꼭 껴안고 다정하게 잠이 들었을 것이다. 그 집 앞을 지날 때면, 남자 잘 만나 어떤 호화로운 대접 받고 사는 여자보다 자그마한 살림이라도 반질반질한 침대와 말간 얼굴 가진 남자와 정답게 사는 그녀가 부러워서, 그래서 더 외로워져 목 메일 때도 있었고, 그러면 하는 수 없이 막걸리로 씻어 내렸다. 그런 정결함은 아직 나에게 허락되지 않은 것이었고 앞으로도 기약 없다. 그저, 부디 그들이 그 침대가 떵떵거리며 제 자리 찾아 위용을 자랑할 수 있는 몇 십 평짜리 넓은 집에서 잘 살기를. 레미안이니 브라운스톤이니 이런 데 가서 여봐란 듯이 살라고 세속적으로까지 빌어주고 싶을 만큼 참 정다운 무릎을 가진 부부였다.

구멍가게

홍보관
착각

옥수동에 그토록 정다운 이웃들이 있었는데도 나는 그다지 정다운 이웃이지 못한 적이 한 번 있었다. 그게 나는 죽어도 정답지 않겠노라 굳은 결심을 해서 그렇게 된 것은 아니고, 순전히 그냥 착각으로 일어난 일이었다. 워낙 노인들이 많은 동네다 보니 보통 설날이나 추석 같은 명절에는 서울의 어느 동네건 지방으로 부모 뵈러 가느라 텅텅 비는데 이 동네는 부모들을 보러 온 자식들의 자동차로 동호공고 운동장이 아예 개방되어 꽉꽉 찬 주차장이 되었다.

그러다 보니 순진한 노인네들이 있으면 속여 먹으려는 야비한 젊은 사람들도 음식에 꼬이는 파리처럼 저절로 따라오기 마련이었다. 그중 제일 악질적인 것이 '홍보관'이었다. 다들 알 만큼 알다시피 홍보관이란 심심한 노인들을 불러서 재미있는 것을 보여준답시고 바람을 잡아 필요도 없는 물건을 비싸게 떠안기는 곳이다. 신나게 노래 부르고 춤추고 고급할 것도 없는 간식을 먹으며 재미있게 놀던 노인들이 한방 양말이니 자석요 같은 터무니없는 물건을 집으로 안고 돌아왔다가 자식들에게 야단맞는 소리가 종종 집집마다 들렸다. 늦둥이로 태어난 친한 친구의 연세 많은 어머니도 여러 번 그놈들에게 당했고, 순진하기 짝이 없는 우리 부모님도 다단계로 호되게 당해 그 불똥을 제대로 맞은 적 있는 터라 홍보관이라고 씌어 있는 조잡한 인쇄물이 전봇대에 붙어 있는 걸 보면 나도 모르게 눈꼬리가 치켜 올라가서 앙칼지게 떼어내 박박 찢었다.

그래도 노인네들은 어떻게 알고들 가시는지 쿵쿵쿵, 하는 가라오케와 바람 잡는 마이크 소리와 함께 한참 시간을 보낸 다음에는 어김없이 집에 쓸데없는 물건을 들고 돌아와 쓸데없이 혼나시곤 했는데 그 소리를 듣는 것도 지겨워서 못 들어줄 노릇이었다. 그런데 어느 일요일, 내일 출근하기 싫다고 중얼거리며 집에서 바다사자 같은 모양으로 이리저리 뒤척거리고 있는데 몹시 가까운 거리에서 그 홍보관스러운 소리가 쩌렁쩌렁 울렸다. 눈에 잔뜩 힘을 주며 문을 벌컥 열고는 귀를 기울여보니 옆집이나 그 옆옆 집이나,

분명히 바로 요 근처였다. 홍보관은 지하에 잠깐 임시로 비어 있는 점포 같은 곳을 빌려서 여는 것이 가장 흔했지만, 미국의 타파웨어 파티처럼 간혹 그냥 가정집에서 열릴 때도 있었다. 아마 그런 경우인 게 분명했다. 놈들이 팔아치워도 독하게 마음을 먹고 뭔가 제대로 팔아치울 굳은 결심으로 출동한 모양이었다. 노래 소리와 마이크에 대고 뭐라고 고래고래 흥을 돋우는 소리가 점점 커져갔다. 커지기만 하는 게 아니라 열기가 시시각각 끓어올라 뚝배기처럼 도통 식을 줄을 몰랐다. 마이크에 대고 소리치는 사회자의 신명도 커져만 갔고, 얼쑤 좋다 손뼉을 치며 좋아하는 사람들의 목소리도 커져만 갔다. 그리고 누군가 단단히 털리고 있다는 내 의심도 뭉게뭉게 커져만 갔다.

아아, 얼마나 악독한 녀석들이길래 저렇게까지 악을 쓰는가. 저 노도와 같은 기세로 보아 도대체 오늘 얼마나 많은 옥수동의 노인들이 자식에게 혼이 날 것인가. 탄식이 절로 나왔다. 게다가 귀도 괴로웠다. 정오가 조금 넘은 시각부터 해가 뉘엿뉘엿 넘어가려고 하는 때까지 쿵짝쿵짝 노래 소리와 바람 잡으며 추임새 넣는 소리가 잠시도 쉬지 않고 들려왔다. 이런 독한 놈들을 봤나. 노인네들 상대로 지독해도 너무 지독하다. 무려 여섯 시간이 넘도록 계속되는 그 열기로 봐서는 아무래도 노인네들을 껍데기까지 홀랑 벗겨먹고도 남을 기세였다. 이번에는 한방 양말이냐, 자석 요냐, 약탕기냐, 음이온 목걸이냐, 가짜 산삼이냐! 완전히 해가 지고 난 후에도 여전히 계속되는 그 소리를 들으며, 나는 지금이야말로 선량한 주민으로서 정의를 위해 분연히 떨치고 나서야 할 때라고 굳게 다짐했고, 곧장 112에 전화를 걸었다. 아무래도 옆집에서 불법 홍보관이 열리고 있는 것 같은데 너무 시끄러우니 이 고성방가를 저지해달라고 나는 엄숙히 부탁했고, 얼마간 시간이 흐른 후 경찰차가 사이렌을 울리며 도착했다. 나는 의기양양하게 노인네들을 상대로 사기를 치고 있는 저 후안무치한 일당이 곧 일망타진될 것을 기대하며 사태의 추이를 지켜보았다. 경찰이 소음의 진원지를 찾아 현관문을 두드리고 몇 마디 나누자 곧 고성방가는 그쳤다. 그러나 놈들은 생각보다 거물인지 아무도 일망타진된 것 같지는 않았다. 얼마 지나지 않아 노래가 다시 시작되었다. 좀 전보다 기세가 약간 수그러들긴 했지만 놈들의 열의는 조금도 식은 것 같지 않은 것이, 오늘 대량의 매출을 올리고야 말 것 같았다. 얼마나 독한 놈들이기에 경찰까지 구워삶는가 싶어 다소 압도되어 슬그머니 밖으로 나와 정황을 물었다. 출동한 경찰관은 2인 1조였는데 조금 젊은 경찰은 담벼락을 붙들고 이쪽에 등을 돌린 채 쿡쿡 웃고 있고, 반백의 경찰 아저씨는 뭔가 알쏭달쏭 묘한 표정으로 다가왔다.

—신고하신 분입니까? 많이 시끄러우셨나 보죠?

—네. 홍보관 아니에요? 분명히 맞는 것 같은데…….

—그게 홍보관이 아니라 칠순잔치랍니다.

—칠, 칠순잔치요?

—네, 이 댁 할머니가 오늘이 칠순이시라고…… 큰맘 먹고 자식들이 돈 합쳐서 노래방 기계를 빌려왔다네요.

—그러니까, 홍보관이 아니란 말이죠……?

—칠순이 확실하답니다. 삼십 분만 있으면 그만 하겠다고 조금만 참아달라고 하네요.

젊은 경찰은 여전히 쿡쿡 웃고 반백의 아저씨는 경찰모 위로 머리를 벅벅 긁었다.

—저기, 조금만 이해를 해주시죠. 칠순이 일생에 두 번 오는 게 아니니까. 그 저 뭣이냐, 누구나 칠순은 인생에 한 번뿐이지 않습니까.

—그, 그렇죠…… 칠순이 두 번 오는 게 아니죠. 저는 홍보관인 줄만 알고…….

젊은 경찰은 킥킥 웃다가 결국 입을 틀어막은 채 크게 웃었고, 경찰 아저씨도 결국 피식피식 웃었다.

—그럼 저희는 들어가보겠습니다.

—네, 안녕히 가세요. 죄송해요.

—아닙니다. 조금만 참아주십쇼. 곧 그친다니까.

—네…….

—그럼 양해 부탁드립니다.

—안녕히 가세요.

뜨거웠던 분노는 순식간에 피쉬쉭 소리를 내며 꺼졌다. 당장 그 집에 찾아가 현관에 몸을 던지고 삼십 분이 아니라 세 시간이라도 좋으니 얼마든지 더 잔치를 하시라고 애걸하고 싶은 심정이었다. 아니 저는 정말로 홍보관인 줄만 알고요…… 쓸데없는 자석요를 사실까봐…… 정말 칠순잔치인 줄은 생각도 못 했어요…… 얼마든지 더 하세요, 인생에 칠순이 두 번 오는 건 아니니까…… 아이고, 칠순 축하드립니다, 하고.

어쨌거나 물론 그런 인사는 하지 못했고, 그 흥겨운 잔치는 삼십 분이 아니라 한 시간 삼십 분도 넘게 계속되었지만 나는 얌전한 새앙쥐처럼 불평 없이 조용히 방구석에 납작 엎드려 칠순을 맞은 할머니가 기분 잡치지 않으셨기를, 저렇게 갹출한 돈으로 노래방 기계를 빌려다 흥겹게 재롱을 부리는 아들 손자 며느리와 내내 행복하기를, 팔순 때도 이웃들이 깜짝 놀라 홍보관으로 착각할 만큼 시끄러운 잔치를 벌일 수 있기를, 그리고 고성방가로 착각하고 분노하며 신고한 나같이 덜 떨어진 이웃이 다시는 없기를 빌었다. 할머니 축하드려요. 내내 건강하세요. 누구나 칠순은 한 번인데 제가 참 그것도 모르고 죄송해서 어쩌나. 팔순 때는 절대 고성방가로 신고 안 할 테니 꼭 팔순잔치 하셔요, 네. 부디 오래 사시고 건강하게 구순까지 치르셔요.

성동경찰서의 추억

그러고보니 성동경찰서 소속 경찰관들에게는 그 밖에도 꽤나 신세를 졌다. 방구석에서 맥주를 마시고 마시다 지쳐서 잠이 들었다가 문득 사무치게 친구가 보고 싶어 그애가 좋아할 만한 곰인형 모양의 파스타를 가방에 넣어 등에 지고는 오토바이 시동을 걸었는데, 마침 음주 단속 중이었다. 예쁘장한 스쿠터를 타고 다니는 아가씨들은 음주 단속에 걸리는 일도 없는데 덩치 큰 오토바이에 얼굴을 온통 가리는 풀 페이스 헬멧을 쓰고 작지도 않은 덩치에 추리닝을 아무렇게나 걸치고 있다 보니 동네 아저씨나 택배인 줄 알고 잡은 거였다. 헬멧을 벗자 경찰관들이 "여자였어?" 하며 깜짝 놀랐다. 네 여자예요, 그렇게 크게 말씀하시니 저도 새삼 알게 되네요, 라고 말했을 리는 없고, 마신 지도 꽤 오래 됐고 한잠 자고 나왔으니 걸릴 리 없다 믿었는데 하필 0.051이었다. 0.05 이상부터 음주운전이 되는데 0.051이라니, 민중의 지팡이는 공명정대한 잣대로 0.001 따위의 오차를 너그럽게 봐주거나 하는 일 없이 바로 즉결심판에 넘겼다. 오토바이는 일단 파출소 앞에 두고 순찰차 뒷좌석에 실려 성동경찰서로 갔다. 순찰차 뒷좌석에는 문 여는 손잡이가 없다는 것을 그때 처음 알았다. 밤늦은 시각이라 경찰서 안은 한산했다. 기가 팍 죽은 채 두리번두리번하자 중년을 넘어 노년을 향해 가는 듯한 얼굴의 경찰관 아저씨가 이쪽으로 오라 손짓했고, 나는 쭈뼛쭈뼛 다가가 앉아 조서를 받기 시작했다. 아이고, 0.051이라니 조금만 깨고 나오지 그랬어, 하며 아저씨는 혀를 찼다.

—여자는 남자하고 달라서, 술 깨는 데도 두 배로 시간이 더 걸려.

그런 건 미처 몰랐다. 일단 벌금부터 걱정이었다. 곰돌이 모양 파스타를 친구에게 주겠다고 나섰다가 경찰서에 끌려오다니 도대체 이게 얼마짜리 파스타야. 머릿속에 벌금 벌금 벌금 생각밖에 안 났다.

—벌금…… 한 얼마나 나와요?

—글쎄, 한 오십만원 나올 걸?

—저 돈 없는데…….

—유치장에 가면 하루에 오만원씩 감해주긴 해.

—그러면 그냥 저 거기서 열흘만 있으면 안 될까요?

다급하게 묻는 내 목소리가 하도 애절했는지 조서를 쓰던 아저씨는 고개를 들고 나를 한참 동안 바라보았다. 그러더니 설레설레 고개를 흔들며 다시 볼펜을 잡았다.

—만일 나라면, 그렇게는 안 하겠어.

그 순간 확 쫄아서 몸으로 벌금을 때우겠다는 계획을 즉시 포기했다. 어지간히 무서운 곳인가보다 싶어 달달 떨고 있는데 사무실 문이 벌컥 열렸다. 음주운전으로 걸려서 경찰서 간다는 문자를 보냈더니 당시 사귀고 있던 남자가 수원에서부터 차를 몰아 달려온 거였다. 넓은 사무실을 이리저리 둘러보던 그는 냄비 바닥에 눌어붙은 라면 면발처럼 잔뜩 쫄아 있는 나를 보고 성큼성큼 다가왔다. 경찰관 아저씨가 얼굴을 찌푸리며 여기 함부로 들어오면 안 된다고 꾸짖었다.

—그래도 옆에 있겠습니다.

음주운전으로, 그것도 0.051로 걸려 경찰서에서 즉결심판을 받고 있는 여자가 도대체 뭐가 좋다고 옆에 붙어 있고 싶은가. 나는 속으로 혀를 찼지만 경찰관 아저씨는 아까 나를 동정하던 태도와 사뭇 다르게 몹시 강경했으며 공직자다운 위엄에 차 있었다. 그리고 매우 공직자다운 말투로 범죄자 본인(물론 그 범죄자는 나다)만 들어올 수 있으니 바깥에서 기다리라고 바위처럼 엄격하게 말했다. 그 남자는 나를 애틋하게 혹은 한심하게 바라보며 사무실 밖으로 사라졌다. 그가 나가자 경찰관 아저씨는 다시 조서의 빈 칸을 볼펜으로 쓱쓱 메워나가면서 무심하게 물었다.

—애인인 모양이지?

어쩐지 여기서 그렇다고 하면 뭔가 불이익이 있을 것만 같았다. 그래서 나는 몹시 비겁하게도,

—아, 아닌데요…….

민중의 지팡이는 날카로웠다.

—에이, 애인 맞는데 뭐.

나는 계속 비겁하게

—아니에요…….

민중의 지팡이는 이제 단호하게,

—맞아.

이쯤에서 멍청이는 포기한다.

—근데 어떻게 아세요?

아저씨는 조서를 기입하던 손을 멈추고 내 얼굴을 똑바로 바라보며 엄숙하게 말씀하셨다.

—대민 상담 경력 40년, 눈빛만 봐도 알 수 있지. 저 친구는 사랑하고 있어!

아아, 그렇단 말인가, 대민 상담 경력 40년……! 이것은 대민 상담 분야에서라면 〈다이하드〉의 브루스 윌리스에 필적할 수 있을 만한 베테랑 경찰관, 독보적인 존재가 틀림없다. 대민 상담의 존 맥클레인을 감히 나 따위가 속여먹을 수 있을 리 없었다. 밖에서 안절부절못하고 기다리고 있던 그 남자와 나는 '이모네 곱창'에 가서 위로주 겸 반성주를 마셨다. 결국, 언제나 그렇듯이, 내 잘못으로 그 남자와 나는 헤어지게 되었지만 그 믿음직한 경찰관 아저씨의 엄숙한 표정을 떠올려보니 어쩌면 그 남자는 나를 정말로 사랑했는지도 모른다. 하지만 이제 와서 어쩔 수도 없는 일이고, 다만 아쉬운 것은 그 경찰관 아저씨의 성함을 알아놓지 못했다는 것이다. 정말로 사랑하는 사람이 생긴다면 그분을 즉시 찾아가서 옆에 앉혀놓고 간절하게 물어보고 싶다. 대민 상담 40년의 경력으로 보셨을 때, 이 남자는 어떤가요? 저를 정말로 사랑하고 있나요? 그 어떤 용하다는 점술가나 노련한 정신과 의사보다 훨씬 신뢰가 가는 대답을 들을 수 있을 것만 같은데, 그저 통탄스러울 따름이다.

그때 음주운전으로 먹은 벌점 100점은 이명박 정부 취임 100일을 맞아 사면되고 말았다. 내 벌점 당장 돌려내라, 놈의 신세 따위 지고 싶지 않다, 적의 동정 따윈 필요 없다며 분통을 터뜨렸지만 신기하게도 벌금이 나오지 않은 것은 비겁하게 기뻤다. 대민 상담 경력 40년의 경찰관 아저씨가 내 가난도 꿰뚫어보고 어떻게 수를 써준 것인지, 단순한 행정상의 오류인지는 모르겠지만 지금쯤 정년퇴직하셨을 그분 성함 꼭 좀 알아 둘 걸 그랬다. 촛불시위 때

경찰만 보면 진저리가 나게 싫다가도 그 아저씨만 떠올리면 못내 마음이 약해지곤 했다. 그때 친절하게 대민해주셔서 참 감사했어요. 부디 건강하세요. 그때 그 남자도, 사랑해줘서 참 고마웠어요. 잘 가요, 안녕.

옥수동
여왕님들

여자는 우울할 때 미용실에 간다고 하는데, 커트만 하는데도 삼만원씩 받는 미용실이 많다니 함부로 우울할 수도 없게 생겼다. 옥수동에서는 미용실에 가서 우울이 해결된다면 얼마든지 우울해도 좋았다. 개업 19주년 기념 세일, 하는 쪽지를 아무렇지도 않게 붙여놓은 미용실이 작은 거리에 유독 많았다. 영양이니 코팅이니 이것저것 옵션 넣어서 파마를 해도 이삼만원이면 충분해서 점점 더 강 건너 물가에 익숙하지 않게 되고 말았다. 그러고보니 오토바이 수리를 하러 센터에 들렀다가 논현동 회사 앞보다 절반쯤 싸기에 강남은 뭐가 잘나서 그리 비싸냐고 센터 사장님에게 불평을 늘어놓은 적도 있었다. 그때 사장님은 기름 묻은 목장갑으로 오토바이를 쓱쓱 만지며 말했다.

—원래 그런 거여. 강만 건너가면, 집이고 차고 밥이고 뭐고 뭐든지 일단 두 배로 뛰는 겨.

이것이 옥수동 스타일로 인생을 받아들이는 법이다.

어쨌거나 여자들이 아무렇게나 머리 만지고 싶을 때 미용실에 불쑥 들어가려면 어지간히 경제적으로 여유가 있지 않으면 안 되는데, 아직 강 건너가 되지 않은 옥수동은 어디든 의기양양하게 들어갈 수 있었다. 그런 날 불쑥 들어갔던 미용실은 재미있게도 소파가 없고 평상인지 온돌인지 마루인지 하는 것만 놓여 있는 곳이었는데 뭔가 심상치 않아 보이는 사장님이 마루에 앉아 있다가 반기며 미용 의자에 앉혔다. 아줌마들이 하나둘씩 들어오더니 익숙하게 마루에 앉아 사는 이야기를 하기 시작했다. 내 머리에 사장 아줌마가 말고 있는 로트를 보면서 나도 머리 저렇게 해볼까, 하던 키 큰 언니는 갑자기 버럭 성질을 내면서 최근에 술집을 그만둔 이야기를 시작했다. 이야기인즉슨 남의 밑에서는 일을 못하겠다, 이번에 옮긴 가게에서 내가 군번이 얼만데 대빵 마담을 시켜주지 않는다, 나는 누가 뭐래도 대빵 마담 감인데 그걸 안 시켜주니까 일할 맛이 안 난다면서 다시 누구 밑에는 붙어 있지 않겠다고 이를 갈았다. 대빵이 아니면 일을 하지 않겠다든가 뭐 그런 말을 나는 단

한 번도 해보지 못했고 게다가 늘 누구 밑에 붙어서 편하게 살고 싶었는지라 당당한 그녀가 몹시 존경스러웠다. 하지만 그녀의 남편은 나만큼 그녀를 존경하지 않는지 술집을 왜 그만뒀냐며 불평하더니 마트든 어디든 나가서 돈 벌어 오라 했다고 그녀는 사자같이 분노했다. 나도 머리를 하나하나 로트로 돌돌 말리면서 속으로 같이 분노했다. 저렇게 용감하고 위엄이 쩌렁쩌렁한 멋진 여자에게 남의 밑에 붙어서 돈 벌어 오라고 하다니, 남편이란 작자가 뭘 모르긴. 잠시 후 어떤 아줌마가 들어오는데 손님도 지인도 아닌 것 같다. 사장 아줌마가 턱짓으로 뭐냐고 하자 속옷 좀 보실 거냐고 묻는다. 가져와보라 하니 봉고에서 금방 가져온다며 커다란 검정 가방을 꺼냈고, 그 안에서 속옷 세트가 끝도 없이 나오는데 꽤 예쁘다. 아줌마들은 소녀처럼, 이거 너무 야하지 않아? 나는 분홍색이 좋더라, 나는 빨간색, 하면서 거울 앞에서 가슴팍에 대보고 깔깔거린다. 사장님은 롤을 말다 말고 내 눈길이 그리로 간 걸 느꼈는지 힐끔거리는 내 얼굴을 본다.

—아가씨도 같이 볼테유?

—아, 아니에요. 그냥 눈이 가서…….

과연 이십 년 가까이 미용의 세계에서 보낸 장인의 솜씨는 능숙하다. 빛의 속도로 로트를 다 말아놓은 사장 아줌마는 같이 마루에 앉아 '브라자'들을 구경하고, 나는 펼쳐놓은 것들 중 핑크색 땡땡이가 제일 예쁘다고 생각하지만 가까이 가서 볼 생각은 못 하고 그냥 의자에 앉아 거울에 비친 마루를 흘끗흘끗 쳐다본다. 언니들은 다들 블랙 벨벳이나 레드 새틴처럼 대담한 것들만 사는데 저런 걸 소화하려면 나는 좀 더 멋진 어른이 되어야 하겠다고 생각한다. 몇 세트를 판 속옷 아줌마는 가방을 챙겨서 다시 나가고, 파마가 다 되려면 시간이 좀 걸린다. 갑자기 사장 아줌마가 어디다 전화를 걸더니 우렁차게 화를 낸다.

—떡볶이 하고 있다고 해서 빨리 오라고 했더니 왜 아직 안 오는 거야 이년아?

아까 키 큰 언니가 화내는 것도 사자처럼 무서웠지만 이번에는 칼리 여신이 따로 없었다. 수화기를 쾅 내려놓은 사장 아줌마는 다시 한 번 포효했다.

—이년이 지 새끼들만 입이고 내 새끼들은 아가리인가, 왜 빨리 오라니까 안 오고 지랄이야?

한참 더 있다가 문제의 아줌마가 냄비를 안고 도착했다.

아이들이 있는 미용실 뒷방으로 일단 냄비부터 넣어주고 화를 좀 가라앉혀보려던 심산인지 내 머리에 말린 로트를 풀고 머리를 감긴 다음 드라이기로 말리던 아줌마는 기어이 다시 활화산처럼 분노한다. 한쪽 손으로는 내 머리채를 잡고 한쪽 손으로는 드라이기를 쥐고 내 머리를 말리다가 떡볶이를 늦게 가져온 아줌마에게 그 드라이기를 휘두르거나 하면서.

—야 이 년아, 네 새끼 입은 주둥이고 내 새끼들 입은 아가리냐? *@!$%^^&@#%$@$#$$Y^%@^Y&**^$@@@!

나름대로 거칠게 살아왔다고 생각했는데, 깡이 좋은 편이라고 생각했는데, 나도 꽤 터프한 편이라고 생각했는데, 세상 살면서 쫄아본 적 별로 없는데, 아아 나는 이 밀림에서는 한 마리 토끼 같은 존재일 뿐이었다. 아니 토끼는 무슨, 토끼에게 붙은 거머리다. 아니 연못의 물방개다. 여사님들은 옥수동의 여왕님들이었다. 아줌마도 일부러 내 머리채를 잡은 건 아닐 거고, 드라이기 휘두를 때마다 내 머리통이 같이 좀 딸려가긴 했는데 일부러 그러는 건 분명히 아닐 거고, 그럴 거라 굳게 믿고는 있는데 자꾸 머리채 잡힌 동안 마치 가스렌지 불 위에 올려놓은 짜파게티 면발처럼 완전히 쫄아붙고…… 역시 좀 놀아본, 아니 살아본 언

금성전파사
T.2297-6231
미래성 Hair
02.2292.3951

니들이 제일 무섭다. 무섭지만 좋고, 좋지만 무섭고, 무섭다가 좋고, 좋다가 너무 무섭고, 근데 그 무섭다는 점이 제일 좋고.

이제는 사라진 그 언덕, 그 집들

옥수동 방을 빼고 옮길 집이 정해지고 나서 나는 열쇠를 반납하기 위해 주인아줌마가 근무하고 있는 사무실에 찾아갔다. 주인아줌마는 미안한 표정을 지으며 일 년도 못 살고 나가서 어떡하느냐고, 이렇게 빨리 헐릴 줄 몰랐다며 열쇠를 건네받았고, 나도 어떡하나 싶어서 그냥 웃었다. 아줌마는 열쇠를 잠깐 바라보더니 한숨을 쉬었다.

—그래도 아가씨처럼 속 안 썩인 세입자가 없었어요.

무슨 소린가 싶었다. 문짝 하나 고장 난 것도 일일이 사람 보내 고쳐주는 흔치 않게 자상한 주인집이었다. 알고 보니 주인집에서는 조그만 집수리 회사를 운영하고 있었다. 그래서 회사 직원을 보내서 일일이 고쳐준 거였다. 아줌마는 열쇠를 책상 서랍에 집어넣고 탁, 하고 닫으며 눈썹을 살짝 찌푸렸다. 그 눈썹 너머로 주마등처럼 지난 세입자들이 스쳐지나가는 중인 것 같았다.

—세상에 얼마나 별난 사람들이 많던지…… 어휴, 세상에 이상한 사람 참 많아요.

아줌마 말을 들어본즉, 이리저리 트집잡으며 이백만원에 이르는 방범창을 쫙 깔아달라고 하던 세입자는 방범창을 설치해주자마자 한 달 만에 갑자기 사정이 생겼다며 방을 빼버렸고, 마음이 약한 주인아줌마는 뭔가 피치 못할 사정이 생겨서 나가겠다는데 어쩔 수도 없어서 전세금을 내주고 한참 동안 집을 놀렸으며, 거절을 도무지 못하는 남편의 친한 동생이 건달처럼 직업 없이 살고 있는데 어느 날 여자를 하나 데려와서 시가보다 훨씬 싼 가격에 전세를 좀 놓아달라고 애원하며 일단 지금 있는 돈 삼백만원을 주고 나머지는 한 달 후에 입금해주겠다고 하더니 한 달은커녕 몇 달이 지나도 꿩 구워 먹은 소식이었다. 주인집 부처가 마음이 약해서 남은 돈 내놓으라고 윽박지르지도 못하고 몇 년을 그렇게 전세 삼백만원이라는 믿을 수 없는 가격으로 살게 하고 말았는데 제 필요할 때가 되자 보증금이라고 내놓은 삼백만원 얼른 내놓으라고 윽박지르는 통에 치사하고 더럽다 싶어 그냥 그 돈 주고 얼른 내보내버리고, 그 다음에도 이 집과 마음 좋은 주인 부처에 눈독 들인 회사 직원이 한참 더 싼 가격에 달라고 매달리는 바람에 거절하지 못했고 역시 입금한 돈은 약속한 것보다 한참 모자라고, 형님 형님 살갑게 굴면서 방 좀 세놔달라고 하는 사람마다 피차 아는 사이에 매매계약서도 쓰지 못해서 얼마나 애를 먹었는지 모른다고 아줌마는 한숨을 푹푹 내쉬었다.

—그동안 내가 얼마나 속이 썩었는지 몰라요. 정말 아가씨하고는 살면서 뭐 하나 문제가 없었어. 어디 가서든 꼭 잘 살아요. 나도 그동안 세입자들 때문에 너무 고생해서, 아마 앞으로는 나쁜 집주인이 되겠지. 지긋지긋해서 나도 꼭 나쁜 집주인이 되어야겠어요.

아줌마는 입술을 앙다물며 나, 쁜, 집, 주, 인, 이라는 말을 또박또박 발음했다. 얼른 봐도 성격 좋아 보이는 아줌마라 남은 전세금 빨리 내놓으라고 닦달 잘 할 수 있는 사람은 아닌 것 같았다. 그래도 나쁜 집주인은 되지 않으셨으면 좋겠고, 그렇다고 형님 언니 하며 치대는 사람들에게 호락호락 넘어가지는 말았으면 좋겠고, 어쨌거나 세상사는 것 세입자만 어려운 줄 알았더니 집주인도 어렵구나 생각하며 열쇠를 놓고 두 개의 다락과 두 개의 화장실과 동호대교가 환히 보이던 방과 나팔꽃이 무섭게 피어나던 화단과 헤어졌다. 어떤 남자와 헤어지는 것보다도, 그 집과 헤어지는 게 더 힘들었다. 참 고마웠다, 그 다정한 침묵. 지겹도록 많은 구질구질한 고독을 내려놓고, 별 것도 아닌 일에 질질 짜며 눈물을 흘렸던 리놀륨 장판의 무늬 하나까지도, 벽지의 얼룩 하나까지도 그토록 사랑했다. 심지어 코리아마트라는 동네 슈퍼에서 오는 문자도 사랑했다. 이사 간 다음에도 간혹 오는 특가세일, 무 한 개 300원, 파 한 단 700원, 딸기 한 팩 2천원 하는 문자를 한 자 한 자 연서처럼 읽어내려갔다. 한번은 막걸리가 다 떨어진 날 나주순대국 할머니가 아가, 저 코리아마트 가서 막걸리 이십 병만 받아오너라, 하면 먹다 말고 벌떡 일어나 나주순대국 할머니가 막걸리 이십 병 가져오래요, 하고는 노란 바구니에 이십 병을 담아 머리에 이고 오기도 했다. 그 코리아마트는 이제 다른 슈퍼로 이름이 바뀌어서 지금은 문자를 보내주지 않는다. 잘 있거라, 사랑아. 아니, 잘 가라 사랑아.

일 년도 되기 전에 포크레인이 죄다 밀어버린 그 자리는 사하라 사막 같은 꼴이 되었다. 철망 앞을 애달프게 왔다 갔다하다 보니 공사모를 쓴 아저씨가 여기서 뭐 하냐고 뚱한 표정으로 물어서 아 제가 작년에 여기 살아서요, 하니

어떤 남자와 헤어지는 것보다도, 그 집과 헤어지는 게 더 힘들었다. 참 고마웠다, 그 다정한 침묵. 지겹도록 많은 구질구질한 고독을 내려놓고, 별 것도 아닌 일에 질질 짜며 눈물을 흘렸던 리놀륨 장판의 무늬 하나까지도, 벽지의 얼룩 하나까지도 그토록 사랑했다. 잘 있거라, 사랑아. 아니, 잘 가라 사랑아.

으응 하고 시큰둥하게 휙 돌아선다. 그 자리가 그 자리, 매봉슈퍼도, 늘 모기장 안에 생선 넣어 말리던 할머니 집도, 항상 옥색 마고자 곱게 차려입은 할아버지가 앉아 있던 깨알만 한 문방구 가게도 죄다 알아볼 수 없게 황토색 흙 밭이 된 땅을 쳐다보면서 이제는 없어진 그 집들, 그 언덕을 찾아내려 얼굴을 찌푸렸다.

자전거를 타고 회사에 가려고 내리막길을 내려올 때는 하도 가파른 경사 때문에 온 힘을 다해 앞뒤 브레이크를 꽉 잡으며 젠장 이건 뭐 시간을 달리는 처녀도 아니고, 하고 투덜대던 언덕. 올라올 때는 이를 악물며 아무리 추운 겨울날에도 내가 이놈의 동네 뜨고야 만다, 하고 허망한 결심 하루에도 몇 번씩 하던 그 언덕. 없다, 이제는.

뜨거웠던 날들이여, 뜨겁게 안녕

베타걸의 비애

다 합치면 회사원 경력 8년쯤 되는데요, 라고 말하면 다들 의외라고 한다. 남들 다 다니는 고등학교를 두 달도 못 다니고 때려치운 전적도 있고 뭔가 조직에 엄청 반항할 것 같은 인상 때문에 그런 것 같은데, 사실 대학 졸업하고 회사를 다니게 된 것도 내 뜻은 아니었다. 가엾도록 순진무구한 부모님이 잘못해서 다단계를 시작하는 바람에 다달이 갚아나가야 할 빚이 생겨버렸고, 비록 꽃 보듯 어르며 키운 외동딸은 아니지만 어쨌든 이 가정에 단 한 사람 있는 노역을 할 만한 건강한 생명체로서 일을 할 수밖에 없었다. 좋은 회사에 들어가서 능력 있는 오피스걸로, 알파걸로 폼 나게 능력을 발휘할 만한 능력이 되었더라면 좋았겠지만, 솔직히 말하자면 울적하게도 베타걸 중의 베타걸인 내 능력에는 그때 울며 겨자 먹기로 간신히 들어간 그 회사가 딱 맞는 곳이었다. 아니, 사실 분에 넘치는 곳이었다.

어쨌거나, 갓 영화 〈언니가 간다〉의 시나리오 작업을 마친 나는 당연히 회사원 생활은 잠시만 머무는 환승역 같은 것뿐이라고, 주 전공인 시나리오 작가의 인생이 곧 본격적으로 시작될 거라고 믿어 의심치 않았다. 때마침 시나리오 작가 등단률이 사법고시 합격률보다 낮다는 뉴스가 보도된 것을 보고 확신은 더욱 커졌다. 사시 합격률보다 더 좁은 바늘구멍을 뚫었는데 왜 길이 열리지 않겠느냐고, 곧 열릴 것이라고 정말이지 굳게 믿었다. 그때는 순진하게도 나의 창의력이라던가 그런 것이 꽤 가치 있는 거라고 믿어 의심치 않았던 것 같다. 부끄러운 일이다. 이제는 그런 건 누구나 가지고 있는 것이고, 오래 버티는 놈이 이긴다는 것 정도는 안다. 그래도 그때는 시나리오 작가로서 뭔가 길이 열릴 거라는 바보 같은 믿음이라도 부여잡고 있지 않고서는 아홉시부터 여섯시까지 책상 앞에 딱 붙어 보내는 시간과 사람을 계속 회의적으로 만드는 온갖 회의들과 종종 회식 자리에서 삼겹살을 일정한 크기로 자르거나 시시한 농담을 귓등으로 들어넘기며 대리님과 과장님들 소주잔이 비면 잽싸게 빈 잔을 채워주는 시간을 그토록 잘 견뎌내지 못했을 거였다. 사실 잘 견뎌내지도 못했다. 나는 회사나 다닐 사람이 아니야! 라고 속으로 객기 부렸던 듯한데, 회사에서 먹여 살려주는 걸 고마워했어야 했건만 그땐 뭘 몰랐다. 내 능력이니 창의성이니 이런 게 뭔가 중요한 게 틀림없다는 큰 착각 속에 빠져 있어서 그랬다. 죄송하기 짝이 없다.

그러던 어느 날 알고 지내던 영화사 사장님에게서 전화가 걸려왔다. 휴대폰 액정에 뜨는 사장님 이름을 보자마자 환호성을 질렀다. 드디어 때가 왔도다! 수입이 일정치 않은 프리랜서 생활이더라도 작가 생활의 때가 열렸다! 그래도 시나리오 전공인데 드디어 전공을 살릴 수 있게 되었구나! 하고 환호작약했지만 천만의 말씀, 핸드폰에서 들려오는 말은 기대를 사뿐히 배반했다.

—너 도산사거리 근처에서 일한다고 했지?

—네!

—아 잘됐다, 내가 그 근처에 토킹바를 하나 열었거덩. 끝나고 와서 일 좀 할래?

—토, 토킹바요……?

—월요일부터 금요일까지 너 회사 퇴근하고 나서 딱 세 시간만 해라. 아홉시부터 열두시까지만, 어때? 아니면 여덟시부터 열한시도 괜찮고. 열두시까지 하면 택시비도 따로 챙겨줄게.

지금 구한 애들이 어리고 이쁘긴 한데 좀 머리에 든 게 있어야지 너무 말이 안 통한다고 손님들이 좀 그러더라고. 내 생각에 니가 나이는 좀 있어도 괜찮을 것 같아. (당시 스물다섯이었다) 여기 니네 사무실이랑 엄청 가까워.

—……아하하…… 감사합니다만 제가 종종 야근을 해서요…… 직장이…… 업무상…….

종종 야근하진 않았다. 야근하기는커녕 여섯시만 되면 집으로 날아갔다. 직종이 야근이 많은 직종이긴 하지만 절대로 야근 안 하고, 주는 돈만큼만 일한다는 신념에 차 있는 삐딱한 불량사원이었다. 뭘 몰라서 그랬다. 다른 사람들도 바보라서 야근하는 게 아닌데. 솔직히 좀 적게 받는 편이긴 했다. 하긴 일도 잘 못하니 그 월급도 과분했다 싶다. 영화사 겸 토킹바 사장님이 원하는 대로 퇴근하고 세 시간씩 토킹바에서 일을 하려면 얼마든지 할 시간 정도는 되었다. 사장님이 제시한 보수도 꽤 괜찮았다. 그렇지만, 그렇지만…… 신나서 핸드폰 폴더를 열던 그 기세는 어디로 가고 풀이 있는 대로 팍 죽어 폴더를 털썩, 하고 닫았다.

그랬다. 나는 이 사회에서 시나리오 작가로서는 전혀 필요 없고 그나마 터치 없이 자리에 앉아 대화만 나눠주면 된다는 토킹바 아가씨로는 아주 약간, 주 5일 하루에 세 시간 정도 필요한 존재였다. 그게 다였다. 아마 그때나 그랬지 지금은 토킹바 아가씨로도 필요하지 않을 것이다. 어쨌든 그때는 적어도 어디가 됐든 필요한 존재가 된다는 게 고마운 거야, 하며 애써 기뻐해 보려고 했지만 아무리 애를 써도 별로 기뻐지지 않았다. 김현진 씨 대학 어디 나왔어? 하는 질문에 한국예술종합학교요…… 하고 대답하면 학교 다닐 때 공부 좀 열심히 하지 그랬어, 하는 핀잔이 돌아오던 회사에서는 윗사람들 눈치론 아무래도 예비 실직자였고, 영화사 사장님의 기대로는 예비 토킹바 직원인 이도저도 아닌 처지…… 어디서든 소용이 된다는 기분을 느끼고 싶었지만 잘 되지 않았다. 사실 조금이라도 능력 있는 사람은 회사가 잘 안 되는 분위기를 금세 눈치채고 다른 곳으로 얼른 가버리고, 옮길 능력이 못 되어 남아 있는 사람들 사이에서는 독버섯처럼 패배감만 증폭되는 사무실도 서글픈 곳이었다.

정말이지 봄날 아지랑이처럼 울적한 기운이 책상 사이마다 어른거렸다. 그래도 부모님이 빚 막는다고 타서 쓰신 곗돈 막으려면 한 달에 육십만원씩 보내야 하니 적게 잡아도 몇 년은 패배감이건 울적함이건 자괴감이건 있는 대로 다 견디고 꼼짝없이 회사에 다녀야 했다. 그 몇 년 동안 같은 사무실 쓰는 사람들은 참 많이도 갈렸다. 셀 수도 없을 만큼 상사를 갈아치우면서 그 모든 일의 과정을 처음부터 끝까지 다 설명하고 또 새로 온 상사의 작업 스타일에 맞추려고 애쓰다 보면 그 상사는 또 이 회사에 별 희망이 없구나, 하고 상황을 파악하고 잽싸게 내빼기 마련이었다. 그러면 또 다른 상사가 오고 이 모든 괴로움을 또 다시, 이런 식이었다. 천천히 진이 빠지면서 조금이라도 빠지는 진을 보충해보려고 운동을 시작했다. 사실은 불타는 화를 배출하고 싶었던 건지도 모른다. MS워드나 엑셀이나 파워포인트 실력은 아무리 다뤄도 늘지를 않고 돌아오는 상사의 싸늘한 눈길은 민망해서 모니터보다 사무실 바닥을 더 자주 쳐다봤다. 기껏 시나리오과랍시고 졸업했건만 아무도 오라는 데 없는 삼류 시나리오 작가의 기분, 오라고 해주는 곳은 토킹바밖에 없는—그것도 나이 많다고 구박받으면서—기분, 그걸 가라앉히려면 뭐라도 해야 했다. 무작정 걷기 시작했다. 주위에는 다이어트하려고 하는 거라고 온갖 엄살을 떨었지만 울화를 식혀보려고 그 짓 한다는 것보다 그렇게 말하는 게 훨씬 덜 비참했다. 한의학에서는 걷는 것이 마음에 쌓인 심화를 내려주는 가장 빠른 길이라 했다.

그때 나는 확실히, 막힌 하수도 뚫듯 꼭 내려야 할 심화로 가득해 있었다. 온갖 쓸데없는 번뇌가 쌓여서 부글부글

도대체 나는 왜 이놈의 회사를 죽어라 다녀야 하나. 여기 다니다가 좋은 날 다 보내는 거 아닌가. 시나리오 작가로 데뷔했다고 좋아했더니 이건 정말 첫 작품이 유작이 될 판이고, 왜 저 책상에 앉아 있는 인간은 나만 보면 못 잡아먹어서 안달인가…… 그때 나는 확실히, 막힌 하수도 뚫듯 꾹 내려야 할 심화로 가득해 있었다.

끓었다. 도대체 나는 왜 이놈의 회사를 죽어라 다녀야 하나. 여기 다니다가 좋은 날 다 보내는 거 아닌가. 시나리오 작가로 데뷔했다고 좋아했더니 이건 정말 첫 작품이 유작이 될 판이고, 왜 저 책상에 앉아 있는 인간은 나만 보면 못 잡아먹어서 안달인가. 왜 다른 여직원도 있는데 내가 회식자리에서 사장 맞은편에 앉아 전용으로 상대를 해줘야 하나. 그런 울화를 가라앉히려고 매일 일찍 일어나서 옥수동에서 논현동, 회사가 이사한 후로는 옥수동에서 교대까지 줄기차게 걸었다. 한숨 한 번 쉬고 걷고, 한숨 한 번 쉬고 걷고. 너무 답답하면 미친 듯이 달리고, 한강을 향해서 아아아악 하면서 버럭 소리질렀다. 평일 오전부터 수상스키 타는 사람이라도 볼라치면 부러워서 웩웩대면서, 비온 다음 날이면 도로에 나와 있는 지렁이들이 자전거 바퀴에 사정없이 으깨지는 게 속이 상해 하나하나 주워서 풀밭에 놓아주다 바보 멍청이처럼 회사에 지각하면서, 이른 아침이라 길이 휑한 걸 틈타 도서관에서 빌린 책을 읽으며 걷는 묘기를 종종 부리면서, 바로 그 때가 원욱씨를 만난 때였다.

원욱씨,
나 잘할게요

동호대교 아래로 내려가면 이끼와 잡풀에 덮인 작은 비석이 있다. 1982년에 태어난 한 청년이 2007년 동호대교 남단에서 숨을 거뒀다. 물에 빠진 사람을 구하고 정작 자신은 일찍 세상을 뜨고 만 그 사람이 원욱씨였다. 원욱씨, 라고 부르고 있지만 사실 나는 그 사람을 알지 못한다. 내가 아는 것은 이끼와 잡풀, 벌레로 덮인 그 비석뿐이다. 그 비석은 서울시에서 그의 의로운 죽음을 기념하기 위해 세운 것으로, 전형적인 문구로 가득 채워져 있었다. 그의 이름과 생몰일자, 그가 어떻게 정의롭게 숨을 거두었는지. 거기까지 읽을 때만 해도 아무렇지 않은 기분이었지만 그 바로 아래, 가족이 새긴 문구에서 갑자기 눈물이 넘쳐흘러 뚝뚝 흘렀다.

영원히 함께하는 엄마 아빠 경윤이가,

원욱이에게.

아, 일면식도 없는 사람이건만 도대체 왜…… 어이없이 계속 눈물이 났다. 그 짧은 문구가 왜 그렇게 애틋했는지는 알 수 없다. 그 비석 위에 적힌 온갖 엄숙한 문구보다 이 짧은 글이 훨씬 더 애절했다. 위엄 있는 어투로 용감한 시민 누구누구누구 씨의 아름다운 자기희생을 기념하여, 뭐 그런 말들은 아주 오래 전에 살았던 교과서에 나오는 독립유공자나 애국지사처럼 낯설었지만 엄마 아빠 경윤이와 함께 살았던 원욱씨는 갑자기 의로운 청년에서 동시대를 함께 살았던 피와 살을 가진 또래의 남자애가 되었다. 원욱씨, 죽은 나이 스물다섯 살, 고등학교를 바로 졸업하고 취직을 했다면 몇 년차의 직장인이 되었을 것이고 대학에 진학했다면 아마 군에 입대했다 제대한 지 얼마 안 되었을 테다. 영원히 함께하는 엄마 아빠 동생이 있던 남자애가, 내가 온갖 신경질을 내면서 걷고 있는 이 길을 똑같이 걷다가 물에 빠진 사람을 보고, 저 칙칙하고 무서운 한강물에 주저없이 뛰어들었구나, 그리고 그 사람 건져내고 자기는 못 빠져나오고 끝내 힘이 다했구나…… 엄마 아빠 경윤이는 얼마나 가슴이 아플까, 서울 곳곳의 다리를 볼 때마다, 서울 시내 어디에서나 보이는 이 한강을 볼 때마다 얼마나 그리워서 마음을 태울까…… 잡풀을 헤치고 그 문구를 읽은 날, 내가 왜 울고 있나 도통 모르겠다 하면서도 어쩐지 너무 안타까워 다 큰 여자가 주책스러운 거 알면서도 하염없이 주책스럽게 엉엉 울면서 고수부지를 따라 회사로 걸어갔다.

그 이후로, 신경질이 현저히 적어졌다. 출근길에 동호대교 계단을 내려가 그 조그만 비석을 볼 때마다 매일매일 경건해졌다. 원욱씨, 나 잘할게요. 얼굴도 모르는 그 사람이 애인처럼 애틋했다. 당신이 어디에 있든, 부모님하고 동생이 얼마나 보고 싶을까. 미안합니다. 고맙습니다. 나 잘할게요, 신경질 내지 않고, 쓸데없는 불평 하지 않고 잘할게요. 간혹 물티슈를 가져가 비석을 박박 닦고, 붙어 있는 벌레들을 휘휘 쫓고, 꽃을 놔두기도 하면서 내내 울었다. 도대체 왜 그렇게 청승을 떨면서 울었을까, 주책맞기는. 쓸데없는 울화가 부끄러워서 울었나. 만날 회사 다니기 싫어 죽겠다 어쩌고 저쩌고 하면서 입 함부로 놀린 스스로가 창피해서 울었나. 그 비석이 너무 애틋해서 울었나. 무시하고 있었던 생명이란 것, 목숨이란 것의 무게가 갑자기 너무 엄중하게 다가와서 울었나. 실은 그 모두 다일 것이다. 그래서 더 쪽팔려서 운 게 틀림없다. 그래도 쪽팔린 줄은 알았던 것이다. 이 젊디젊은 남자애는 바로 여기서 생을 고귀하게 맺었는데 아

회사 가기 싫어서 확 죽어버리고 싶어, 하는 식으로 아무 말이나 내뱉으면서 이 작고 귀한 성지를 훼손해왔다는 것이. 그리고 알고 있었다. 그런 성지는 이곳만이 아니라는 것. 매일매일 싸우면서 사는 귀한 사람들이 있다는 것.

원욱씨는 물에 빠진 그 사람만 살린 것이 아니라 나도 살려놨다. 약해 빠지고 쓸데없는 생각이 들면 입술을 꽉꽉 깨물었다. 웬지 원욱씨에게 송구했다. 반짝반짝 빛나지 않더라도 생은 소중한데, 그 소중한 것 아는 사람이니까 당신도 사람을 살려놨을 텐데, 미안합니다, 저 잘할게요. 쓸데없는 생각 안 할게요. 저 잘할게요. 열심히 살겠습니다. 살려줘서 고맙습니다.

이사하면서 동호대교와는 멀어졌지만 쓸데없는 생각이 들 때나 동호대교가 보일 때면 그를 생각한다. 얼굴도 모르는 그 사람, 그래도 매일매일 생의 경건함을 일깨워주었던 그 사람, 고맙습니다. 아, 올해도 미친 듯이 쓸데없는 생각을 많이 했다. 쓸데없는 생각이나 하는 쓸데없는 목숨을 하루하루 살려놔줬던 당신을 만나러 가야겠다. 손에 꽃 한 송이 가지고. 시간 낭비 하는 것 싫다고 단 한 번도 짝사랑해본 적 없는 매정한 년이 딱 한 번 해본 짝사랑이다. 원욱씨.

미우미우
하이힐

여자들이 보통 직장 생활 2~3년차 정도가 되면 루이비통 스피디백 하나씩은 산다고 한다. 남자들은 차를 사는 것 같다. 그 백이 뭐 꼭 그렇게 예쁘다든가 그래서가 아니라 뭐 하나 할부로 질러놔야 직장 다닐 맛도 나고 직장에 억지로 좀 매어두는 고삐 같은 의미도 있고 뭐 그래서 그런 게 아닌가 싶은데, 내 경우에는 술 마시다가 잃어버릴 염려가 있는 고가품은 절대로 사지 않기도 하거니와 그럴 여유도 없었다. 천팔백만원도 안 되는 알량한 연봉을 받으면서 루이비통이라니, 루이비통 매장에 사는 바퀴벌레가 웃을 일이었다. 온갖 결심을 다 하고서 엄마에게는 큰 맘 먹고 하나 사드린 적이 있지만 그것도 엄청난 결심과 엄청난 희생과 엄청난 자기 검열 후에 평생 돈 없는 아버지 아래서 자란 것도 모자라 돈 없는 남편까지 만난 엄마라는 여자가 인간적으로 너무 가엾고 안쓰러워서 지갑하고 핸드폰 하나 넣으면 잠기지도 않을 벽돌만 한 크기로 하나 사드린 것이 내가 할 수 있는 한계였다.

나의 입을 것을 해결해준 것은 수년 동안 고속터미널 지하상가였고, 그나마 기분 좀 낼 때면 동대문 도매상가에 가는 정도였다. 그러니 브랜드 제품이라고는 온 옷장을 들었다 털어도 없고 그나마 옛날 남자친구가 뭐라나 하는 크리스털 브랜드 귀걸이를 선물한 적이 있는데 정말 거지같이 헤어지고 난 다음, 야 이 망할 자식아 평생 그러고 폼 재고 살아라, 하면서 랜디 존슨 같은 기세로 쓰레기통에 던져버렸다. 어딘가 타지 않는 쓰레기 노릇이나 잘 하고 있겠지, 어쨌거나.

동대문 도매상가는 일단 품질이 괜찮다. 이대 앞이나 홍대 앞에서 십만원이 넘어가는 수제화는 '누존'에서 육칠만원 선에 맞춰 신을 수 있으니까, 문 여는 밤 여덟시 시간에 맞춰 갈 수 있다면 괜히 제 돈 다 주고 번화가에서 살 필요가 없다. 게다가 소매상보다 훨씬 일찌감치 계절상품 세일에 들어가기 때문에 그때를 노려 발에 맞는 걸 건지면 품질 하나는 괜찮으니 몇 년은 신을 수 있다. 택배비를 부담하고 보내달라고 하거나 나중에 찾으러 다시 올 각오가 되어 있다면 색상이라든가 사소한 디자인, 굽 모양도 조절할 수 있어서 취향 좀 까다로운 사람이라면 썩 마음에 들 것이다. '누존'이나 그 옆의 '유어스'는 원래 소매로 팔지 않지만 최근엔 불경기 덕인지 한두 장씩 팔기도 하고, 폭탄세일이라고 따로 매대에 내놓은 녀석들은 질이 꽤 괜찮다. 뭐 어쨌든 내 입을 것을 책임지는 곳은 주로 고속터미널 지하상가나 '아름다운 가게'인데, 그러다보니 나이가 들수록 점점 "……" 하는 기분이 되었다. 흘깃 거울을 보고 티셔츠 삼천원, 청바지 오천원, 코트 만오천원, 브래지어며 팬티까지 다 합쳐도, 온 몸에 걸친 게 이만원이 안 된다던가 하는 계산을 하다보면 그래도 아가씨로서 이거 너무한 거 아닌가, 이래도 되나, 하면서 시무룩해지는 거였다.

바로 그때가, 문제의 미우미우 하이힐이 내 손에 들어온 때였다. 명품을 구입한 가격보다 훨씬 싸게 파는 블로거분이 계셔서 그 사이트에 간혹 들어가서 눈요기만 하곤 했었다. 아무리 싸게 팔아도 명품은 명품이니만큼 최소 몇 십만원 대였기 때문에 눈물의 떨이라고 해도 그림의 떡이고 그냥 모니터가 뚫어져라 구경만 했다. 명품이란 게 이렇게 생겼구나 흐음 그렇군, 하고 신기한 마음뿐이었는데 어느 날 딱 십만원짜리 상품이 나온 거였다. 프라다의 세컨드 브랜드인 미우미우의 심플한 검정색 샌들이었는데, 사이즈도 맞았고 가격도 그만하면 이름값 낼만 하고, 그냥 술 네 번 덜 먹으면 되지, 하는 호기로운 마음으로 당장 입금하고 물건을 받았다.

두근두근 기대에 차서 받아보니 사실 그 샌들은 내게는 별로 어울리지 않았다. 브랜드 하이힐이야 다 택시 아니면 승용차 타고 다니는 여자들이나 신으라고 만든 거니 당연히 편하지도 않았다. 최소 오십만원은 줘야 하는 크리스찬 루부탱 같은 건 10센티 굽이라도 편하다는데 정말일까. 아마 평생 알 일 없겠지. 지금 당장 내 손 안에 있는 미우미우 하이힐 앞에서 편하고 말고 따위는 하나도 중요치 않았다. 민망한 고백이지만 그게 나에게 어울리느냐 마느냐 하는 것도 문제가 아니었다. 부끄럽지만 그렇게 갖고 싶었던 이유는, 그 구두 한 켤레가 그렇게 소중했던 이유는, "나 이래봬도 집에 가면 미우미우 하이힐 하나 있다" 뭐 이런 게 중요했던 것이다. 남들이야 루이비통이니 구찌니 마놀로 블라닉이니 크리스찬 루부탱이니 하는 것들로 기분을 내건 말건 내 주제에는 중고로 십만원에 산 구두가 그런 기분 내는 데는 차고도 넘쳤다. 집이야 다 쓰러져가는 협동주택에 살건 말건, 노인들이 눈이 오면 다칠까봐 밖에 나다니지도 않는, 봅슬레이를 해도 될 만한 아찔한 경사로의 산동네에 살건 말건 사서 한 번 신어보지도 못한 미우미우 하이힐을 갖고 있다는 건 이상하게 힘이 되었다. 자본주의가 어쩌고저쩌고 욕하다가도 이럴 때면 어디 숨어버리거나 창피해서 콱 죽어버리고 싶지만. 어쩌겠는가, c'est tout(쎄뚜), 그게 다였다. 김밥천국에서 끼니를 때우건 말건, 썩은 고기를 찾아 어슬렁거리는 한 마리 하이에나처럼 슈퍼 식품 코너의 유통기한 지나서 싸게 파는 음식을 노리고 있건 말건 나 미우미우 하이힐 있는 여자야, 하는 쓸데없이 으쓱한 기분은, 그 처량한 허영심은, 오늘도 과장한테 깨지는 하루를, 마음에도 없는 웃음을 지으면서 귀찮아 죽을 것 같은 지루한 회사 회식에서 숙련된 솜씨로 삼겹살을 자르는 365일 중 하루하루를 견뎌낼 수 있는 불가사의한 위안이었다. 할 수만 있다면, 뭐 그런 걸 다시 가질 기회도 없을 게 뻔했기 때문에, 신을 일이 있건 없건 나한테 안 어울리건 말건 나는 죽을 때까지 그 까만 구두를 안 놓을 예정이었다, 할 수만 있었다면.

하지만 어쩔 수 없이 나는 그 구두와 이별했다. 그 이별의 장소는 가산동의 기륭전자 옛 사옥 앞이었다. 무슨 귀신에라도 들린 듯이 동조단식을 한다고 죽도록 굶은 다음에, 굶는 것 말고 여기 도움이 될 수 있는 게 뭐가 있을까 생각하다가 매우 신자유주의적 투쟁을 개시

한 때였다. 즉, 현금빵이 최고라는 결론을 내리고 입금 투쟁에 돌입했던 것이다. 사실 뭐 그렇게 굶었던 데 대단한 이유는 없었고 원래도 여자애들은 살 뺀다고 잘 굶는데 여기 와서 못 굶을 건 뭐람 하는 오기에, 지금까지 전혀 몰랐던 것들을 늦공부로 깨달아서 부끄럽고 창피해서 밥이 안 들어갔다. 그러다 바람에 날아갈 것 같은 김소연 분회장님을 보면 정말로 돌아가시는 거 아닌가 싶어서 무서웠고, 그 무력감이 싫어서 현금 투쟁에 돌입한 거였다. 내 물건 팔아대는 데는 한계가 있어 염치 불구하고 바자회에 사용하도록 뭐든지 좀 보내주십사 인터넷을 통해 애결복걸했다. 그때 받은 각종 택배들을 생각하면 지금도 애틋해서 눈물이 난다. 사람이 따뜻하지 않다고 누가 말했나. 그 택배 하나하나마다 사무치게 고맙고 일일이 사랑스러웠다.

옷에 구두에 이태리제 밥주걱에 사용하지 않은 샴푸에 화장품에 책에 DVD에 고데기에 산더미만 한 브래지어 한 꾸러미까지, 온갖 게 다 있었다. 고맙고 눈물 나고 안 먹어도 신명나서, 죽도록 팔아댔다. 그리 큰 수익은 안 났다 하더라도 긴 싸움 힘겹게 하는 사람들에게는 누군가 당신들을 생각하고 있습니다, 응원하고 있습니다, 혼자가 아니에요, 하는 그 메시지가 약간이라도 힘이 되었을 것이다. 지

방에서 원정 투쟁을 온 금속노조 아저씨들은 멋쩍은 얼굴로 브래지어 매대 앞에 하나 둘 모여들어, 동지 이거 두 개만 주시오, 하고 사갔다. 자원봉사자들에게 민망한 얼굴로 아내의 덩치가 이 정도 되는데 어느 거 사면 좋겠느냐면서 아내의 체격을 설명하거나, 전화로 당신 사이즈가 몇이야? 하고 묻거나 하는 등 브래지어가 의외의 판매고를 올렸다. 금속노조가 언제부터 저렇게 브래지어와 긴밀한 사이였나, 하며 웃음 띤 얼굴을 하고 있는 나에게 기륭 언니들은 여기 올라오려면 일당 하루 포기해야 되는데 와이프한테 미안하니까 저걸로 때우려는 거여, 하고 웃으며 귀띔했다. 그럴 때면 철의 노동자들도 참 귀여웠다.

나는 가난뱅이 된장녀답게 워낙 옷하고 신발을 좋아하다보니 집에 쌓인 것들이 꽤 많았는데, 나는 독한 마음먹고 그것들을 내다 팔았다. 워낙 산 가격이 얼마 안 되는 것들이라 가격을 붙여봤자 오천원, 끽해야 칠천원 하니 너무 빈티 난다 싶어 마음을 먹고 또 먹고 일백 번 고쳐먹어 바로 그 문제의 미우미우 하이힐까지 들고 나왔다. 그날따라 유독 안 떨어지는 발걸음을 간신히 떼어 가산 디지털단지로 향하며 제발 팔리지 마라, 팔리지 마라 하며 몇 번이나 조마조마했다. 그 초라한 바자회 매대에서는 그래도 제법 고가인 삼만원을 붙여 놨더니 이천원 삼천원 하는 다른 녀석들에 비해 너무 비싸 보였는지 다행히 아무도 살 낌새를 보이지 않았다. 좀스럽기 짝이 없는 마음보를 한탄하면서도 어쩔 수 없이 내심 안도의 한숨을 내쉬는 동시에 이게 투쟁에 임하는 올바른 자세냐며 죄책감에 빠졌지만 어쨌거나 저쨌거나, 그 구두는 내 마지막 보루 같은 거였다. 왜 이래 나 미우미우 하이힐 있는 여자야, 하는 이십대 여자로서의 마지막 허영이었다. 내 능력으로 손에 쥘 수 있는 허영의 딱 한계치이기도 했다.

그 허영을 오래 간직하고 싶은 욕심에 슬며시 딴 물건 뒤로 숨겨놓으면서 장을 파할 때가 되자 슬그머니 안심이 되어 콧노래가 나올 지경이었다. 하지만 웬걸, 운명은 내 알량한 허영에 가차없는 칼날을 들이밀었다. 그날 일과를 마친 칼라TV팀이 내쪽으로 다가왔다. 미인으로 이름난 우리의 이명선 리포터가 그 미모에 못지않은 상큼한 목소리로 오늘도 수고하시네요, 하고 비눗방울 같은 미소를 날리더니 하필이면 내가 구차하게 다른 물건 뒤에 슬그머니 숨겨놓은 문제의 하이힐을 쏙 꺼내들고 어머 이거 너무 이쁘다! 하며 해맑게 웃었다. 나도 웃었지만 내가 웃는 게 웃는 게 아니었다.

—아하하…… 이쁘죠…….

신고 있던 운동화를 벗고 이명선 리포터가 문제의 하이힐을 신었다. 사이즈도 디자인도 마치 그녀를 위해 태어난 것처럼 꼭 맞았다. 물건도 제 임자가 있는 법인데 임자였다. 딱 저분 거네, 싶을 만큼 예뻤다. 볼 넓은 내 발에 신으니까 감자에 줄 그어놓은 것 같더니 날씬한 발에 신으니까 꼭 잘 어울렸다. 그리고 구차한 나로 말할 것 같으면, 부끄럽게도 가슴이 철렁했다. 그러거나 말거나 이명선 리포터의 목소리는 가차없이 해맑았다.

—나 이거 살래! 다들 돈 좀 줘봐봐!

칼라TV 스태프들은 주섬주섬 호주머니를 뒤져 지폐를 꺼냈고, 꾸깃꾸깃한 천원짜리, 오천원짜리가 나왔다. 상큼하게 수금을 마친 이명선 리포터는 지폐들을 열심히 펴며 여전히 해맑게 물었다.

—이거 얼마예요?

나는 뒤쪽으로 손을 내밀어 '삼만원'이라고 씌어 있는 가격표를 슬그머니 감췄다. 그리고 기어들어가는 목소리로 대답했다.

—마…… 만원입니다.

그 쌔끈한 미우미우 하이힐은, 내가 단 하나 가지고 있던 브랜드 제품은, 내 허영의 척추는 그렇게 이명선 리포터의 손에 들려 상큼하게 떠나갔고 나는 어딘가 혼이 나간 애처럼 돼서 국철을 타고 돌아왔다. 그날따라 국철은 왜 그렇게 흔들리던지, 국철이 흔들흔들할 때마다 나도 같이 얼이 빠진 듯 흔들흔들거렸다. 저한테 어울리지도 않는 구두에 상표 좀 붙었다고 끝끝내 그거 붙잡고 있던 내가 부끄럽고, 십분의 일도 안 되는 가격으로 팔아치워놓고 이왕 팔았으면 시원하게 마음 비워야 그만이지 그 구두 손에서 놨다고 이렇게 좌절하는 나도 부끄럽고, 부끄러워 죽겠으면서도 어딘가 서글퍼 눈물까지 찔끔 나서 이놈의 계집애가 주책스럽게 너 미쳤냐고 스스로를 야단치는 동안 다시 서러워서 또 눈물이 나고 또 한심하고 국철은 왜 이렇게 흔들리는지 자꾸 흔들흔들하고…… 집으로 돌아오는 내내 그랬다.

어쨌거나 그 구두를 통해 나는 아주 조금, 더 나은 인간이 되었다. 원래 개뿔도 없어서 나아져봤자 별로 향상된 것도 없지만, 그렇게 갖고 있던 옷이며 구두며 하는 걸 죽도록 팔아치웠어도 도대체 뭐가 없어졌는지 알 수가 없는 것에 놀랐다. 덕분에 이삿짐도 줄고 뭘 입을지 고민도 없어 훨

씬 가뿐해졌다. 몸뚱아리는 하나에 발도 두 개밖에 없는데 뭐 그리 입고 신을 것이 많이 필요했는지 우스운 일이었다. 청바지 세 개, 티셔츠 다섯 개, 원피스 두 개, 코트 하나 점퍼 하나 운동화 하나 구두 하나만 있으면 그 밖에는 다 쓸데없구나, 하는 것이 기륭전사분회가 내게 가르쳐 준 수많은 교훈 중 하나였다. 예전 같으면 어머 저건 사야 해, 하며 발작을 일으켰을 만한 물건도 흥 너 또 팔아치워서 현금 투쟁 할 셈이냐? 싶으면 금세 식으니 참 다행이다.

간혹 현장에서 바쁘고 분주한 이명선 리포터를 볼 때면 와락 부여잡고 구두 잘 신고 계신가요…… 하고 구두의 안부를 주책스럽게 묻고 싶어서 큰일이다. 그러거나 말거나, 국철에서 흔들흔들 하며 돌아오던 그날 미우미우고 마놀로 블라닉이고 구찌고 크리스찬 루부탱이고 흥, 하고 콧방귀 뀌면서 머리나 긁적거릴 수 있게 됐으니 이것 역시 기륭전자분회가 시켜준 귀한 공부다. 그 예쁜 구두를 사간 사람이 구두보다 훨씬 더 예쁘고 훨씬 더 귀하고 한없이 용감한 이명선 리포터라서 얼마나 다행인지, 아마 그녀가 아닌 다른 사람이 그걸 사갔다면 나는 구두를 붙잡고 질질 끌려가는 한이 있어도 내놓지 않았을지도 모를 일이다. 잠시나마 사랑했다, 안녕 미우미우, 안녕 허영심, 안녕 배니티 페어.

도넛과
승무원의 미소

우리가 모두 따뜻한 빵이라면 나는 한 개의 도넛, 동글동글 귀여운 찹쌀 도넛이 아니라 뻥, 하고 뚫린 큰 구멍 있는 그런 도넛의 숙명이다. 그놈의 구멍에는 별별 게 다 들어간다. 유난스러운 외로움, 자연스럽게 따라오는 관심병과 애정결핍, 지난밤 부끄러운 기억, 꼴에 쓸데없는 동정심, 독한 술, 추억이라 부르기도 비참한 순간들, 이런 것들이 이 커다란 구멍을 통해 밀물처럼 썰물처럼 오고 또 갔다. 사람은 원래 혼자라는 걸 알면서도 잠깐 그 구멍을 메울 수만 있다면 우리는 기꺼이 아무나 사랑하고 아무에게나 상처받는다. 만약 당신이 고로케라면 이런 고통 모를 것이다. 얼마든지 몰라도 좋은 고통이다. 금방 튀겨져 따뜻하고 감자나 당근 같은 포근한 속이 들어 있는 당신, 야무지고 빈틈없이 속이 꼭꼭

찬 당신은 구멍 같은 걸 알지 못한다. 하지만 당신도 나름의 고통이 있겠지. 더 채우고 싶어서 괴로울 테니까. 그래서 당신은 더 맛있고 특별한 속재료를 찾는다. 존경스러운 당신의 추진력, 당신이 정말로 고로케인 건 아니니까 당신이 채우려고 하는 것들은 감자 양파 햄 당근이 아니라 더 좋은 차, 더 좋은 직장, 더 좋은 스펙 같은 근사한 속재료. 당신이 아자 아자 파이팅! 할 수 있어! 하고 외치며 도톰하게 속을 채우려고 참 열심히 사는 동안 뭘 넣어도 텅텅 비어버리는 도넛들은 당신이 부럽고 신기하고 가끔은 무서워 멍하니 바라본다. 그러면 당신은 우리를 이렇게 부르지, 루저!

당신이 속을 빈틈없이 채워나갈 동안 도넛이 바라는 건 그저 이 구멍을 메우는 것뿐. 바다를 모래로 채우려는 것처럼 허망한 수작이더라도 일단 우리도 뭐라도 해보긴 한다. 간혹 찬바람이 매정하게 구멍 사이를 지나갈 때 애써 실없는 농담을 하고, 꼬리 흔드는 얼룩 강아지의 얼룩을 세면서 웃는다. 겨우 그런 짓으로 그 공백을 채울 순 없다는 걸 알지만 죽도록 몸부림쳐서 손에 겨우 잡는 이토록 시시한 행복. 그러나 서울은 언젠가부터 우리에게 말하기 시작했다. 너희처럼 뻥뻥 뚫린 구멍투성이 녀석들은 이 혁신 도시에 필요 없어! 창의 도시 서울에 필요한 건 끊임없이 자기를 계발해서 속이 터질 듯이 빵빵하게 채워넣는 사람들이야!

그럴 때마다 우리는 구멍이 죽도록 부끄러웠다.

그래도 딱 한 번 도넛이 좋은 일 한 적이 있었다. 아직도 싸우고 있는 KTX 승무원들이 고공농성에 돌입하던 삼년 전 늦가을이었다. 〈시사IN〉에 기사를 쓰려고 철탑에 올라가보기로 했다. 꼬맹이 적 많이도 왔다갔다했던 서울역이었다. 농성장에 갈 때 뭐라도 사가야 할 텐데 난감했다. 고공농성에서 대소변 처리가 큰 문제니 아무 먹을거리나 사갈 수도 없고 여자 분들이 많을 테니 담배 한 보루도 별로고, 고민고민하면서 명동을 지나다가 눈에 환하게 들어오는 간판이 바로 크리스피 크림 도넛. 된장질이라고 종종 까이지만 그 비난을 모두 흡수하는 폭신하고 한없이 부드러운 속살을 지닌, 그 단것의 결정체. 얼른 그 자리에서 두 박스를 사서 철탑 위에 기어 올라갔다. 열심히 투쟁하시는 동지들에게 미제 트랜스지방이나 가지고 왔다며 혼날까봐 덜덜 떨었는데 여승무원 한 분이 침낭을 덮고 있다가 예쁘게 눈을 반짝였다.

—어머, 크리스피 크림……!

—아, 좋아하세요?

—아침에 ××가 먹고 싶다고 했는데 잘 됐다. 지금 자는데 이따 깨워서 줘야겠다. 되게 좋아할 거예요. 밑에 지원해주시는

연대
비정규직 차별도

동지들이 뭐 먹고 싶으냐고 그러는데, 그냥 막 크리스피 크림 도넛 진짜 먹고 싶어요, 이럴 수는 없잖아요.

그녀는 바람 부는 철탑에서 까르르 웃었다. 사다리는 중간에 끊겨서 곡예 부리듯 올라가야 하고, 대소변은 양동이에 담아내려야 하고, 고소공포증 있는 조합원은 실은 별 쓸데가 없다면서도 로프로 그 철탑에 몸을 꽁꽁 묶어야 했다. 그렇게 견디며 그들은 온몸으로 말했다. 일하고 싶다고, 우리의 말도 들어달라고, 약속은 지키라고. 적어보니 허무하도록 간단한 말인데 그 이야기를 하기가 이토록 어렵다. 아직 따스한 기운 남아 있는 가을이었는데도 탑 위로 부는 바람은 냉동실처럼 차가웠다. 얄궂게도 KTX 열차가 한 대씩 지나갈 때마다 녹슨 철탑은 덜컥덜컥 흔들리고 도무지 환할 일이 없는데도 그까짓 구멍 뻥뻥 뚫린 달달한 도넛 하나 때문에 그녀는 참 눈부시게 웃었다. 아, 나는 도넛답게 주책스런 눈물이 나려고 하고 그러거나 말거나 그 미소 덕분에 텅텅 빈 둥그런 구멍이 아주 조금 작아졌다. 도넛이 신통한 짓 하고 도넛이 도넛 구멍 메우는 그런 희한한 날도 있었다. 용감한 KTX 여승무원의 그 꿋꿋한 미소 덕분에 도리어 나는 1센티미터 정도 구원을 받고. 요즘도 이놈의 구멍 사이가 유난히 휑할 때마다 아끼고 아껴서 꺼내보는 녹슨 철탑 위 당신의 눈부신 미소, 고맙고 또 고마웠어요.

들어갈 때
실컷 마셔라

세상에는 절대 혼자서 밥 못 먹는 얌전한 아가씨들도 있지만, 나는 식당 식탁 위에서 빈대떡이라도 부칠 수 있을 정도로 두꺼운 낯짝을 가지고 태어났으므로 밥은 물론 혼자 술도 잘 마신다. 게다가 진짜 술은 자고로 낮술, 이라는 불량한 사고방식을 갖기도 했는데, 그렇게 된 까닭은 여름이든 겨울이든 언제 찾아가도 봄날 같았던 그 순대국집 때문이었다. 어떤 아가씨는 맛있는 마카롱을 판별할 줄 알고, 어떤 아가씨는 질 좋은 와인을 판별할 줄 안다지만, 나로 말할 것 같으면 순대국의 감식가다. 약수시장 안에 있는 '나주순대국'은 여러모로 완벽했다. 회사를 다니는 삼 년 동안 자랑은 아니지만 항상 공휴일이나 주말 전날에는 술에 떡이 되었다. 제 자리라고 마음대로 정해놓은 구석 자리에 앉아 대낮부터 술국과 막걸리를 청해 마신다. 그러면 조그만 마루에 앉아 계신 할머니 옆으로 슬그머니 엉덩이를 붙이고 앉아 괜히 이것저것 묻는다. 사십 년 동안 같은 자리에서 순대국을 끓여온 할머니의 대답은 늘 명쾌했다.

—할머니, 회사 대리가 괴롭혀요.

—아가야, 속 좁은 놈들은 별것도 아닝 게 무시해버려라잉.

—할머니, 저 회사 그만뒀어요, 인제 어떡해요?

—아가, 앞으로 돈 벌 날 하고 많응게 쪼매 안 벌어도 돼야. 안 굶어 죽는다.

—할머니, 저 이렇게 술 많이 마셔서 어떡해요?

—아가, 걱정하지 말아라. 들어갈 때 실컷 마셔라. 안 들어갈 날이 곧 온다.

안 들어갈 날이 곧 온다는 그 말은 주벽으로 시달리고 있던 나에게 실낱 같은 구원이었다. 영원히 이렇게 쓰레기처럼 살까봐 덜컥덜컥 가슴이 내려앉으면, 안 들어갈 날이 곧 온다고 이를 악물고 외웠다. 아직 그날이 안 왔지만 언젠가는 올 것이다. 할머니는 그동안 수천 병이 넘는 술을 팔아왔으니까, 나 같은 주정뱅이를 사십 년이나 봤으니까, 그러니까 할머니 말은 믿어도 된다. 재개발로 자취방이 철거된다는 통보를 받고 나서, 내키지 않는 이사준비를 마친 다음 할머니에게 인사를 드리러 갔었다.

—할머니, 멀리 이사 가는 거 아니고 가까운 데 가니까 자주 올게요.

—아가야, 그래도 이사 가면 여기 살 때랑 같나…….

오천원어치만 포장해달랬는데 터질 듯한 봉지를 할머니는 건네줬다. 그걸 안주 삼아 산꼭대기 내 방에서 마지막으로 술을 마셨다. 순대는 오병이어의 기적처럼 먹어도 먹어도 줄지 않았다. 그제서야 알 것 같았다. 그 집에서 내가 먹어온 것은 순대만이 아니었다는 사실을. 차마 감당이 안 돼서 펄펄 날뛰다 못해 미친 개 같던 젊음을, 고달프고 외롭고 거친 혼자살이와 돈벌이의 어리광을 그 식탁 위에 조용히 내려놨었다는 것을. 아이고 이쁜이가 왔구나, 아가야 많이 먹어라, 하는 그 말에 넘치도록 위로를 얻어왔다는 것을. 아무리 추운 겨울이라도 그 집에서 내 맘대로 정한 내 지정석에 앉아 있으면 아무리 가난하고 춥고 외로워도 꼭 따사로운 봄날 같았다. 그토록, 따사로운 순대국이었다.

닭만 먹으면 안 되겠니

하루키 이야기를 꺼내자니 너무 빤한 말 하는 것 같아 민망하지만 어쨌거나, 하루키의 어느 단편에 '극히 평범하지만 맛있는 햄버그 스테이크'라는 구절이 있다. 햄버그도 싫어하고 스테이크도 싫어하니까 극히 평범한 햄버그 스테이크가 어떻게 생겼는지도 모르고 극히 평범하게 맛있는 햄버그 스테이크를 먹고 싶지도 않고, 심지어 평범하게 맛있는 게 어떤 건지도 모르지만, 그런 게 있다면 꼭 이 집 닭 같겠구나 하고 생각한 게 바로 '림스치킨'이었다. 나주순대국과 몇 발짝 떨어지지 않은 곳에 위치한 림스치킨은 딱 80년대 스타일의 고풍스러운, 그래서 오히려 요즈음에는 키치하고 팬시해 보이는 예스런 간판을 해서 눈에 얼른 띄는 집이었다. 그렇지만 그런 간판에 끌려서 그 집에 들어가게 된 건 절대로 아니었다. 굳이 말하자면, 더듬이가 한 짓이었다.

모든 주정뱅이들에게는 저마다의 더듬이가 있다. 제 맘에 드는 술집을 곧장 알아보는 더듬이. 물론 형편없는 주정뱅이 집단의 일원으로서 특별히 원한 건 아니었지만 나 역시 어쩔 수 없이 그 더듬이를 지니고 있고, 그 더듬이의 성능 역시 뭐 그리 자랑할 일은 아니지만 나름대로 뛰어나서 적어도 칠십 퍼센트 이상의 성공률을 자랑한다. 이렇게 말하니 나 맛집 좀 알아, 하고 우쭐대는 것 같아서 재수 없지만 사실 그 성공률의 비결은 그냥 웬만하면 새로운 집을 시도하지 않는 것이다. 치사한 방법이다. '신상'은 오로지 옷과 구두에만 해당될 뿐, 술집만은 오로지 구관이 명관이라는 아집을 고수하여 그 칠십 퍼센트의 성공률이 유지되는 그런 더듬이다. '림스치킨'을 찾아낸 것도 그 더듬이였다. 이십 미터 정도 앞부터 더듬이가 재깍재깍 저 집이다, 저 집이야 하고 귀에 속삭였다. 그대로 더듬이가 이끄는 대로 홀린 듯이 들어가 보니 역시 더듬이 성능은 쓸 만했다.

튜브 청소를 매일 하고 있는 것이 틀림없는 깨끗하고 시원한 맥주, 태어날 때부터 미소를 띠고 태어난 것처럼 화사하게 웃는 얼굴의 주인아주머니, 어딘가 예술가 같은 분위기를 풍기는 기골 장대한 주인아저씨, 열심히 일을 돕는 그 집 아들인 오빠, 이 멤버가 림스치킨 약수점의 구성원이었다. 아, 중요한 성원을 잊었다. 나머지 주요한 구성원은 바로 치킨이었다. 더듬이가 확신에 차 이끄는 대로 그 집에 들어가 치킨집과 모든 주정뱅이의 기본인 '치맥'을 맛보고는 하루키가 소설에 쓴 '극히 평범하지만 맛있는 햄버그 스테이크'를 바로 떠올렸다. 원래도 치킨을 좋아하지 않는데다 모든 튀긴 것을 소스라치게 싫어하는 내가 하는 말이니 믿어도 좋다.

그후로 뻔질나게 그 집을 드나들기 시작했다. 나주순대국과 엎어지면 코 닿을 거리라 1차, 2차를 고민할 게 없었다. 어디든 발길 가는 집 먼저 가면 그만이었다. 가끔 순대국은 냄새 난다며 싫어하는 사람은 있지만 치맥이야 온 국민의 즐겨찾기니 누가 만나러 와도 고민할 것 없이 거기 가면 되는 거였다. 그러다보니 친구들이 동네에 찾아와서 내가 전화를 안 받는다 싶으면 아예 연락도 안 하고 그냥 찾아냈다. 순대국집에 가서 현진이 없어요? 하고 물으면 치킨집에 가봐라, 했고 치킨집에 가서 현진이 왔어요? 하고 물으면 순대국집에 있을걸, 했다. 창피하게도 번번이 나는 그 두 곳 중 한 곳에 있었다. 그리고 외로움이 격해질수록, 역사와 전통이 유구한 그 집에서 나는 점점 더 격렬한 주정뱅이가 되어갔다. 삼십 년 된 나주순대국의 며느리 되시는 분은 그 동네에서 나고 자라신지라 꼬맹이 적부터 친정아버님이 단골이신 그 집 앞을 지나다니다가 커서 그 집 며느리가 될 줄은 몰랐다고 웃으시며, 동호터널 위가 아직 산이고 그 산 위에 개울이 졸졸 흘렀을 적 이야기를 들려주시곤 했다. 이십 년 된 림스치킨 아주머니는 이 동네에 우리 집보다 오래된 집은 나주순대국밖에 없어, 하며 온돌방처럼 포근한 미소를 지었다. 한번은 그 집에 불이 났다고 해서 깜짝 놀라 걱정했더니 다행히 다친 사람은 없었지만 그 뒷정리하느라 고생이 심하셨다고 했다. 그러면서 또 아주머니는 그 미소를 지었다.

— 얘, 니가 지나가다 봤으면 왠지 도와줄 것 같아서 니 생각이 나더라.

내가 원래 그릇이 작은 사람이라서 그런지도 모르겠지만, 그때쯤 회사에서 받은 인사고과 점수는 거지 같았음에도 불구하고 어쩐지 인사고과 점수 잘 받는 것보다 '림스치킨 집 불난 거 뒷정리해줄 것 같은 옥수동 주민 1위'로 선정된 것이 더 자랑스러웠다. 어쨌거나 내가 죽도록 사랑한 두 집 다 유구한 맛이었다. 이런 곳에서라면 끝간 데까지 주정뱅이가 되어도 아쉬울 것 없다, 하고 주정뱅이 특유의 허세가 치밀어올랐다. 언젠가 저러다 안 마실 날이 온다며 느긋한 나주순대국 할머니와 달리 림스치킨 아주머니는 내 입맛에 딱 맞게 절묘한 거품 비율로 500CC잔에 맥주를 따라주시면서도 내 주정뱅이 노릇을 몹시 염려했다. 어느 날 아직 알코올 기운에 맛이 가기 전, 아주머니는 내 맞은편에 앉아서 조근조근 말을 꺼내셨다.

—얘, 난 니가 오는 건 참 좋은데, 술을 너무 마셔서 참 걱정이야.

나는 금붕어처럼 뻐끔뻐끔 맥주를 마셨다. 아주머니는 묘안이라는 듯 눈을 반짝거리며 제안했다.

—그래서 내가 생각해 봤는데, 저기, 너 와서 맥주 말고 그냥 닭만 먹으면 안 되겠니?

하지만 그 집 치킨은 맥주와 절정의 하모니를 자랑하는 바람에 맥주로 얻는 이윤(아마 내가 공헌한 이윤은 아주 나쁘지 않았을 텐데)을 포기하면서까지 마음을 써주신 아주머니의 부탁을 차마 들어드리지 못하고 말았다. 주정뱅이 특유의 흉한 꼴도 많이 보였지만 넌 뭐 그런 걸 신경 쓰고 그러니, 하고 또 특유의 미소를 얼굴에 떠올려주시니 주정뱅이답게 뻔뻔한 낯짝으로 또 들이켜고 보는 것이다. 한 번은 여럿이 갔는데 친구가 너무 취한 바람에 가게에 들어가지 않고 바깥 인도에 앉아 놀겠다고 고집을 부렸다. 친구 혼자 밤길에 둘 수는 없고 아주머니는 얼른 일으켜서 안으로 들어오라며 걱정하셨는데 그때 주인아저씨가 특유의 위압감을 뿜으며 말씀하셨다.

―내가 같이 있으면 돼.

정말 그랬다. 아, 되는구나. 아저씨는 아주머니가 가져다 주신 신문지를 친구에게 깔아주고 그 옆에 엉덩이 붙여 앉은 채 친구가 술이 깰 때까지 행인들의 황당해하는 시선을 기꺼이 받으면서도 괘념치 않는다는 듯이 나섰다. 다행히 아무도 빤히 쳐다보거나 이상한 말 붙이지 않고 못 본 듯이 지나쳤다. 광화문 이순신 동상보다 더 위엄 있게 말없이 서 계시는 주인아저씨의 정말이지 든든하기 짝이 없는 포스 때문이었다. 덕분에 친구는 시간이 좀 지나자 내가 왜 길바닥에 앉아 있느냐고 깜짝 놀라며 술에서 조금 깼고, 아저씨는 밖에 서 있을 때와 똑같이 아무 일도 없었다는 얼굴로 우리와 함께 안으로 들어오셨다. 어쩔 수 없이 아이쿠 가부장이 좋긴 좋구나, 하고 느낀 순간이었다. 재개발 때문에 쫓겨나느라 아무데나 싼 집 찾아 워낙 화급히 이사하느라 인사도 제대로 못 드리고 왔는데 얼른 다시 닭 먹으러 가야겠다. 요즘 레드니 마늘이니 갖은 맛을 낸 치킨들이 많지만 만약 당신이 고전적인, 극히 평범하지만 맛있는 치킨을 원한다면 약수역에 있는 이십 년 된 림스치킨을 찾아보실 것, 후회하지 않을 것이다. 금호동에 사시는 아줌마, 보고 싶다. 극히 평범하지만 맛있는 치킨도 다시 먹고 싶다.

그러나! 다시 가보니 안타깝게도 가게는 헐리고 없었다. 이번에 가면 정말로 맥주 말고 닭만 먹으며 착하게 굴어서 아주머니를 기쁘게 해드릴 테다 결심했는데 찾아가보니 가게는 헐리고 주인아저씨가 장군님 같은 기세로 친구와 함께 서 계셨던 길바닥만 여전했다. 한때 불이 나서 싹 공사했던 가게 안은 어디에서 닭을 튀기고 어디에서 맥주를 따랐냐는 듯 시치미를 떼고 있었다. 요즘 술 끊었다고 자랑하고 싶었는데, 그러면서 극히 평범하지만 맛있는 치킨을 먹고 싶었는데 이젠 다 틀렸다. "얘 너 우리 오픈하기 전에 일찍 먹고 싶을 때는 오빠한테 전화해, 그러면 가게 열어줄 테니까" 하고 오빠 핸드폰 번호를 찍어주며 다감하게 말씀하시던 아주머니와 가족들은 무얼 하며 사실까. 무얼 하며 사시든 그 미소는 변함없을 테고, 수없이 들이부었던 치맥맛만 내 마음에 남았다. 아, 쌉싸름하다.

그놈의 이과두주

좀 재수없는 이야기를 하자면, 나는 기름진 음식이나 밀가루로 만든 음식을 절대 입에 대지 않는다. 술에 취했을 경우엔 아무 음식이나 진공청소기처럼 빨아들이지만 제정신일 땐 절대 안 그렇다. 다 건강 때문이다. 건강에 왜 그렇게 신경 쓰냐면, 뭐 막말로 벽에 똥칠할 때까지 살고 싶어서일 리야 없고 가난뱅이다 보니 돈 드는 건 죄다 무섭기 때문이다. 의료보험 민영화라도 되면 대대손손 암으로 순조롭게 사망 중인 우리 식구들은 죄다 청산가리라도 구해다 콱 죽는 수밖에 없다. 평생 술 한 번 입에 안 대신 아버지도 끝내 간암으로 돌아가셨다. 그러니 몸에 안 좋은 대표적 흰색 물질이라는 설탕과 밀가루도 피하고 기름진 음식도 될 수 있는 한 피하면서, 나머지는 운에 맡기고 돈 드는 큰병에 안

걸리기만 빌며 주섬주섬 살아가는 수밖에 없으니 당연히 중국 음식을 좋아할 리가 없다. 배달 음식이 맛있던 적도 없으니 배달의 기수인 중국집 메뉴 중 호감 가는 게 없는 것도 당연하고 기름이 둥둥 뜨는 짜장면이나 짬뽕도 싫고 볶음밥도 싫고 튀김 종류를 싫어하다 보니 탕수육도 깐풍기도 싫고 죄다 질색이다.

물론 원래부터 이랬던 건 아니었다. 남들보다 아주 조금 일찍 대학에 들어간 것 가지고 부러운 소리도 많이 들었지만 썩 좋은 것도 아니다 싶었다. 그중 하나가 청소년보호법이었다. 처음에 술을 배울 때 제대로 배워야 평생 점잖게 술을 마실 수 있다는데, 대학 동기들과 호프집에라도 들어가려고 하면 나 하나 때문에 모두가 단체로 자리 잡은 술집에서 나와야 하니 염치가 있지, 언니 오빠들 술 마시는데 따라가겠다고 억지를 쓰는 것도 한두 번이었다. 그래서 결국 혼자 술을 배웠더니 술 때문에 신세 망친 것이 한두 번이 아니다. 실제로 살면서 구덩이에 빠졌을 때 그 구덩이는 대부분 소맥으로 찰랑찰랑 차 있었다.

서른을 바라보면서 완전한 단주를 결심했지만 쉽지는 않았다. 계속 싸우는 중이다. 알코올 치료 전문기관에서 치료도 계속 받고 있다. 한번은 옛날에 비하면 많이 줄였다는, 조금씩 줄였다는 항변에 의사선생님은 독을 한 컵 마시나 한 병 마시나 뭐가 다르냐고 대꾸했다. 사실 그 말이 맞았다. 그리고 억울할 것도 없었다. 평생 마실 술을 지난 십 년 동안 죄다 마셔버렸으니까. 내 몫뿐이 아니라 평생 술 한 잔 입에 대지 않고 살아오신 부모님 몫까지 카드빚 당겨쓰듯 싹 쓸어 마셨으니 끊어도 억울할 것 없다는 마음으로 하루하루 이를 악물고 버틴다. 그 좋아하는 술을 어떻게 끊느냐고, 같이 술 마시고 싶다고 간 크게 말해주는 사람들이 있어서 고맙기는 한데 사실은, 너무 사랑해서 차마 가까이 갈 수 없는 마음을 아십니까. 이 애절한 마음을.

어쨌거나 청소년보호법에 의해 술로부터 강제로 차단당하던 시절에도 술을 마실 수 있는 곳은 있었다. 중국집이나 백반집 같은 곳에는 경찰이 단속 나오지도 않았지만 같이 가줄 사람도 없었다. 어쨌거나 그렇게 술을 자습한 까닭에 쓸데없는 외로움이 몸에 배어 나쁜 술버릇이라는 결과를 낳았다. 그러고보니 술친구가 없지는 않았다. 지금은 엄청나게 유명해져서 금색 용이 그려진 벽에 어마어마하게 넓은 신촌의 모 중국집이 되었지만, 테이블 열석도 안 되던 조그마한 가게 터에서 파리 날리던 시절, 그때는 박찬호가 한창 메이저리그에서 날리던 시절이기도 했다.

열여덟밖에 안 된 계집애가 토요일 점심때쯤 어정어정 가게로 기어들어가 짬뽕 하나 시켜놓고 이과두주 한 병 비우면서 주인아저씨가 틀어놓은 박찬호 야구를 본다. 당연히 혼자다. 야구를 알지도 못하면서 퍽 잘 아는 듯 혀를 차며 에이 또 죽 쑨다, 또 죽 쒀, 하면서 아저씨가 혀를 차는 대로 흉내를 낸다. 그러다가 호마이카 식탁에 엎드려 날아다니는 파리 한 번 보고, 이과두주 한 잔 마시고, 짬뽕 한 젓가락 후루룩 먹는 과정을 반복하다가 얼굴이 새빨개진다. 그러다 남들이 약속 만들어 슬슬 신촌 거리로 나오기 시작하는 대여섯시 경에는 이미 누구든 걸리면 행패 부릴 준비가 된 오십대 아버님 같은 모양새로 집으로 터덜터덜 들어가는 것이, 아무렇지도 않고 예쁠 것도 없는 새파란 계집애의 하릴없는 토요일 오후였다. 술친구는 박찬호.

그러다가 차차 나이가 들면서 건강 검진을 받아보니 스물세 살밖에 안 된 주제에 콜레스테롤 과다 증세가 나왔다. 화들짝 놀라 저는 고기도 잘 안 먹는데 왜 이런가요, 하고 절규했더니 의사선생님은 술을 마시면 이럴 수 있어요, 하고 대답했다. 스물다섯이 넘어가면서는 갑상선기능저하증인가 뭔가 하는 돈이 많이 드는 병에 걸리면서 정신이 번쩍 들었다. 언젠가 죽을 테지만 그냥 자다가 확 죽거나 오토바이 타던 중 상대 차 잘못으로 고통 없이 즉사해서 부모님에게 돌아갈 보험금이라도 있도록 죽어야지 이런 귀찮은 병에나 걸리면 돈도 없고 몸만 고생하는 거다. 어차피 궁핍한 김에 담배도 바짝 끊고 기름진 음식 멀리하고 매일 운동을 하는 등, 이렇게 하여 나와 중국집은 특별한 계기가 있어서 헤어지는 게 아니라 워낙 만나다보니 서로 흥미도 떨어지고 자연스럽게 감정이 소멸되어 이별해버리는 연인처럼 헤어지게 되었다. 이미 내 인생에 있어 기름덩어리는 순대국에 들어 있는 돼지비계만으로 충분했다. 게다가 그건 절대 포기할 수 없었다. 가끔 순대국이라는 음식이 없었더라면 나는 진즉에 채식주의자가 되어 살 수 있었을 텐데, 제레미 리프킨(미국의 경제학자이자 문명비평가. 『육식의 종말』을 썼다) 선생님 미안합니다, 하고 빌며 막걸리를 꿀꺽, 죄책감도 함께 삼켜버리는 것이다.

비계고 밀가루고 구분 않고 다 주워 먹어버리게 되는 식당이 지금은 딱 두 군데 남아 있는데, 그중 한 군데는 이미 입소문이 널리 퍼져 있는 연남동 '향미'다. 명동 중국대사관 근처에 아드님이 차린 분점이 있지만, 거기 갔다왔다고 하면 연남동 본점 여러분들은 아직 녀석은 따라오려면 멀었지, 하는 식으로 훗, 하고 여유 있는 미소들을 지으셨다. 원조라는 기분 문제인지 몰라도 어쩐지 연남동 본점이 더 맛있게 느껴진다. 명동에서 팔고 있는 후추꽃게볶음 같은 건 없고 그래서 메뉴는 더 적지만 음식의 양은 살짝 더 많은 것도 같다. 어쨌거나, 이곳은 대만식 중국 요리를 선보이는 곳이기 때문에 짬뽕이나 짜장 같은 일반적인 중국집에서 먹는 음식 대신 맛이 진한 다양한 음식을 맛볼 수 있다.

벌써 이 집을 몇 년이나 다녔는지도 까먹었지만 언제나 주문하는 메뉴는 같다. 소고기탕면을 주문해서 고수가 있으면 좀 넣어달라고 부탁하고, 이 집의 대표 메뉴인 만두에 동파육을 하나 주문한다. 인원이 더 많으면 오향닭 같은 걸 주문해도 되는데, 이건 맛이 좀 심심해서 호오가 갈리지만 미리 만들어놓은 차가운 요리이기 때문에 출출할 때 가면 빨리 나온다는 장점이 있어서 좋다. 칭따오 맥주를 좀스러운 작은 병 말고 대자로 파니까 마셔보는 것도 좋지만 역시 중국집에서는 이과두주다. 중국집에서는 이과두주, 마치 둘만 낳아 잘 키우자 같은 이 표어 같은 한 줄은 내 위나 소장이나 뭐 그런 내장기관에 먹으로 씌어 있는 것만 같다. 물론 이과두주란 몸에 좋을 리가 없는 맛인데다, 도대체 이놈의 술은 과학실의 알코올램프에 들어 있는 알코올을 그대로 마시는 것 같은 기분이 들지만 방금 한 입 삼킨 중국 음식의 기름기를 싹 넘겨버리는 느낌이 묘하게 가학적인 쾌감을 준다. 도대체 누구 때문에 이따위 56도짜리의 술을 마시게 됐는지는 기억도 나지 않지만 (혹시라도 누군지 기억이 난다면 놈을 찾아가서 흠씬 때려주고 싶다) 우리는 이미 떨어지려야 떨어질 수 없는 사이가 되어버렸다. 그 사람이 아니라 나와 이과두주 이야기다. 하긴 심지어 중국집 이야기 하다가 중국집 아들과 연애하게 되고 그의 아빠가 차리신 중국집 가게 이름을 지어준 적도 있지만, 어쨌거나.

향미의 소고기탕면의 칼칼하면서도 독특한 국물은 고수를 듬뿍 넣으면 더욱 술 한 잔을 부르는 맛이 되고, 동파육은 돼지고기 비계를 느끼하지 않게 삶아 젓가락으로 부드럽게 쪼개질 정도로 연한데 김이 모락모락 오르는 만두를 살짝 찢어서 그 위에 고기 한 점 얹어 먹으면 밀가루 음식이건 비계건 기름기건 평소에 건강이 어쩌고 저쩌고 내가 뭐라고 떠들었건 말건 으허허허허 내가 뭐랬건 오해입니다, 하는 식으로 마구 주워먹게 된다. 그게 '향미'의 마력이다.

강남 쪽 회사를 다니게 되면서는 좀처럼 갈 일이 없어서 1년 가까이 못 갔을 때가 있었다. 그러다 오랜만에 가서 소고기탕면하고 동파육이랑 만두 주시구요, 하자 사장님은 네, 하고 주문을 받았고 나는 주방으로 멀어져가는 사장님의 등 뒤로 황급히 덧붙였다. 저, 이과두주 한 병이요! 사장님은 화사하기 그지없는 미소를 지으며 이쪽을 돌아보았다.

—아가씨, 왜 이렇게 오랜만에 왔어!

—……아하하…… 바빠서요…….

이놈의 이과두주.

미미식당

또 한 군데, 비계고 기름기고 뭐고 죄다 주워먹게 되는 중국 식당은 금천구에 있는 곳이다. 기륭전자분회에 자주 찾아가던 때, 동조단식에 참여했던지라 금천구에서 음식을 섭취해본 적 딱 두 번에 불과한데, 그중 한 곳이 이 '미미식당'이었다. 이것도 역시 그 더듬이가 한 짓이었다. 여기는 맛있겠다, 하는 확신이 삐릿삐릿 울리는 그 더듬이가 한글로 된 간판도 제대로 달려 있지 않은 이 조그마한 식당에 뛰어 들어가게 한 주적이었다. 그 지역에서 일하는 외국인 노동자를 대상으로 한 곳이라 메뉴판에도 한글이라고는 한 글자도 없었다. 하지만 더듬이 만세였다. 이 조그마한 중국 음식점의 문을 열고 들어간 약 삼십 분 후, 나는 아주머니에게 옆 테이블에서 남기고 간 꿔바로우를 내가 먹어도 되냐며 구걸하고 있는 자신을 발견했다. 남이 남기고 간 것도 주워먹으면서 부끄러운 것도 모르고 맛있다 맛있다 맛있다 이거 왜 이렇게 맛있어요, 를 연발하며 옆 테이블에서 남긴 음식을 주워먹었다. 아주머니가 이것도 조금 먹어볼 테냐며 내오는 음식도 뭐든 게눈 감추듯 먹어치우며 다른 곳의 절반 가격밖에 안 되는 공부가주를 벌컥벌컥 마셔댔다. 밀가루건 비계건 튀김이건 고지혈증이건 콜레스테롤이건 알 게 뭐냐는 내 기세를 보며 아주머니는 한국 사람들은 이거 잘 못 먹던데, 하며 신기한 음식을 연신 내주셨다. 이를테면 이런 식이었다.

—자, 이것은 중국 사람들도 냄새가 나서 잘 먹지 못하는 썩힌 두부인데, 어디 이것도 먹을 수 있겠는가!

—우걱우걱, 뭐가 이렇게 맛있나요!

—아니 이번에도 당해내다니 만만치 않은 상대군. 자, 이번엔 그 냄새가 홍어에 못지않다는 제대로 삭힌 피딴(삭힌 오리알)이다, 어디 한번 덤벼보시지!

—우걱우걱, 아아 살아 있길 잘했어…….

역시 중국은 역사가 오랜 나라다, 대국이다…… 황홀한 경험이었다. 가격도 비싸지 않았지만 비쌌더라도 그 황홀함을 일점도 손상시키지 못했을 것이다. 또 가본다 가본다

하는 것이 요즘 기룡전자에 가보지 못하고 알량한 돈만 보내느라 못 가보는데, 미미식당 생각만 해도 파블로프의 개처럼 침을 질질 흘릴 지경이다. 고지혈증이고 콜레스테롤이고 다 엿이나 먹으라지. 나는 그날 먹은 음식들의 이름도 제대로 알지 못하지만 그저 얼른 입에 넣고 싶다는 생각뿐이다. 정말로, '미미식당'이었다. 정말로 아름다울 미에 맛 미 자를 쓴다. 아름다운 맛이었어요, 사장님.

그 만두와 그 찐빵

혜성분식. 혜성처럼 나타난 건 아니고 오래 전부터 염창역 앞 시장 안에 새벽 다섯시부터 혜성처럼 불을 밝혀서 혜성분식이라고 나 혼자 이름의 유래를 붙인 곳. 다른 메뉴도 있지만 내가 맛본 거라곤 오로지 김치만두와 고기만두뿐이다. 밥 해먹기도 귀찮고 스스로를 먹여살리기도 싫을 때 나를 먹여살려준 것은 바로 이 집 아줌마였다. 정말이지 새벽부터 새까맣게 캄캄한 목동시장 안에 홀로 불을 켜고 있는 무서운 집이다. 유독 아침잠이 없는 탓에 일찍부터 배가 고파 오면 매일 아침 터덜터덜 걸어서 아줌마 김치랑 고기만두 싸주세요, 라고 부탁하러 갔다. 친구들이 놀러 왔을 때도 다들 먹고 싶어해서 자주 사러 갔는데, 우리가 즐겨 마시던 싸구려 까를로 로시 와인에 김치만두가 잘 어울렸다. 아주머니는 항상 서너 개 더 넣어주는 인심을 과시하시는데 간혹 그 인심을 믿을 수 없을 만큼 무서운 인상으로 일손을 구박하시기도 했다.

원래 나는 만두를 몹시 싫어한다. 고향만두고 뭐고 중국집에서 군만두 서비스를 줘봤자 술에 취해서 안주발을 꼭 세워야 할 때가 아니면 음식물 쓰레기 처리기가 된 것 같은 기분이 되는데, 이 집 만두는 그야말로 혜성 같은 맛이었다. 하지만 엄마는 나와 생각이 달랐다. 심심하고 맛없다는 것이 그녀의 의견이었다. 오십대 육체노동자 같은 내 입맛과 달리 엄마는 여대 신입생 같은 입맛을 가지고 있는 것이 우리의 차이점이다. 엄마는 파스타나 피자, 여러 가지 맛을 볼 수 있는 조그맣고 예쁜 조각 케이크를 좋아하지만, 나는 죄다 입에 대지 않는다. 겨울이 되면 호빵 진열장 앞을 벗어나지 못하는 아빠는 이 집의 찐빵을 좋아했다. 팥소가 너무 달지 않아 좋다고, 1인분을 사가면 순식간에 동이 났다. 가끔 마을버스를 기다리다가 아버지 생각에 얼른 따뜻한 찐빵을 사가지고 가면 아버지는 그 다음 날까지 기분 좋아했다. 이천원 투자치고는 약발이 오래 가는 남는 장사였다. 아빠, 아빠…… 아버지는 올 봄에 세상을 떠났다. 내가 세상을 떠날 때 이 집 찐빵을 봉지 가득 사다주고 싶다.

그나저나 이 집은 무섭게 바쁘다. 하루에 한 천 개는 빚겠구나, 하는 느낌이 들 정도로 손이 조금이라도 비면 식구들이 모여 커다란 나무판 위에서 만두를 빚고 있는데 그 손이 보이지 않을 만큼 잽싸다. 뭐 그렇다고 무슨 달인이니 하는 텔레비전 프로에 나가도 될 만큼 무지막지한 솜씨는 아니고 그만큼 쉴틈 없이 많이 빚어야 할 만큼 인기가 좋다. 특히 맛있는 건 김치만두다. 새콤매콤한 김치와 두부가 딱 적절한 비율로 잘 익어, 정말 드문 '식어도 맛있는 만두'의 위치를 점하고 있다. 늘 만두가 모자란다며 고개를 절레절레 흔들고 있는 걸로 봐서는 웬만한 목동, 염창동 인근 주민은 이 만두를 먹으며 자라났을 것만 같은 착각이 드는 집이다. 김치만두를 몇 인분 이상 부탁하면 아줌마는 종종 미안한 표정을 지으며 고기만두를 좀 섞어서 가져가면 안 되겠느냐고 하셨는데, 그런 걸 보면 김치만두를 더 좋아하는 사람이 나뿐인 건 아닌 모양이다. 하지만 두 가지 만두를 주위 사람들에게 먹여보니 모두 양 팀 사이에서 우위를 가르지 못해 괴로워했다. 고기만두는 딱 옛날스러운 고기만두 맛이다. 스파이시한 맛이라고는 요만큼도 찾을 수 없이, 심심하고 든든하고 다 먹고 나면 왠지 하나 더 먹고 싶은, 근데 하나 더 먹으면 배가 부른. 그래도 하나 더 먹고 싶은.

유난히 추운 날 아침부터 만두가 먹고 싶어서 터덜터덜 갔더니 아줌마는 평소의 무표정한 얼굴로 만두를 상자에 넣어주시곤 갑자기 손 좀 내밀어보라고 했다. 손을 내밀자 아줌마는 찜통에서 찐빵 하나 꺼내 쥐어주며 말했다. "날이 추워서 손이 시리니까, 잡고 집에 가면서 먹어." 과연 손은 따뜻했다. 찐빵은 손난로처럼 보들보들한 제 몸으로 따스하게 손을 덥혀주었다. 집에 가도 따뜻해서, 아버지가 기뻐하며 드셨다. 나는 김치만두를 먹었다. 아버지도 나도, 사소하게 행복한 날이었다. 아버지는 지금 천국에서 만두처럼 포근하게 계실까. 오늘도 혜성분식은 시장이 모두 잠든 새벽 다섯시에 혼자 불을 밝히고 있고 찜통은 따뜻하느라 바쁠 것이다.

16mm에 얽힌 길고 긴 이야기

이 글은 어떻게 보면 술집 한 곳을 소개하는 글이지만, 실은 허망하고 한심하고 비위에 거슬리는 연애담이다.

나의 모든 연애는 그곳에서 시작되었다.
다시 한 번,
나의 모든 연애는 그곳에서 시작되었다.

홍대 극동방송국 근처, 세븐일레븐 건너편 쪽의 삼거리 포차 골목으로 들어가면 찜닭집 옆 지하에 '16mm'라는 술집이 있다. 왜 16mm인지는 물어본 적이 없고, 재떨이가 커다란 필름통으로 제공되긴 하지만 항상 술을 마시면서 노래를 듣느라 분주해서 영화 따위를 생각할 시간은 없었다. 오토바이를 끌고 가면 말없이 헬멧을 빼앗아 다음날 찾아가라며, 무려 발레파킹까지 해 주시는 사장님과, 매콤 달콤한 맛의 닭요리를 비롯해 맛없게 만드는 음식이라곤 전혀 없는 고운 언니가 꾸려나가는 이 오래된 술집의 핵심은 사장님이 직접 주조해 판매하는 폭탄주인데, 국회의원이나 검사라 한들 이보다 최고의 배합을 해낼 수는 없을 것이다, 라고 나는 늘 확신하고 있다. 술과 음식에 더해 이 모든 것을 완벽하게 만드는 것은 음악이다. 내가 틀어달라고 부탁하는 노래는 언제나 동일하다. 딥 퍼플의 〈highway star〉로 시작해 이문세의 〈가로수 그늘 아래 서면〉 〈그녀의 웃음소리뿐〉 그리고 에릭 클랩튼의 〈Layla〉가 들려올 즈음이 되면 적당히 취한다. 그리고 가끔 무섭다. 몇 년을 이 집에 다녔는지는 기억나지 않지만, 적당히 어두컴컴하고 넓은 의자나 테이블 구석에서 간혹 익숙한 얼굴이 고개를 불쑥불쑥 내미는 것을 본다. 몇 백 잔이나 폭탄주를 들이켜며 먹고살 것과 사랑을 근심했던 한 여자애, 지나가버린 몇 년간의 내 얼굴이라 다시는 마주치고 싶지 않지만, 가엾은 그 얼굴을 보고 싶지 않지만, 16mm에 가면 가끔 피할 수 없이 그 가엾은 여자애와 마주쳤다. 나는 그저 무력하게 잔을 들어 보일 뿐이다. 잘 있었니. 들어갈 때, 실컷 마셔라.

6
HOF

and

•

다 아는 얘기겠지만, 나는 성격이 나쁘다. 세상의 바보들에게 웃으면서 화를 낼 수 있을 만한 내공을 갖춘 인물이 전혀 못 된다. 어리지도 않은 나이에 이젠 좀 죽어도 좋을 혈기만 펄펄해서 마음에 안 드는 꼴을 보면 웃으면서 여유 있게 화내기는커녕 있는 대로 인상을 쓰며 있는 악 없는 악 다 써서 벼락같이 화를 내지 않고는 못 배긴다. 화를 내고 내고 또 내도 모자랄 일 천지, 그냥 귀를 막고 나는 별일 없이 산다 하기에는 이놈의 혈기가 아직 덜 죽어서, 아주 이놈의 혈기가 웬수 중의 웬수다. 한쪽에서는 비정규직 신나게 자르고 잡 쉐어링 하자면서 젊은 애들보고만 콩 한쪽도 나눠 먹으라고 윽박질렀고 저쪽에서는 마음대로 운하 파고 그러거나 말거나 가난한 아버지들은 가난한 죄로 타 죽어버렸고, 예쁘고 돈 없고 빽 없는 여자 연예인은 손 타다 죽어버렸고, 일제고사가 어쩌니 저쩌니 난리통에 선생질하던 친구가 잘려버렸고…… 종종 속상해하는 것만으로 하루해가 다 가버리는 것처럼 느껴질 만큼 힘겨운 세상이다.

몇 년 전 문신을 새길 기회가 있었을 때 오른쪽 어깨 위에 'TOXIC'이라고 새겼다. 제발 알아서 피해주세요, 여기

독 있음, 제발 멀리 떨어지세요. 아무리 그런 간단한 경고 문구를 새겨보았자, 'CCTV 있음! 잡히면 즉시 경찰에 넘김!! 벌금 100만원!!' 이라든가 하는 무시무시한 협박문이 있어도 여전히 노상방뇨에 쓰레기 무단 투기를 하는 대담한 사람들의 세상에서 겨우 고 정도의 문구로는 턱도 없었다. 돈 좀 많이 벌면, 아예 커다랗게 '시민불복종'이라고 쓸 생각이다. 그러고 보니까, 새삼스레 아저씨들이 참 싫다. (아저씨들도 나를 싫어할 것이다.) 그냥 아저씨 말고 잡 쉐어링 하자고 윽박지르는 아저씨들, 한국 출산율이 떨어지는 건 다 젊은 여자들이 이기적이어서 그렇다고 소리치는 아저씨들, 그러다가 장자연처럼 예쁘고 신선한 아가씨가 있으면 돌연 오빠가 되고 싶어 하는 아저씨들. 나를 가장 화나게 하는 건 그렇게 일관성 없는 아저씨들이다. 착한 아저씨들은 좋다. 얼마든지 오빠라고 불러드릴 수도 있다. 그러나 사회질서 앞에서는 떳떳한 가부장도 되고 싶고, 연배가 어린 사람들 앞에서는 의젓한 보스도 되고 싶고, 사회문제를 앞두고는 명료한 오피니언 리더도 되고 싶고, 어린 여자애들 앞에서는 성시경 같은 오빠도 되고 싶고, 예쁜 여자애들 앞에서는 섹시가이도 되고 싶은 아저씨들은 질색이다. 아니 어떻게 그렇게 다 해먹을 수가.

그렇게 심장이 터질 것 같을 때는 가끔 피신해야 한다.

'16mm'에서는 어엿한 메뉴로 폭탄주를 판매한다. 신선한 500cc생맥주에 데킬라나 잭 다니엘 중 원하는 양주를 섞어주는데, 사장님이 직접 타주는 이 비율이 거의 연금술사 급이다. 왜 국회의원 판검사들이 이걸 그렇게 좋아하나 했더니, 아저씨들이 항상 좋은 건 먼저 아는 거였다. 그들만 좋은 거 먹으라는 법이 어디 있어, 하며 가끔 너무나 열 받아 못살겠다 싶은 날에는 폭탄, 폭탄, 하고 중얼거리는 친구들과 집결해서 타는 입술을 달랜다. 한두 잔 들어가고 나면 삐딱한 여자애들은 고래고래 노래를 부르기 시작한다. 〈애인 있어요〉 같은 달달한 게 아니라, 가게에서 직접 LP로 틀어주는 〈철의 노동자〉 〈약속은 지킨다〉 〈임을 위한 행진곡〉 같은 노래를. 취한 김에 슬쩍슬쩍 새로운 버전(당시는 2009년이었다)으로 개사도 한다. 단 하루를 살아도, 별일 없이 살고 싶다! 단골 투쟁!(이 집 단골이니까, 뭐 그러고 나면 가끔 오징어라도 한 마리 나온다) 투쟁의 깃발 올렸다, 적개심으로 불타오르는 우리를 누가 말리랴! 주저앉지 말아라 자매들이여, 피눈물의 동지들이여! 그래 한다면 한다 되묻지 마라, 약속은 지킨다! 그렇게 삐딱한 여자애들끼리 모여서 소리라도 버럭버럭 지르고 나면 속이 요만큼은 뚫린다. 열 받는다고 죽을 수는 없으니까, 계속 울 수는 없으니까 그렇게 모여서 소리라도 지른다. 단, 추리닝에 슬리퍼 끌지 말고 당장 클럽에라도 갈 것처럼 눈가를 시커멓게 칠하고서야 집결해서 외친다. 주저앉지 말아라, 자매들이여. 피눈물의 동지들이여. 그러고나면, 훨씬 견디기 낫다.

•

보통 옛날 애인과 자주 드나들던 가게는 그 혹은 그녀와 헤어지면 자연스럽게 가지 않게 되는 것이 상식이다. 어쩐지 가게 주인이 나만 쳐다보는 것 같고, 같이 먹던 익숙한 그 먹을 것이나 마실 것이 목에 턱턱 걸리는 느낌이 들고, 그런 잡스러운 추억과 남들의 시선에 괜히 머쓱해져서 결국 발길 끊게 되는 것. 나도 몇 년 전까지는 그랬던 것 같지만, 이제는 남자가 바뀌어도 그냥 막 간다. 어떻게 캐놓은 가게인데, 그까짓 남자하고 헤어졌다고 안 갈 수는 없지.

남자는 가도 가게는 남는다. 자고로 먹던 음식이 좋고 마시던 술이 좋고 얼굴 익힌 주인이 편하므로 남자 하나 바뀌었다고 그거 처음부터 다시 공사할 생각하면, 이제 나이가 들었는지 생각만 해도 귀찮다. 아, 그 짓을 다시 어떻게 해. 염소도 제 풀 뜯던 자리가 편하듯 나는 내 술 먹던 장소가 편하다. 결국, 이곳이 애인이고 남자가 세컨드였던 걸까. 술집이 주인공이고 남자는 조연에 불과했던 걸까. 결국 이것은 나와 16mm의 연애 이야기다. 오래 술 마신 만큼 흉한 꼴 많이 보였다. 지금은 가게를 관두셨지만 종종 놀러 오시는 옛날 사장님께 고개를 푹 숙이고 흉한 꼴 보여서 죄송하다고 빌었더니 사장님은 매우 진지하게 말씀하셨다.

—니가 여기서 술값을 떼어먹고 도망을 갔니, 옆자리 손님에게 시비를 걸었니. 술집 손님이 그거면 된 거다. 의연한 자세로 술을 마셔.

주정뱅이에 주취폭력배인 자신이 부끄러워 차마 의연해질 수는 없었지만 사장님의 그 태도에는 찬탄을 금치 못했다.

사실 16mm가 근사한 장소는 아니다. 만약 이 글을 읽는 당신이 만난 지 얼마 되지 않은 그 혹은 그녀와의 달콤한 데이트 장소로 이곳을 고려하고 있다면, 적극적으로 만류하겠다. 최근 경영자가 바뀌면서 그동안 불편했던 화장실에 대대적 공사를 하고 메뉴도 리뉴얼하고 디스플레이도 살짝살짝 바뀌긴 했지만, 이 집은 어디까지나 쌓여 있는 LP판과 다른 곳에 비하면 확연히 싼 가격과 소주고 맥주고 양주고 뭐든지 파는 전천후의 분위기가 가장 큰 매력이지 식탁이고 의자고 세련되거나 근사하거나 힙하거나 팬시하거나 하는 따위와는 거리가 멀다. 딱 분식집 식탁에 분식집 의자(마시고 먹을 것의 가격이 싸니 뭐 당연한 일이다. 의자와 식탁도 당당한 표정으로 그렇게 말하고 있다), '미안하지만 전기가 이것밖에 안 들어온다' 하는 식의 침침한 조명, 게다가 사방에서 피워대는 담배연기에 16mm 필름통을 사용한 호쾌한 재떨이에 조금만 술이 들어가면 고래고래 김광석 노래를 따라 부르는 386 아저씨들의 전당. 사랑의 새싹이 피어나려고 하는 두근두근한 분위기 따위는 말라 죽고 밟혀 죽기 십상인 곳이지만 한번 거친 환경에서 연애감정을 강하게 키워보고 싶다면 말릴 생각 없다. 어쨌거나 똑같은 자리에서 십팔 년이나 영업을 계속했다니 그럴 만도 하지만, 이곳이 생긴 지 얼마 안 되었을 때 풋풋한 얼굴로 술을 마시고 그때는 살아 있을 김광석의 노래를 따라했을 아저씨들이 마치 오늘이 다시 그날인 것처럼 김광석 노래를 고래고래 따라 부를 때마다 나는 중얼중얼 욕을 해댔다. 아니 양복 입은 거 보니까 돈도 좀 벌 텐데 그러면 어디 나가서 양주 몇 십만원 하는 비싼 데 가서 팔아줄 것이지, 이렇게 싼 데는 젊은 애들한테 양보하고. 그래야 내수경기가 진작되지, 여기 규칙을 만들어서 연봉 이천오백만원, 아니 이천삼백만원 이상은 못 오게 해야 해, 어쩌구저쩌구하면서. 아마 예쁘고 산뜻하고 아기자기한 곳에 익숙한 아가씨라면 이런 곳에 오자고 하는 남자는 뒤도 돌아보지 않고 핸드폰에서 번호를 지워버릴 것도 같은 가게지만, 아마 그래서, 나의 모든 연애는, 더더욱, 그곳에서 시작되었다.

•

오래 술을 마셨으니 시시한 일들도 아주 여러 가지가 있었다. 이제 본격적으로 시시한 이야기가 시작된다.

어쨌거나 쪽팔린 얘기는 하나라도 숨기고 싶은 게 사람 마음이다. 그럼에도 불구하고 이렇게 적고 있는 건 둑이 한 번 터진 것처럼, 16mm의 이야기는 쪽팔린 이야기가 없이는 완성될 것 같지가 않아서, 그러니 자비심을 가지고 이 장을 그냥 넘기시라. 나는 혼자서라도 떠들겠다, 멈출 수가 없어서. 나를 그냥 놓아두고 조용히 넘겨라, 지나쳐 가라, 제발.

이것은 피로 쓴 과도하게 찌질한 이야기다. 콸콸 쏟아져 시원하게 흘러내리는 뚜렷한 색 지닌 선혈로 쓴 게 아니라 코피나 생리혈처럼 좀 흘려도 되는 피, 무심하게 아무도 신경 안 쓰는 피, 무참하게 탁한 피로 지직지직 갈겨쓴 이야기지만 그래도 피로 쓴 이야기다. 그것도 아주 지저분하고 유치한 글씨로.

지나쳐 가라, 제발. 그 모든 기억들도, 제발.
뇌수에 물엿처럼 처덕처덕 달라붙는 끈질긴 기억들아,
엿이나 먹어라.
지나쳐 가라.

계속 목마르다.

•

내가 아는 남자 냄새라곤 뭐 소주, 양주, 맥주 그런 냄새밖에 없다. 그런 걸 깨끗이 지우고 새끈하게 향수 뿌리고 할 만한 그런 그럴싸한 남자를 도대체 내가 무슨 수로 어디 가서 본단 말인가, 구경해본 적도 없다. 그런데 어쩌다가 좋은 차 타고 좋은 냄새를 풍기는 남자를 만났는데 나는 인간이 워낙 후져서 도대체 그 남자한테 나를 어떻게 맞춰야 할지 자신도 없고 알지도 못해서 밤낮 술에 취해 있기만 했다. 내가 연애하는 동안 주머니에 몇 천원이라도 돈만 생기면 언제나 16mm, 그리고 또 16mm, 또 16mm. 폭탄주를 투입하고 투입하고 또 투입하고, 그런 내 꼴을 보던 그 남자의 눈빛은 영문 없이 참 말간 빛이었다. 이 여자애가 도대체 왜 이럴까, 연민과 경악과 동정과 경멸 비슷한 것이 어떤 비율인지는 알 수 없지만 잘 섞여 있던 그 눈빛. 웬일로 그 남자가 대취한 날, 그 남자 가방 지퍼를 잠그다가 그 병을 보았다. 불가리 아쿠아 어쩌고 옴므, 아 그게 그런 이름이었구나 하고 무심하게 그 가방을 닫고 내가 그 남자였더라도 밤낮 술에 취해 있는 이런 여자하고는 헤어지겠다 싶었을 때 기어코 그 남자한테 차였다. 그래도 몇 분기째 얼굴 못 끊고 보았고 이젠 결산해야겠다 싶어도 그게 쉽지가 않았다. 내가 결혼이라도 해야지 당신 끊겠어요, 하고 농담처럼 말했지만 그건 진심이었고, 아마 그는 어른이기 때문에 그게 진심인 거 알았을 거다. 누가 업어가도 모를 만큼, 가방 지퍼 열리고 향수병이 바닥에 떨어지도록 대취했던 그날, 까무라쳐도 내 거 안 될 거란 서글픈 생각 들었던 그날이 떠오르면 울음도 아닌 딱딱한 덩어리가 목구멍으로 왈칵 사무쳐서 어쩔 줄 모르겠다. 그거 상쾌한 향이라더니 나는 길을 지나다가도 그 냄새가 훅 끼치면 물을 미친 듯이 들이켜도 갈증만 난다. 아, 지금도 목마르다.

결국 폭탄이나 들이켜는 수밖에.

그래도 목마르다.

•

남자를 만나서 술 마셔야 할 일이 있으면 모조리 16mm였다. 가장 친한 친구가, 재는 등 뒤의 지퍼를 내리면 아저씨가 하나 들어 있다고 오래 전부터 되풀이해서 말했지만, 그놈의 아저씨께서는 술 마시고 싶은 날이면 유독 더 날뛰시는 것 같다. 한 번도 그분과 싸워서 이겨본 적이 없다. 언제나 그분이 이긴다. 그분이, 이놈의 기집애야 나 술마시고 싶다, 며 펄펄 날뛰시는 날이면 어쩌겠는가, 그분 말을 들어야지. 하필 또 그분이 경상도 분이라 연애할 때 여러 사람 힘들게 했다. 무릇 경상도 스타일의 연애란, 온갖 일이 다 있어도 "살아 있으면 됐다"는 희한한 낙관으로 결론이 나버리는 식이라 몹시 허망하다. 그래서 그런 걸까, 일 년은 커녕 몇 달씩 연애를 지속해본 적도 없었지 싶다.

맘에 안 들고 속상한 게 있으면, 오빠 혹은 ××씨 있잖아요 저 이런 게 너무너무 속상한데 이렇게 이렇게 해주면 안 돼요? 하고 귓가에 속살속살거리면서 남자 살살 녹이는 애교스러운 타협 기술은 인생 헛살아 1레벨도 못 익혔고, 할 줄 아는 건 오로지 참다 참다 확 지르는 것뿐, 그저 참고 참고 또 참다가 그 아저씨가 튀어나와서 남자한테 그러는 거다. 됐다 니 가라, 하고. 더 말 필요 없다. 내 안에 있는 그 아저씨가 참 많이 연애 방해했다. 그리고 그 아저씨가, 16mm 너무 좋아했다. 아아, 아저씨. 이 아저씨 빡 돌면 애들이 신나게 롤리롤리 롤리팝을 듣고 있거나 말거나 2ne1을 듣고 있거나 말거나 사장님 '약속은 지킨다' 좀 틀어줘욧! 하고 버럭버럭 날뛰는 이 아저씨. 힙한 노래가 흘러나오는 모던한 바나 오밀조밀하고 예쁘고 세련된 와인 바 같은 데서 쨍 하고 새끈한 글라스를 부딪칠 리 없다, 차라리 투다리를 가면 갔지.

어쨌거나 남자랑 술 마실 일 있으면 꼭 16mm로 갔는데, 돌이켜보니 그게 다 사나이 대 사나이로 술 한잔하려는 거였나. 내가 사랑하는 이 술집의 깔끔하거나 세련된 거하고는 거리가 먼 이곳 인테리어를 언뜻 보고 눈살을 찌푸리거나 낌새가 영 안 좋다 싶으면 너도 아웃, 우리 다시는 보지 말자 해버린다. 여기를 싫어하는 남자라면 그에 대해서 다른 아무것도 궁금하지 않았다. 반면 오오 이런 데가 있었나 하는 눈으로, 여기 참 좋다고 하는 놈은 +1000점, 너는 더 만나볼 가치가 있어, 하는 식으로 건방지게 16mm를 제 리트머스 시험지로 썼나보다. 주제넘게도 지가 뭐라고. 꼴에 뭐라고. 뭐가 잘났다고, 미친년.

•

그것만 해도 정말 한심한데 또 한심한 이야기다. 과음하고 나면 당연한 거지만, 나는 종종 필름이 끊기는 절망적인 버릇이 있다. 알코올성 치매다. 위험한 병이다. 어떤 사람은 술에 취해서 사람을 죽이고도 다음날 기억하지 못했다고 한다. 그 정도로 심각한 병이다. 절망적인 단어가 언뜻 너무 거대해 보이지만 사실 그 정도로 위중한 병이다. 이 병은 정말로 나를 자주 절망시켰고 거의 죽이기까지 했다. 이 글을 쓰고 있는 지금은 어찌어찌 숨이 붙어 있지만, 그 필름 끊기는 버릇 또는 병 때문에 정말로 소중한 사람들에게 상처를 입히고 소중한 것들을 많이 잃은 다음에야 필름 끊기는 병에서 전력을 다해 도망쳤지만 이미 돌이킬 수 없는 것들이 있다. 대가는 컸다. 알코올 중독이라는 병이 얼마나 무서운지 뼈아프게 알았다. 그게 거의 나를 죽인 다음에야 고치려고 애쓰고 있지만, 고친 후 나에게 남아 있는 것들이 얼마나 가치가 있는지는 아직도 알 수가 없다. 앞으로도 알 수 없을 것이다, 더 살아봐야 알겠다. 어쨌건 그 필름 끊기는 버릇 때문에, 그 남자를 처음 만난 것을 전혀 기억하지 못한다. 그때는 알코올의 인도에 따라 내 정신, 그런 게 있다면 말이지만, 이쨌기나 그 비슷한 것이 피안으로 넘어간 다음이었다.

편의상 그 남자를 4위남이라 부르자. 왜 4위남인가 하니 그 남자가 나에게 4위라서 그랬다면 참 좋겠으나 비참하게도 내가 언제나 그 남자에겐 4위였기 때문에 4위남이라고 부른다. 4위라니, 뭐 이렇게 서글픈 등수가 다 있나. 올림픽이건 아시안게임이건 무슨 대회를 볼 때마다 언제나 4위가 제일 가여웠다. 5위나 6위는 그렇다 치고 4위는 죽도록 애는 쓰고 메달 순위에도 못 들고, 아아 불쌍하다 4위. 그런데 내가 4위였다. 그 남자에게는 일과 가족이 마지막 스퍼트를 올리는 경마처럼 앞서거니 뒤서거니 1, 2위를 다투고 그 다음이 친구, 그리고 순위권에서 멀찌감치 떨어져서 내가 4위였다. 메달권에 거의 근접해서 안타까운 4위가 아니라, 멀리 떨어져서 메달리스트들을 손가락 빨고 쳐다보는 4위였다. 아깝다, 조금만 더 열심히 했더라도 메달권인데, 가 아니라 어차피 안 될 거 들러리나 서주는 4위. 모르지, 4위가 아니었을지도. 내가 모르는 달콤한 예쁜이들에 가려 10위권 안에나 들었으면 다행이었을지도 모르겠지만, 어쨌거나 내가 아는 바로는 4위였다. 기분이야 144위 못지않았지만, 어쨌거나.

늘 폭탄주만 열심히 마시다가 무슨 바람이 불었는지 오랜만에 데킬라 한 병 딴 날이 있었는데, 누구나 술을 마시면 주책스럽게 다정해지지만 평일의 사람 없는 16mm에서, 나는 유독 다정하다. 나를 뺀 손님이 단 한 테이블밖에 없다면 더더욱 다정하다. 다 성격이 주책 맞아서 그런 건데 내 가게도 아니고 내 일도 아닌데 늘 손님이 없어서 걱정하다보니 손님이 나 말고 또 있는 걸 보면 괜히 흐뭇해지고야 만다. 아니, 이거 남의 일이 아니고 내 일이 맞긴 맞다. 여기가 없어지면 도대체 어디 가서 술을 마시란 말인가. 살아있는 생명답게, 나는 결사적으로 내가 술 마실 자리에 영역 표시를 하고 있는 것이다. 자 헛소리 집어치우고, 바보 멍청이 같은 년이 다 술 취해서 그렇다. 어쨌거나 그날도 그런 날이었고 나 말고도 손님이 있다는 흐뭇함 반, 여기가 없어져서는 안 된다는 절박한 생각이 반, 나는 딱 한 테이블 있던 손님들에게 열심히 데킬라를 나누어주었(다고 나중에 사장님에게 들었다)고, 테이블 위에 올라가서 〈철의 노동자〉를 고래고래 열창했다(고 역시 들었다). 내가 해본 연애는 하나같이 괴상하고 어딘가 비틀려 있었지만, 어쩌면 가장 괴상한 연애가 그렇게 시작되었다. 데리고 간 남자하고가 아니라, 거기서 만난 남자와.

그 집을 드나든 건 지긋지긋하도록 긴 몇 년이었지만, 거기서 남자가 걸린 건 처음이었다. 사실 인상이 별로다보니 아가씨 적에 다들 두어 번은 헌팅이니 뭐니 하는 것 걸리는 것도 같은데 나는 평생 단 한 번도 없었다. 그 최초의 기록을 남긴 그 남자는 나의 몇 배만큼 그곳을 드나든 남자였고, 내가 지속적으로 싫어해왔던 김광석 노래를 고래고래 부르고 돈도 많이 버는 주제에 아직도 스무 살인 양 그곳에 드나드는 바로 그 아저씨 중의 하나였다.

보통 사람들은, 특히 어른들은, 말한다. 여자 팔자는 엄마 팔자 닮는다고. 아마 그건 가부장에게 익숙한 여자가 사회적으로 성공할 가능성이 높다는 이야기와 맥이 닿는 말일 것이다. 그건 정말 그렇다. 가부장에게 익숙한 여자, 자기 집의 가부장에게 사랑받아본 여자는 다른 가부장에게도 금방 사랑받는다. 사랑받는 것도 능력이라, 서툰 사람과 능숙한 사람이 확연히 갈리고 자꾸 사랑받아야 기술도 늘어서 점점 더 사랑받게 된다. 한마디로 아빠한테 예쁨받고 큰 여자애들이 오빠한테도 예쁨 받는다는 거다. 아빠에게 보호와 사랑을 받는데 익숙하게 자란 여자들은 보호와 사랑을 받는 상태에 익숙하고, 그렇지 못한 상태가 되었을 때 상황이 이상하게 돌아간다고 직감하고 신속하게 그 상태를 타개한다. 그게 그들의 가장 뛰어난 점이다. 사랑받지 못하는 상태가 그들에게는 비정상인 것이다. 달리 말하면, 가부장에게 귀염받지 못하고 자란 여자들은 상황이 아무리 좆같이 돌아가도 아 원래 이런 거 아닌가, 하고 뚱하게 멍하니 있는다. 사랑받지 못하는 상태가 그들에게는 정상이다. 당연히 나는 우울하게도 결코 부정할 수 없이 후자 쪽, 이쪽 판에 속하는 여자다. 이거야말로 내가 늘 말하는, B급 연애다.

•

지금까지 나를 지켜준 가부장은 단 한 사람도 없었다. 경제적으로도 허약하고 정서적으로도 어린아이처럼 천진한 육신의 아버지는 선량한 사람이었지만 돌아가시는 순간까지도 나를 도와줄 수 있을 만큼 강한 사람은 아니었고, 내가 사귀어본 남자들 역시 하나같이 정신적으로 어린아이였던 남자들이었다. 남자는 다 어린애야, 하고 흔히 하는 말 말고 정말로 어린아이 같은 남자들. 여자는 다 아빠와 닮은 남자에게 끌린다고 누가 말했던 적 있지 않았나. 그 말을 증명이라도 하듯 나는 언제나 어린아이 같은 면을 지닌 남자에게 대책 없이 빠져들었다. 어린아이는 천진하지만 다들 알다시피 천진하다는 것이 좋은 것만은 아니다. 그들은 언제나 천진하고 순수한 만큼, 잔인하다. 어쩌면 나는 그중에서 최고로 천진하고 가장 잔인한 남자만 골라서 만났는데 그게 그들의 잘못은 아니었다. 내게 그런 면을 끄집어내는 면이 있었을 것이다. 가부장이 없는 대신 내부에서 가부장을 생성해냈는데 아까 말한 그 경상도 아저씨,

내 안에 입주해 있는 아저씨가 계속 열심히 살라고 등 떠밀었다. 한 잔 마시고 고마 이자뿌라(잊어버려라), 마 개안타. 아무도 나를 지켜줄 가부장이 없어서 자가생성해낸 가부장 덕분에 지금까지 나는 연애에서 상처 입은 적이 거의 없었다. 물론 약간은 입었을 테지만 상대에게 입힌 것보다는 언제나 훨씬 경미했다. 살아남아야 한다, 이따위 것 때문에 일 못해서 굶어 죽을 순 없다, 남자가 밥 먹여줘? 일을 해야 입금이 되잖아 시발, 오늘은 오늘의 해야 할 일이 있고 내일은 내일의 해야 할 일이 있어, 라는 악다구니가 연애 나부랭이에서 입는 상처에서 굳건한 성채가 되어주었다. 평생 등에 지고 있었던 경제적 궁핍은 이럴 때 보면 꼭 나쁜 것만은 아니었다. 내 안의 가부장이 놀면 누가 밥 믹이(먹여)주나? 싸나이답게 살아야 된다 카이, 하고 늘 독려했다. 그렇게 아저씨의 지위로 내내 살다가 몇 년 전 16mm에서 만난 남자와 연애하면서 나는 비로소 내 안에 아가씨가 있다는 것을 알았다. 아가씨면 아가씨답게 성숙해야지 그냥 여자애였다. 지긋지긋한 년이었다. 처음 만나보는 여자라 너무 낯설었다. 나는 이 여자와 전혀 알지도 못했으므로 친하지도 않았고 엄청나게 서먹서먹했다. 이 여자에게는 조금도 맘에 드는 구석이 없었고, 밖에 처음 나와보는 이 여자는 모든 것에 서툴렀다. 명랑하고 유들유들하고 시원시원하게 뭐든 되는 대로 돼라, 하며 넘겨버리는 아저씨와는 모든 것이 달랐다. 잘 울고, 툭하면 상처받고, 말 한마디 한마디에 상처 입는 이 소심한 여자는 대체 누구란 말인가, 하고 나는 몇 번이나 경악했다. 아저씨가 산다는 것의 비루함과 치열하게 싸우는 동안 뒤에 꼭꼭 숨어서 사느라 이 아가씨는 육신의 나이와 함께 나이를 먹지 못하고 아직 어른이 되지 못한 조그만 계집애였다. 어린애의 특성인 귀찮음을 엄청나게 지닌. 게다가 하나도 귀엽지도 않았다. 할 수만 있다면 단기간에 스테로이드나 성장촉진제라도 맞혀서 그 여자애를 괜찮은 여자가 되도록 좀 키워보고 싶었지만 내가 그녀에게 투여할 수 있는 것은 항우울제과 폭탄주뿐이었다. 내 한계는 그게 다였다. 그리고, 나는 종종 위험한 줄 뻔히 알면서도 그 둘을 섞어서 스스로에게 조제했다. 그러지 않고는 견딜 수가 없었다. 그 남자를 만났던 그 기간이, 이 여자가 밖에 나와본 유일한 기간이었다. 그 여자가 나와서 잔뜩 상처받고, 울고 불면서 온몸으로 싸워본 유일한 기간이었다. 그 아가씨를 그 남자는 좋아하지 않았고, 나로 말할 것 같으면 적출을 해서라도 떼어내고 싶었지만, 빌어먹게도 그 아가씨는 바로 나 자신이다. 우울하게도 24시간 가까이 할 수밖에 없다. 그리고 이 아가씨가 내가 지금까지 해본 것 중 가장 희한한 연애를 감행했다. 내가 해본 B급 연애 중 최악이었다. 거 참 희한도 하지, 나를 때리지도 않고 등쳐먹지도 않고 자자고 조르지도 않았는데도 그랬다.

말 한마디에 휘둘리고, 수없이 생각하고, 속상해하고, 핸드폰 액정에 구멍이 뚫릴 만큼 쳐다보며 오지 않는 전화를 기다리고. 이따위 짓 아저씨는 체면 문제상 결코 하지 않는 짓이었고 수없이 아저씨가 야 이 가스나야 니 지금 미쳤나 정신이 돌았나, 하고 뒤에서 잔소리하는데도 이 아가씨는 고집스러웠다. 그리고 자주 울었다. 단 한 번도 해본 적 없는 짓인 찌질스럽게 헤어졌다 말았다를 반복하다가 결국 내가 해본 이별 중 가장 치졸한 이별을 이 아가씨 덕분에 맛보았다. 애썼다, 욕봤다, 고생했다, 이젠 잘 가라 아가씨, 우리 다신 만나지 말자고. 죽어도 절대로 만나지 말자고.

•

사귀자고 이야기하면서 첫마디가 자기 가족에게 잘할 수 있냐고 진지하게 묻는 남자를, 심지어 MB에게 투표한 남자를 그토록 좋아했다니 쪽팔려 죽겠다. 술에 많이 취했었나보다. 근데 사실은 이게 어린애들끼리의 저열한 사랑이었기 때문이었다. 내가 아저씨 뒤에 한심한 아가씨를 감춰뒀듯이 폼 나는 골드미스터 뒤에 통통하고 소심한 소년을 숨겨둔 게 그 남자였다. 어쩔 수 없지, 일생에 이런 한심스러운 연애 한 번 없을 순 없는 거였다. 그렇다 해도 참으로 한심스러운 사랑이었다. MB에게 투표한 남자 때문에 이렇게 속을 썩다니 이런 손 안 대고 코 푸는 정치보복이 있냐며 역시 MB는 만만한 상대가 아니라고 농담하면서도 마음은 소금 뿌린 듯 쓰라렸다. 흥, 페미니스트는 얼어죽을, 나는 스스로 그렇게 말할 자격도 그렇게 불릴 자격도 없는 년이다. 어쩌면 나는 그를 위해서, 일 년에 열 번 있는 그 집 제사 일일이 챙기고 성격 강하다고 그가 걱정스럽게 이야기하던 시어머니 시누이 밑에서 난 그냥 죽은 목숨이요, 하고 죽어지냈을지도 모른다. 시집살이고 뭐고 히죽히죽 비굴하게 웃는 얼굴로 그냥 그 사람 옆에 있고 싶다고 시키는 건 뭐든지 죽도록 다 해댔을지도 모른다. 그냥 그 남자 옆에 있을 수만 있다면, 시키는 대로 뭐든 하면서 방긋방긋 웃으면서 죽어지냈을지도 모른다. 그러고도 남았을 거다.

미친년, 한심하기도 하지. 한심스럽고 쪽팔리고 그래서 서글프고 이런 서글픈 짓 다시는 안 하고 못 할 거 알기 때문에, 죽도록 한심하다 못해 서글퍼서 사랑스러운 연애가 있다는 것도 처음 알았다. 전에도 찌질한 연애 가지고 남 비웃은 적은 없지만 앞으로 나는 누가 아무리 한심하고 찌다 지나쳐 가라.

반드시 그칠 날이 올 것이다.

그 희망만이, 내 편이다.

그것만이 내 것이다.

아무것도 가진 것 없어도 그 희망만은

내 것이다.

질한 연애를 해도 결코 비웃지 못할 것이다. 당연히 제 꼴이 이 모양이니까. 웬 이따위 울트라 슈퍼 B급 연애를 봤나. 흔히 여자들이 '구남친 타임'이라고 부르는 시간에 그에게 전화가 걸려왔고 아저씨가 받았다. 아가씨가 튀어나오려고 꼼지락 꼼지락거려서 피가 나올 만큼 이를 악물었다. 질긴 년, 아저씨가 응대하는 동안 아가씨는 그 전화 제가 받고 싶어서 계속 발버둥쳤다. 죽어, 죽어, 죽어. 못 튀어나오게 잡아 누르면서, 이젠 아예 손끝에서 그 계집애의 가느다란 목줄기까지 느껴졌다. 수화기 너머 들리지 않게 계집애에게 욕지거리를 퍼부었다. 야 이 개같은 년, 죽어, 죽어, 죽어. 더 힘껏 눌렀고, 그 표시 안 내면서 잘도 전화 끊었다.

그런데…… 한동안 안 마시던 낮술을 마셔서 경계가 해이해진 김에 이 계집애가 핸드폰을 집어서 그에게 문자를 보냈고 어찌어찌하다보니 만나게 되었다. 낮술이 아니었다면 연락해볼 용기도 없었겠지만 머리가 멍해질 정도로 들이부은 낮술 때문에 그토록 보고 싶어 했던 얼굴은 흐릿했다. 방구석에 틀어박혀 망연하게 잠깐 정신줄 놓은 사이에 잽싸게 나온 그 계집애가 밉고 불쌍하고 짜증나서 눈물까지 나왔지만 얼른 닦고 재빨리 숨어버린 계집애를 향해 죽도록 이를 갈았다. 아저씨고 아가씨고 죄다 망할 놈의 주정뱅이들. 맥이 풀려서 하루 앓은 다음, 그냥 풀어놨다. 계집애야, 하고 싶은 대로 실컷 해봐라. 결국, 이 계집애는 그 남자에게 문자까지 보냈다.

다음날 아침에야 답문이 날아왔다. 흥, 전서구를 날려도 이것보단 빨리 다다르겠네, 하는 아저씨가 비웃는 소리 뒤로 하고 계집애는 폴더를 열었는데 허망하기 이를 데 없는 답문을 보고는 고개를 떨구었다. 알았냐? 알았어? 하고 아저씨와 나는 한목소리를 하고 계집애를 윽박질렀다. 알았냐? 속 시원해? 볼 꼴 못 볼 꼴 다 봤잖아? 정신 좀 차려라, 이제 제발 정신 좀 차려…… 정신 차려보니 내가 그 계집애한테 애원하고 있었다. 야 이년아, 제발 정신 좀 차려 정신 좀…… 손이 덜덜 떨리면서 폭탄주 생각이 정말로 간절했지만 손목을 물어뜯어가면서 참았다. 그리고 남자 때문에 마지막으로 울어본 게 언제인지 기억도 나지 않는다는 것을 깨달았다.

한참 그렇게 애원하다가 계집애를 윽박지르기 시작했다. 야 이 계집애야 잘 들어라, 너하고는 절대로 안녕이다. 다시 튀어나온다면, 정말로 죽여버리겠다. 너만 없으면 아저씨가 앞에 나서서 접대하는 한 자신 있다. 내 안에 계신 그 아저씨는 결코 지는 법이 없다, 필승이다, 망할 놈의 계집애가 필패라 그렇지. 그리고 이 한심스러운 사랑도 그칠 날이 있을 것이다. 모든 것은 그치기 마련이니까, 분명히 그럴 테다. 그치고야 말 것이다. 오직 그것만이, 나의 유일한 희망이다. 그때까지는 여전히 폭탄주로 멍든 가슴을 씻어내리며 스스로에게 더 야멸차게 쏘아붙일 수밖에. 너 저번에 한 번 나와서 날뛰다가 어떻게 됐는지 니가 보고 내가 보고 아저씨가 봤어 그거 알지? 나오지 마, 절대로 나오지 마, 하고. 독주와 뒤섞인 맥주 탄산에 씻겨서 제발 지나쳐 가라, 이 한심한 사랑아. 제발 지나쳐 가라, 빌어먹을 이 모든 기억들도. 제발.

나의 모든 연애는 그곳에서 시작되었다.

그리고 가장 비참하고 한심스러운 연애가 그곳에서 끝을 맺었다.

그래서 그건 마치 나와 남자의 연애 이야기인 것 같지만,

결국 나와 16mm,

나와 폭탄주,

나와 알코올.

나와 내 안에 있는 줄 몰랐던 계집애의 이야기.

알 게 뭐야, 나는 마실 테니까.

역겹다.

역겹다.

처칠이 하루에도 백 번씩 금연한 것처럼 술 끊겠다고 수백 번 결심하면서 벗어나려고 요즘도 애쓴다. 팔뚝에 문신을 하기는 했는데, 시민불복종도 아니고 와신상담도 입신양명도 아니다. 김수환 추기경 묘비에도 씌어 있는 짧은 성경 구절이다. '주 나의 목자시니, 나 부족함 없어라.' 한때 알코올에서 모든 구원을 구하려 했던 적이 있고 그걸로 수많은 사람을 상처 입히고 나 자신을 욕보였는데 다시는 그런 일 안 일으키려 한다. 사실 그 계집애를 용서해줬어야 하는데, 가부장이 싫다면서 스스로에게 그토록 폭정을 휘두르면서 내 안에 술 먹고 마누라 패는 아저씨도 있고 술 먹은 남편한테 맞는 마누라도 있고 뭐 그런 식이었다. 그러나 이것들은 모두 지나쳐 갈 것이다. 알다시피, 이것은 지독한 알코올 중독자의 고백이다. 낫겠다는 희망 하나만 가진. 16mm는 언제나 천국이면서 지옥이었다. 그러나…….

다 지나쳐 가라. 반드시 그칠 날이 올 것이다. 그 희망만이, 내 편이다. 그것만이 내 것이다. 아무것도 가진 것 없어도 그 희망만은 내 것이다, 옳지, 이것만은 내 것이다. 하나도 갖고 있고 싶지 않았던 그 망할 놈의 기억들과 함께. 그

그토록 사랑했던 시절, 어떻게 시간이라는 것이 그토록 천국이면서 동시에 그처럼 지옥일 수가 있는지, 나는 거기서 많이도 마셨고 많이도 웃었고 많이도 사랑했다. 이제 진짜 내 인생을 살아야 한다. 감정에 술을 섞지 말고 진짜 울 일에 울고 진짜 웃을 일에 웃고 기뻐할 일에 기뻐하고 슬퍼할 일에 슬퍼해야 한다. 나는 이제 너무 사랑해서 보내주어야겠다, 어쩌면 당신에게로.

것들과, 이 집 술만은 고요히 내 곁에 있다.

오직 이것만이 내 편이다.

•

아주 오랜만에 16mm를 다시 찾아갔다. 식구들이 그동안 아팠냐고 한다. 아뇨, 술을 좀 피해보려고, 하고 머쓱하게 웃고 주위를 돌아보는데 영화 포스터도 다 없어지고 깔끔하게 바뀌었다. 소주와 맥주를 전천후로 마실 수 있던 안주도 심플해지고 사케까지 마실 수 있는 곳이 되었다. 여느 때처럼 흔들흔들하는 걸음걸이로 사장님, 아니 이제 회장님이 내려왔다. 반가워 달려가서 손을 잡고 흔들며 잘 지내시냐고 물었더니 일주일에 두어 번은 이렇게 내려와 손님으로 술 마시고 가는 게 낙이라고 옛날의 바로 그 미소를 지어주신다. 용기를 내서 사장님 하실 때랑 다르게 분위기가 이렇게 바뀌었는데 마음이 좀 그렇지 않으세요, 하고 묻자 어깨를 으쓱해 보이며 미소 짓는다.

—전혀. 전혀 안 섭섭해. 내가 할 때의 가게가 가는 길이 있는 거고, 이제 젊은 친구들이 하니까 바뀌어야지. 현진씨, 모든 게 다 바뀌는 거야. 이제 이 가게는 이 가게가 가야 할 길로 갈 거

야. 그걸 누가 말릴 수가 있겠어. 모든 게 다 변하는 거야. 그렇게 생각하면 쉽게 서운할 일이 하나도 없어. 그런데 잘 지내?

석 달쯤 술을 끊었다고 하니 눈을 커다랗게 뜨며 잘했어, 참 잘했다, 하며 웃으신다. 내 모든 술주정의 80퍼센트 정도를 담당했던 이곳에서 이토록 기뻐하니 끊긴 잘 끊은 모양이다.

—그동안 제가 여기서 말썽을 너무 많이 부렸죠…….

말끝을 흐리자 사장님은 폭탄주를 한 잔 마시며 다시 방긋, 그 미소다.

—젊었으니까 그랬지 뭐, 그건 어쩔 수 없는 거야.

—사장님 얼굴 뵈니까 너무 땡겨요. 사장님이 말아주신 거 딱 한 잔만 마실까요?

무심하게 물었는데 사장님이 갑자기 잔을 딱 내려놓고는 양 손을 들어 손사래를 치신다.

—안 돼, 안 돼, 절대 마시지 마.

—저…… 절대로요?

—그래, 그래, 절대로 마시지 마.

—아, 네…….

그러고 마시던 물을 계속 마셨다.

친구들과 헤어져 집에 돌아오는 길, 어쩐지 눈물이 핑 돌았다. 제일 좋은 병원에 가서도 끝내 당신은 불치병입니다, 하는 선고를 받은 것 같은 기분. 16mm에서도 술 마시지 말라고 하는 걸 보니 내가 진짜 다 되긴 다 된 모양이다, 진짜 끊어야 하나보다, 그런 생각을 하면서 터덜터덜 걸어오는데 눈물이 뚝뚝 흘러서 손등으로 닦으면서 엉엉 울었다. 술 마시고 싶어서 운 게 아니고 애도였다. 그토록 사랑했던 시절, 어떻게 시간이라는 것이 그토록 천국이면서 동시에 그처럼 지옥일 수가 있는지, 나는 거기서 많이도 마셨고 많이도 웃었고 많이도 사랑했지. 이제 사장님이 말아주는 술기운 없이 진짜 내 인생을 살아야 한다. 감정에 술을 섞지 말고 진짜 울 일에 울고 진짜 웃을 일에 웃고 기뻐할 일에 기뻐하고 슬퍼할 일에 슬퍼해야 한다. 16mm는 이제 안 도와준다. 다 내가 알아서 해야 한다. 어쩌면 그런 게 어른인 건지도 모른다. 어른이 되기 싫어서 16mm의 폭탄주 잔을 아기 젖병처럼 붙들고 늘어져 있었는데, 이제 젖병 빨고 있을 나이 진작에 지난 것이다. 사랑했다. 정말 사랑했다. 사

랑해서 헤어지는 게 이런 거구나, 너무 사랑해서 헤어진다는 게, 하고 신파조로 읊어본다. 극동방송국과 세븐일레븐 삼거리, 삼거리포차 골목으로 직진하면 지하에 있으니 아직 사랑할 힘 남은 사람은 가보시라. 아니면 내가 결코 하지 못했던 적당한 사랑을 할 수 있는 분도 좋겠다. 16mm는 술집이면서도 자신이 사랑할 사람을 택하는 곳이다. 나는 이제 너무 사랑해서 보내주어야겠다, 어쩌면 당신에게로.

나가며
굿바이 투 러브

별로 팔리지는 않아도 여러 권의 책을 써왔지만 언제나, 당신을 위해 썼다. 부모도 친구도 아니고 책 사주는, 아니면 도서관에 신청이라도 해주는 끝없이 고마운 독자님들, 지금 이걸 보고 있는 바로 당신. 나의 목적은 언제나, 수많은 사람이 아니라 지금 당신에게 닿는 것이었다. 대단히 아름다운 문장이나 세상에 큰 보탬이 되는 글을 쓸 수 있는 사람도 아니고 하찮고 정다운 것들에만 정이 가고 늘 그런 이야기를 하고 싶어 하는 속 좁은 사람으로 태어나서 지금까지 버텨올 수 있었던 것도 바로 당신 덕분이었다. 이 책도 당신과 그런 기억을 나누고 싶었던 것뿐이다. 우리가 살고 있는 이 도시가 이제 죄다 사라져버릴 골목 갈피마다 어떤 사람과 사연을 품고 있었는지 당신도 당신의 골목을 기억해준다면 그보다 더한 기쁨이 없을 것이다. 사랑하고 증오하고 끝내 미워하면서도 또 사랑했던 이 도시, 성장촉진제를 맞은 것처럼 광포하게 확장되어 결국 구차한 주머니 가진 사람은 온몸을 부르르 흔들어 곡식 낟알을 까부르듯 떨구어내고야 말 이 도시에서 나는 끝내 밀려나고야 말 테지만 그래도 그 전에, 골목 갈피의 기억 끄트머리를 하나라도 붙잡고 싶었다. 순식간에 변심하는 사랑했던 남자처럼 이 몇 년 사이에 많이도 변한 도시를 지긋지긋해하면서도 끝내 사랑할 수밖에 없었던 마음이 조금이라도 당신에게 닿을 수 있다면 그보다 더한 기쁨은 없을 것이다.

So I've made my mind up I must live my life alone

그래서 나는 홀로 살아야만 한다고 마음을 정했지

And though it's not the easy way

그게 쉽지 않다는 것을

I guess I've always known

어쩌면 언제나 알았던 것도 같아

I'd say goodbye to love.

사랑에 안녕이라고 말했네

There are no tomorrows for this heart of mine

마음에 내일이란 없고

Surely time will lose these bitter memories

분명 이 쓴 기억들도 시간따라 사라질 거야

And I'll find that there is someone to believe in

어쩌면 믿을 수 있는 누구를 찾아낼 수도 있고

And to live for something I could live for

그것만을 위해 살아갈 수도 있겠지

All the years of useless search

무의미한 시간들이 지나간 후에

Have finally reached an end

결국 나는 알게 되지

Loneliness and empty days will be my only friend

고독과 텅빈 날들만이 내 유일한 친구임을

From this day love is forgotten

오늘부터 사랑은 잊혀져가겠지만

I'll go on as best I can.

나는 내가 할 수 있는 한 살아갈 거야

—카펜터즈 〈Goodbye to love〉 중에서

추천의 글
도시의 영혼들

고종석(저널리스트)

내가 집에서 유일하게 받아보는 일간신문은 〈경향신문〉이고, 유일하게 받아보는 시사주간지는 〈시사IN〉이다. 이 시대 한국 저널리즘의 양식(良識)을 대표한다 할 만한 그 두 매체의 지면에서 나는 김현진을 처음 만났다. 김현진의 글은 거기서 편안해 보였다. 김현진이 편안한 글을 썼다는 뜻이 아니다. 김현진의 글은, 자주, 그 적나라하고 도발적인 진실성(이라기보다는 '핍진함'이라 해야 할까?)으로 사람의 마음을 불편하게 만든다. 김현진의 글이 편안해 보였다는 것은 그의 글과 그 두 매체의 '궁합'이 맞아 보였다는 뜻이다.

아무리 잘 다듬은 문장이라도 그 메시지가 삿되면 혐오감을 불러일으킨다. 아무리 올바른 생각을 털어놓아도 그 생각을 담은 문장이 거칠면 갑갑함을 불러일으킨다. 〈시사IN〉과 〈경향신문〉에서 김현진은 잘 다듬은 문장에 (정치적으로) 올바른 생각을 담아내고 있었다. 물론 '올바름'

의 기준은 사람에 따라, 처지에 따라 다를 수 있으므로, 김현진의 글에서 누구나 '올바름'을 찾아내지는 않았을 것이다. 그러나 적어도 내 생각에 김현진의 생각은 늘 올발랐다. 또 '잘 다듬은 문장'이라는 것 역시 사람에 따라 그 기준이 다를 것이다. 아닌게 아니라 내 친구 하나도 김현진의 글에 멋부림이 지나치고 자아가 너무 두드러지게 드러나 있다고 투덜댄 바 있다. 그러나 '멋부림'이라는 것 역시 읽는 사람에 따라 그 기준이 다를 것이다. 나는 김현진의 글에서 별다른 '멋부림'을 읽지 못했다. 내 친구가 '멋부림'이라 여긴 것은 내가 보기에 일종의 스타일이다. 김현진은 그러니까 좋은 의미의 스타일리스트일 뿐이다. 그리고 칼럼을 비롯한 모든 글에는 자아가 투영되기 마련이다. '저자의 죽음'이라는 것은 한두 세대 전의 유행어에 불과하다. 저자는 살아 있다. 비록 그 저자의 글에서 다른 저자들이나 독자들의 흔적이 엿보일지라도. 그것은 개인이 살아 있다는 뜻이기도 하다. 여기서 '개인'을 '주체'라는 말로 바꿀 수도 있겠다. 호모 사피엔스의 군집 생활은 개미의 군집 생활과 다르다. '사람은 그 하나하나가 조그만 우주'라는 격언은 상투적인 만큼이나 진실하다. 책이나 글에 투영된 저자의 그 자아는 날것일 수도 있고 꾸며진 것일 수도 있다. 또 그 자아는 곧이곧대로 투영될 수도 있고 에둘러 투영될 수도 있다. 여하튼 자아를 드러내지 않는 글은 세상에 없다. 법조문처럼 밋밋하고 건조한 글 역시 마찬가지다. 한 국가공동체의 최고 규범인 헌법에조차 헌법제정자들, 또는 헌법개정자들의 자아가 투영돼 있다. 그러므로 김현진의 글이 다소 사적으로 보인다 해도 그것을 흠이라 할 수는 없다. 그것은 그저 김현진 글의 개성일 뿐이다.

언제부턴지 〈시사IN〉과 〈경향신문〉에서 김현진의 글이 보이지 않는다. 서운해 하고 있던 참에 출판사 다산북스에서 『뜨겁게 안녕』 교정지를 보내왔다. 어디 연재했던 글인가 싶었는데, 알고 보니 아직 세상에 나오지 않은 글이었다. 지난 두 해 동안 일기 쓰듯 쓴 모양이다. 아무튼 내겐 김현진의 글을 한목에 읽을 기회가 온 것이다. 『뜨겁게 안녕』 덕분에 반나절을 즐겁게 보냈다. '호사(豪奢)'라고 할 만했다. 생각도 내 기준으로는 올발랐고, 문장도 김현진의 다른 글들처럼 잘 다듬어져 있었다.

『뜨겁게 안녕』은 일종의 회고록이다. 회고록을 쓰기에 김현진은 너무 젊지만. (인터넷을 뒤져보니 그는 1981년생이라고 한다. 채운 나이로는 서른이고, 세는 나이로는 서른하나다.) 서문에서 김현진은 "세상에는 기억되기 위하여 태어난 사람도 있다. 그러나 나는 기억하기 위하여 태어났다"고 쓰고 있다. 비속하고 정답고 지겹고 하찮고 애절하고 시시하고 사랑스럽고 그리운 것들에 대한 기억이 죄다 '휘발' 하기 전에, '글씨'를 쓴다는 얘기다. 나이든 사람의 회고록은, 그가 아무리 정직하고 자신에게 엄격하더라도, 구부러지기 십상이다. 사람의 기억력에는 한계가 있기 때문이다. 그래서 20대를 막 넘긴 우리의 저자는 그 기억이 휘발하기 전에 20대의 기억을 '글씨' 하나하나에 담는다. 『뜨겁게 안녕』은 앞부분을 제외하면 20대의 기억, 막 지나간 20대의 회고다. 그 기억은, 그 회고는 대체로 스산하다. 그리고 그 스산함의 큰 부분은 김현진과 그 둘레 사람들의 '가난'에서 온다. 사적 기억의 테두리를 좀처럼 벗어나지 않는 『뜨겁게 안녕』의 기저에 가장 공적이라 할 정치의식이 슬며시 깔려 있는 것도 그 '가난' 때문이리라. 가난은 정치의식의 충분조건은 아니지만(우리 사회 1퍼센트를 대변하는 부자 정당에 선거 때마다 표를 주는 가난한 이들을 생각해보라), 적어도 필요조건 가운데 하나이기는 하다. 김현진은 가난했기 때문에 거처를 여기저기 옮겨야 했고, 그런 반(半)떠돌이의 삶 덕분에 서울의 이모저모를, 이 거대도시의 그늘과 그림자를 볼 수 있었다. 요컨대 도시의 황량함을 볼 수 있었다. 김현진의 삶이 물질적으로 풍요로웠다면, 그의 눈에 용산 남일당 건물도, 이주 노동자들도, 노숙인들도, 담배 피우는 청소년들도, 윤락 여성들도, 황학동 벼룩시장도, 신당동 떡볶이 골목도, 길고양이도, 곱창집을 하는 '이모'도 보이지 않았을 것이다. 아니 설령 보였다 하더라도, 그(것)들을 정치적 맥락에, 다시 말해 공적 맥락에 넌지시 끼워넣지는 못했을 것이다.

물론 가난은, 더구나 서울 같은 거대도시에서의 가난은 찬양할 만한 것이 못된다. 가난은 흔히 사람의 마음과 마음을 어그러뜨리고, 약자가 약자를 착취하는 서글픈 풍경을 만든다. 『뜨겁게 안녕』에서 묘사되는 사람들 다수가 강팍한 마음을 지니고 있는 것은 어쩔 수 없다. 그러나 김현진은 사람들의 마음을 황폐화하는 그 가난 속에서도 따뜻하고 고결한 마음씨를 어기차게 간직한 어떤 이웃들을 기억하고 기록한다. 가난이 모든 사람을 누추하게 만들지는 못한다. 어떤 가난한 사람들의 그 따뜻한 마음씨는, 그 고결한 영혼은, 서울시 당국의 온갖 화려한 구호나 '웅장한' 토건사업 따위에는 들어설 자리가 없는 순금의 기억을 김현진의 머리에 새겨놓는다. 그러므로 『뜨겁게 안녕』은 도시의 힘없는 영혼들에 대한 기록이랄 수 있다. 그 힘없는 영혼들을 기록하는 김현진의 영혼은 힘차다. 김현진이 그 힘을 잃지 않는 한(잃지 않기를 바란다!), 그의 영혼은 단지 기억하는 영혼일 뿐만 아니라 기억되는 영혼이기도 할 것이다.

뜨겁게 안녕

초판 1쇄 발행 2011년 12월 21일
초판 2쇄 발행 2012년 2월 15일

지은이 김현진
펴낸이 김선식

Chief editing creator 김현정
Editing creator 한보라

2nd Creative Story Dept. 김현정, 박여영, 최선혜, 한보라, 유희성, 백상웅
Creative Design Dept. 최부돈, 황정민, 박효영, 김태수, 손은숙, 이명애, 박혜원
Creative Marketing Dept. 이주화, 원종필, 백미숙
Communication Team 서선행, 김선준, 전아름, 이예림
Contents Rights Team 이정순, 김미영
Creative Management Team 김성자, 송현주, 윤이경, 김민아, 류수민, 김태옥, 권송이
Outsourcing 디자인 김은희

펴낸곳 (주)다산북스
주소 서울시 마포구 서교동 395-27번지
전화 02-702-1724(기획편집) 02-703-1725(마케팅) 02-704-1724(경영지원)
팩스 02-703-2219
이메일 dasanbooks@hanmail.net
홈페이지 www.dasanbooks.com
출판등록 2005년 12월 23일 제313-2005-00277호

필름 출력 스크린그래픽센타
종이 월드페이퍼(주)
인쇄·제본 (주)현문

ISBN 978-89-6370-732-7 (03810)